Pour leur bien

Les Pérégrines : un mot au féminin pluriel pour évoquer nos féminismes ; un nom en hommage au roman éponyme de Jeanne Bourin, grand-mère et figure d'inspiration d'Aude Chevrillon, la directrice de la maison.

Notre ambition : vous proposer un voyage intellectuel en publiant des textes toujours pertinents, souvent impertinents, qui, par des voix fortes et hardies, des plumes belles et singulières, observent le monde par différentes fenêtres, nous amènent à faire un pas de côté, nous poussent à mieux appréhender l'autre, l'étrangeté, la diversité, nous livrent des trajectoires inspirantes pour dessiner une société plus humaine.

Couverture : Élodie Campo
Mise en page : Audrey Desanti

Éditions Les Pérégrines
21, rue Trousseau 75011 Paris
www.editionslesperegrines.fr

Amandine Prié

Pour leur bien

Éditions Les Pérégrines

1

–Inaya, si tu bouges encore, j'arrête tout.

La petite fille, assise bien droite sur un minuscule tabouret en bois, se mord les lèvres pour ne pas crier. Sur son crâne, deux mains s'affairent au milieu des touffes de cheveux. Elles plaquent, lissent, trient, tirent, rabattent, tressent, exécutent un ballet à dix doigts dans le secret de l'arrière-cour, entre des bassines empilées et un tas de bois.

Cette danse nerveuse est orchestrée par Marietou, une femme aux traits tirés, longue et sèche comme un roseau. Inaya gémit et, dans un mouvement réflexe, repousse la main de sa tante. Les doigts s'immobilisent sur la tête de l'enfant. Marietou la contourne, s'accroupit à sa hauteur et plante ses yeux fatigués dans les siens :

–Tu veux que je te laisse comme ça, avec les cheveux en l'air ? Alors tiens-toi tranquille, jeune fille !

Inaya observe l'index noueux de sa tante s'agiter sous son nez. Elle baisse les yeux, retient un rire. C'est toujours comme ça quand Ma' se fâche : aucune des deux n'y croit vraiment. Ce ne sont pas les réprimandes de sa tante qu'elle redoute le plus, mais son silence. Une chape de plomb qui tombe d'un coup et frappe plus fort qu'une gifle, qui est plus étourdissante aussi que des cris. Marietou se replace derrière sa nièce, et les doigts reprennent leur danse.

Autour d'elles, le village s'étire, s'éveillant doucement de sa sieste. Quand le soleil est au plus haut et que les ombres ont rétréci jusqu'à disparaître, hommes et bêtes se couchent sans résistance. Ici, s'agiter dans l'air brûlant peut vous faire perdre la raison. Raison que les femmes ont probablement perdue depuis longtemps, elles qui ne s'allongent qu'une fois la nuit tombée.

Sans bouger la tête, raide comme un piquet, Inaya fait signe à Sekou, le petit-fils de la vieille voisine, si vieille qu'elle avance courbée, le visage chaque jour plus près du sol. Sa maison, dont la teinte ocre semble presque rose tant la lumière est crue, ressemble en tous points à celle de Marietou. Un toit de paille, des murs circulaires qu'ouvre un rectangle sombre. Une géométrie simple faite de terre, comme pour ne jamais oublier d'où l'on vient. Sekou s'étire longuement, sourit à Inaya, salue Marietou et prend le petit balai en paille appuyé contre le mur de la maison. Sa grand-mère et son petit frère dorment encore à l'intérieur, assommés par la chaleur. Le garçon, torse et pieds nus, nettoie la cour d'un geste sûr. Le balai passe entre ses jambes, soulève la poussière, chasse une poule au passage.

Un vent chaud agite les feuilles des manguiers. On les aperçoit, juste là, derrière la porte du petit grenier dans lequel Marietou et la voisine entreposent leur menue récolte. Inaya n'y a jamais mis les pieds et refuse catégoriquement de s'en approcher. Ce qu'elle aime, elle, dans l'arrière-cour de Ma', c'est grimper sur le petit muret, s'asseoir sur ses talons et regarder la nuit tomber sur le village. Chaque soir, perchée à un mètre cinquante du sol, avec la sensation d'effleurer les nuages, elle observe. Les hommes qui lavent leur visage, penchés sur les bassines. Les femmes qui frottent et rincent les casseroles. Les trois chèvres osseuses du doyen qui tournent autour des maisons, en quête de restes de repas. Les avant-bras posés sur ses genoux, les pieds bien à plat sur le muret, elle voit les enfants qui se chamaillent et se poursuivent en riant. Comme Inaya, ils entendent souvent parler d'avant. Avant, c'est ce que disent tous les habitants du village. Avant est presque devenu un personnage, une figure lointaine et paisible. Dans cet avant qui peuple la mémoire collective, on buvait du lait chaque jour, on élevait ses vaches, on ne croisait ni casques verts ni casques bleus. Il n'y avait pas d'attente, pas de distribution, pas de registre. Dans cet avant, Inaya avait quatre ans et s'endormait chaque soir en écoutant le souffle de sa mère et les ronflements de son père.

Mais un jour, les choses ont changé. Il a fallu monter dans des cars, traverser une frontière, s'inventer à nouveau dans cette région presque déserte où seuls rôdaient les mauvais esprits. Il a fallu donner son nom, s'inscrire sur des listes, récupérer quelques semences, accepter un lopin de mauvaise terre. Il a fallu tout reconstruire, les toits de paille, les murs d'argile, les familles et les espoirs. Beaucoup de parents ne sont pas montés dans ces cars. À leur place, des oncles, des tantes, des cousines, des voisins, des grands-parents. On dit qu'ici, il faut un village pour élever un enfant. Alors le village s'est retroussé les manches. Les enfants sans parents sont désormais ceux de tous.

Inaya sent les mains de Ma' enserrer son crâne tressé. Celle-ci peaufine son ouvrage, tire un cheveu qui dépasse et lui donne une tape sur l'épaule. Inaya a envie de se gratter la tête. Elle plante un baiser sur la joue de sa tante et s'éloigne en sautillant, pieds nus et bras tendus, le corps enfin en mouvement.

2

Pour Inaya, tout avait basculé quatre ans plus tôt, le jour du bruit. Le bruit des camions, des portières, des meubles retournés, de son souffle dans le grenier à sorgho. Le bruit des sandales de sa mère qui s'éloigne et la laisse là.

D'abord, il y avait eu les portières qui claquent. Certaines en même temps, d'autres en décalé. Ça faisait comme une musique métallique, pas de ces musiques qui font danser, non, plutôt de celles au son desquelles tout s'arrête. Une drôle de petite musique de mort. Ce n'était pas la première fois que des rebelles pillaient le village. Ils venaient régulièrement se servir, en vivres, en femmes, en violences, réaffirmaient leur domination, marquaient leur territoire puis repartaient, un temps rassasiés. Le jour du bruit, ils n'avaient qu'un seul objectif: anéantir.

Au début, le bruit avait été lointain, circonscrit aux abords des premières maisons du village, là où s'arrêtait la piste. Des cris. Des cris et des détonations en rafale, et ces portières qui n'en finissaient pas de claquer. Inaya connaissait les cachettes, sa mère les lui avaient montrées tant de fois. Derrière les bananiers. Dans les greniers. Dans le trou dissimulé par la bassine de linge, le trou creusé par les mains de son père. Plus Inaya grandissait, plus il le creusait, dans l'espoir fou de la sauver. Combien de parents regardent leur enfant grandir en pensant aux dimensions du trou dans lequel ils le cacheront pour lui éviter le pire ?

Rapidement, le bruit s'était rapproché. On entendait des pas, des voix d'hommes, des crachats. Des rires aussi. Puis un bref silence et, avant qu'Inaya n'ait eu le temps de se cacher, la plaque de tôle qui servait de porte fut renversée avec fracas d'un coup de botte. Elles étaient partout, ces bottes, se levaient et s'abattaient, écrasant un mégot, renversant la grande marmite en fonte. La mère d'Inaya l'avait prise dans ses bras et s'était enfuie par la petite porte qui donnait sur l'arrière-cour. La main sur les yeux de sa fille pour la préserver des mauvaises images, le cœur affolé, courbée sur son enfant comme une armure frêle offerte aux rafales, elle murmurait dans la petite oreille : « Ça va aller, tu ne bouges pas, surtout tu ne bouges pas. » Dans la maison, le bruit toujours. Le père implorait sans y croire, pour gagner du temps, un peu de temps pour sa femme et sa fille.

Arrivant au premier grenier à sorgho, la mère avait glissé le corps de la petite par l'ouverture étroite, tout en haut du mur de terre. Puis elle avait mis son doigt devant sa bouche et répété : « Tu ne bouges pas. » Elle avait ensuite couru en direction des bananiers, ses sandales en plastique claquant contre ses talons.

Inaya n'avait pas bougé. Il y avait eu d'autres bruits. Un autre jour, une autre nuit. Il y avait eu la lune, ronde et brillante, puis des voisins et des soldats, des mots chuchotés, des bras pour la soulever, des mains pour cacher ses yeux, des mains, des mots et des bras qui n'étaient pas ceux de sa mère. Il y avait eu des cars, une frontière et des registres, une tante et quatre cousines, qui plus jamais n'avaient reparlé du jour du bruit.

3

Inaya presse le pas, une bassine en plastique vert en équilibre sur son crâne tressé. Pour ne pas abîmer le travail de Marietou, elle a plié en quatre un petit tissu et l'a posé sur sa tête, entre ses tresses et la bassine. Il fait déjà chaud et ses cousines Fatou et Asma marchent vite, leurs longs bras battant l'air à chaque pas. La route de l'eau, c'est le royaume des enfants. Garçons et filles partent tôt le matin, quand le soleil n'est pas trop haut et que les adultes sont déjà aux champs. Il faut marcher pendant deux heures, d'abord sur la piste puis dans la brousse, jusqu'au lit de la rivière. Inaya aperçoit Sekou un peu plus loin, qui tient par la main son petit frère. Si Sekou boite un peu, c'est parce qu'une maladie a tordu sa jambe. C'est en tout cas ce que disent les Blancs, parce que Ma', elle, a une autre explication : elle raconte que la mère de Sekou a trompé son mari lorsqu'elle était enceinte. Si le petit est de travers, c'est à cause du mauvais œil, rien à voir avec ce virus inventé par les Blancs.

Inaya double ses deux cousines et appelle le garçon. C'est que, même avec sa jambe tordue, il marche vite, Sekou. Il se retourne et la regarde sans sourire, visage fermé et traits tirés. Issa, le petit frère, bâille en se frottant les yeux de sa main libre.

– Qu'est-ce que je t'ai fait pour mériter cette tête ?

– C'est pas toi. C'est ma grand-mère, elle est malade.

– Malade comment ?

– La fièvre.

Sekou baisse la tête, soucieux. Sa grand-mère dormait encore, ce matin, quand il est parti avec Issa. Pourtant, la vieille femme est faite du même bois que Marietou. Rester couchée la journée, il n'en est pas question, c'est une insulte aux vivants. Rares sont les femmes du village qui peuvent encore compter sur un mari. Pour elles, tenir debout n'est rien de moins qu'une question de survie.

Inaya et Sekou reprennent leur marche en silence vers le point d'eau, au milieu du cortège d'enfants dont on entend le murmure joyeux à plusieurs kilomètres. Pieds nus dans leurs claquettes usées, ils soulèvent une poussière rouge qui les suit jusqu'à l'entrée de la brousse. La petite fille regarde régulièrement derrière elle pour s'assurer que ses cousines sont toujours là. Asma et Fatou sont plus âgées qu'Inaya, mais ce sont les plus jeunes filles de Marietou. Les deux autres, Rokia et Niélé, auront bientôt l'âge de prendre un mari, et leurs hanches larges font déjà tourner les têtes des garçons. Elles travaillent dur avec leur mère, binent la terre, labourent, sèment, cueillent, l'aident à tenir la maison propre. De temps en temps, elles troquent quelques patates douces contre des haricots sur le petit marché que les voisines ont installé à la sortie du village.

Inaya, Sekou et son petit frère avancent comme un drôle d'animal à trois têtes, se méfient des endroits où ils posent les pieds, se préviennent quand un trou ou une pierre leur tend un piège. Le petit est épuisé et, bientôt, il faut faire des pauses toutes les dix minutes. Les trois enfants se laissent distancer par le groupe. Inaya n'aime pas ça. Même un animal à trois têtes est plus en sécurité au milieu des siens. Elle déroule le tissu qui lui sert à caler sa bassine, s'approche du petit, plie les genoux, fait le dos rond jusqu'à ce que Sekou y dépose Issa, noue les extrémités sur sa poitrine et son ventre. Main dans la main, les deux enfants accélèrent la cadence pour rejoindre le groupe. Le troisième, les fesses bien calées, ventre contre dos, s'endort rapidement.

Ils ont marché longtemps avant d'atteindre l'eau. Ils l'ont espérée, devinée, entendue avant de la voir. À cette saison, la rivière est encore puissante, on n'y a pas pied en son milieu. Les enfants se séparent en deux groupes, les filles et les tout-petits vers l'ouest, les garçons vers l'est. Les pieds sont douloureux, les muscles tendus et la chaleur, presque visible, épaisse, moite, ralentit les mouvements et rend les corps plus lourds.

Après le paysage sec et poussiéreux de la brousse, les berges vertes et la fraîcheur des arbres invitent au repos. Inaya lâche la main de Sekou et poursuit sa route avec les filles. Elle retrouve Fatou et Asma, bassines posées au sol, déjà presque entièrement nues. Elle se penche, dénoue le tissu, attrape Issa par un bras et le pose doucement sur l'herbe. À peine réveillé, il titube un peu et rejoint les bras de Fatou. Inaya soulève sa robe, la remonte sur son corps menu, dégage sa tête avec impatience. Elle plaque le vêtement contre elle pour bien le lisser, le plie en deux et le pose au fond de la bassine en plastique. Elle a la minutie des gens qui possèdent peu. Cette robe, elle l'a héritée d'Asma, qui l'a portée après ses trois sœurs. Chacune des filles est liée aux autres par ce morceau de tissu.

Inaya a les genoux osseux, des jambes fines et musclées, des bras chétifs, un buste étroit. Sous ses talons et dans la paume de ses mains, la même corne épaisse. Il y a chez elle de la grâce, mais aussi quelque chose de rugueux. Elle s'approche de l'eau, goûte la température avec les orteils de son pied droit, bras tendus pour garder l'équilibre. À une cinquantaine de mètres de là, les garçons font la queue sur le gros rocher qui surplombe la rivière. Ils se jettent dans l'eau en criant, genoux relevés contre la poitrine, bras serrés, corps compacts qui disparaissent avec fracas sous la surface. Du côté des filles, les jeux sont moins démonstratifs, l'attention flotte entre les tout-petits à surveiller et les copines, entre le plaisir du moment et les tâches qui les attendent au village. Il y a celles qui entrent dans la rivière en courant, celles qui s'approchent timidement, celles pour qui la nudité ne change rien à la façon de se mouvoir, celles qui cachent leur sexe et leur poitrine naissante, celles qui lavent doucement leur visage, celles qui se frottent énergiquement, celles qui se lancent des défis à plusieurs, celles qui discutent en tête à tête. Il y a Inaya qui s'immerge lentement, délicatement, mouille d'abord ses bras et ses épaules avant de s'accroupir, puis savoure la chaleur de l'urine qui se répand entre ses cuisses. Inaya qui préfère prendre l'eau en coupe dans ses mains plutôt que de plonger sa tête dans la rivière, pour ne pas déranger ses tresses. Inaya qui se pince l'arête du nez et se mouche bruyamment d'une main, l'autre main occupée à frotter la corne de ses pieds avec une poignée de sable.

C'est un matin à la rivière comme les autres pour les enfants du village. Ils reviendront ici dans deux jours, quand les réserves d'eau auront baissé.

4

Pour les rebelles qui se dirigent droit vers la rivière, ce matin-là n'est pas tout à fait comme les autres. Ils sont une centaine, en quête d'un nouveau campement. Une file indienne de 4 × 4 s'enfonce dans la brousse, jusqu'à ce que la végétation marque la fin de la piste. Les portières claquent. Des dizaines de paires de rangers atterrissent dans la poussière. Ils occupaient, à cinq heures de piste au nord du village, un gisement de cobalt abandonné qu'ils ont dû évacuer après que les forces gouvernementales ont repris le contrôle de la zone. Ils ont quinze ans, vingt ans, adolescents récemment recrutés par le Parti, qui assure leur formation. Pendant deux mois, ils apprennent à manier les armes, répètent des techniques de combat calquées sur celles de l'armée dont les plus gradés, ceux qui se font appeler « les généraux », sont issus. Douze heures par jour, ils rampent, frappent, courent, chargent et déchargent les kalachnikovs, hurlent des slogans à la gloire de la patrie et se gorgent d'une haine qui contient toutes les frustrations, les violences et les humiliations encaissées au cours d'une vie. Huit semaines durant, les généraux s'emparent de ces blessures individuelles, rouvrent les plaies et y injectent les éléments de langage, les règles et les croyances nécessaires pour fabriquer une rage collective et idéologique. C'est là que réside le véritable objectif de cette formation : effacer les mémoires, les parcours, les singularités, broyer les hommes pour en faire une seule et même machine de guerre.

Torses nus, fusils automatiques en bandoulière, bouteilles de bière à la main, les rebelles marchent vite, parlent fort, chantent faux, crachent et jurent, visages d'enfants et dégaines de soldats amateurs. Ils sont encadrés par une dizaine de gradés qui arborent leurs médailles sur des treillis tendus par de gros ventres. Le souffle court, couverts de sueur, jambes écartées pour replacer d'une main des attributs dont ils surestiment les dimensions, ils ordonnent aux jeunes recrues de s'immobiliser. Ceux d'entre eux qui ne s'arrêtent pas immédiatement reçoivent un coup de poing sur la nuque ou un coup de pied au bas-ventre. Obéir, sans renâcler et sans négocier, c'est bien là tout ce qu'on leur demande, même s'il faut aussi rire aux plaisanteries graveleuses, plus épaisses encore que les silhouettes des généraux. Des blagues de mauvais goût qui ciblent leurs mères et leurs sœurs, pour mettre à l'épreuve leur résistance et s'amuser comme seuls, disent-ils, savent s'amuser les hommes, les vrais.

Le gradé qui ouvre la marche sort de la poche de sa veste délavée un téléphone à clapet. Il l'ouvre d'un geste sec, pianote sur le clavier et colle l'écran sous le nez du jeune qui le précède. Les photos que l'index à l'ongle noir de crasse fait défiler sous ses yeux ont été prises dans un village situé à proximité de l'ancienne mine de cobalt. Il y fait nuit, mais on y distingue nettement le corps d'une femme violée par quatre hommes, parmi lesquels le rebelle reconnaît le général. Les positions varient, pas l'expression de la femme, qui affiche sur tous les clichés le même visage fermé.

–Alors, qu'est-ce que tu en dis ? lance le gradé au rebelle.

Le jeune bredouille, cherche les mots attendus par celui qui va être son instructeur pendant les prochaines semaines.

–Eh bien, l'ami, on t'a coupé la langue ?

Le général se rapproche de lui jusqu'à toucher son front avec la visière de sa casquette. Ses lunettes de soleil reflètent le regard inquiet de l'adolescent, qui tourne presque imperceptiblement la tête pour échapper à l'haleine de son supérieur, un souffle tiède où se mêlent l'odeur de l'alcool bon marché et les relents de viande faisandée. La grosse main du général saisit ses joues et replace son visage face au sien. Il chuchote presque.

–Je t'ai posé une question. J'attends une réponse.

–Je… j'aurais bien aimé la prendre aussi cette salope, murmure l'adolescent d'une voix mal assurée.

Le général recule d'un pas. Son corps flasque semble pris de tremblements et un rire puissant sort de sa gorge.

–Ton tour viendra, l'ami, je te le promets !

Il fait signe aux rebelles et tous se remettent en route.

5

Les enfants commencent tranquillement à se sécher et à se rhabiller. Inaya a remis sa robe, calé le petit frère de Sekou au creux de ses reins. Les derniers traînent encore dans l'eau, les premiers remplissent déjà les seaux et les bassines. Penchée en avant, les jambes tendues, Inaya remplit la sienne en l'immergeant complètement dans la rivière. Fatou et Asma font de même, et les trois cousines s'aident à tour de rôle pour hisser les bassines sur leurs têtes. Inaya sent le poids de l'eau traverser sa nuque, ses épaules, descendre le long de sa colonne vertébrale, se répartir sur ses deux pieds. L'équilibre est parfait.

À quinze minutes de là, les rangers frappent le sol au rythme d'un chant militaire. Les voix sont un peu éraillées, la fatigue et la bière accentuent les fausses notes. Les rebelles chantent le sacrifice, la mort et la nation, ils chantent l'honneur et le sang comme prix à payer pour protéger leur terre.

Garçons et filles reforment leur cortège joyeux, ralentis par leur chargement. Sekou a retrouvé Inaya, leurs mains se tiennent à nouveau, ils discutent. Mais non, il n'a pas dit ça, mais puisque moi, je te le dis, oui, mais toi-même, Sekou, tu inventes beaucoup aussi, non, pas cette fois. Ça se bagarre un peu, mots contre mots, pour oublier ce qui pèse.

Seules quelques dizaines de mètres séparent désormais les deux groupes. Fantassins de pacotille, ivres et encore assoiffés. Petits porteurs d'eau, pieds nus pour ne pas abîmer les claquettes. Inaya se fige. Elle a entendu le chant, puis les cris. Fatou et Asma reviennent sur leurs pas en courant, l'eau jaillit des bassines. Fatou attrape la main d'Inaya, qui ne lâche pas celle de son ami. Ça hurle devant, ça hurle et ça chante la mort et la nation et le mot passe de gamin en gamin jusqu'à l'arrière : les rebelles.

Les quatre enfants se mettent à courir dans la brousse, le cinquième rebondit sur le dos d'Inaya. Il faut courir encore, vite, longtemps s'éloigner du bruit. Ils entendent des coups de feu et des rires, c'est étrange les rires, ça glace le sang plus encore que les cris. Ce ne sont pas des rires joyeux, pas de ceux qui donnent envie de s'amuser à son tour. Ce sont des rires violents, nerveux, interrompus par des tirs en rafale dont on ignore s'ils veulent intimider ou tuer. Inaya, ses deux cousines, Sekou et Issa se sont dissimulés comme ils ont pu derrière des buissons épineux qui leur griffent le corps comme des ongles trop longs. Attendre, c'est tout ce qu'ils peuvent faire, en priant pour que le petit ne pleure pas, pour qu'aucun animal ne vienne rôder autour d'eux, pour qu'aucun son, aucun frémissement ne vienne trahir leur présence. Inaya a plaqué une main sur sa bouche et l'autre sur celle d'Issa. Accroupie, elle aperçoit à travers les branches l'étendue d'herbes sèches qui s'étire devant eux, parsemée çà et là d'acacias.

Une fillette apparaît au loin. Elle court si vite qu'un petit nuage de poussière semble lui coller aux talons. Exposée aux regards au milieu de cette plaine à la végétation rare, elle fonce dans leur direction, visiblement décidée à rejoindre les buissons. Il lui reste encore une bonne distance à parcourir lorsqu'elle est rattrapée par un groupe de rebelles. Les plus rapides l'encerclent, rejoints quelques instants plus tard par d'autres plus lents et plus lourds. Les généraux. La petite essaie de s'échapper, court, se cogne contre les jambes et les crosses des fusils, au son de rires épais que vient parfois interrompre une quinte de toux. Elle ne se décourage pas, ne renonce pas et reprend son élan comme un fauve en cage, ignorant que la partie est perdue d'avance, qu'ils sont trop nombreux, trop affamés pour la laisser filer. Un jeune rebelle fait un pas à l'intérieur du cercle, tandis qu'un des généraux attrape l'enfant par les cheveux.

Inaya se redresse brusquement, immédiatement ramenée à couvert par Fatou qui lui tire le bras d'un coup sec. Les deux cousines se regardent, échange muet qui dit l'impuissance et le dégoût, mais aussi la nécessité de fuir pour rester en vie, tant que personne ne les a encore repérés, tant qu'ils sont tous si salement occupés. Il y a trop de bruit dans la tête d'Inaya, les bottes, les portières, les chaises renversées, et les sandales de sa mère. Ça l'empêche de réfléchir. Alors elle se laisse tirer par le bras, le petit sur le dos, les bassines vides au sol.

Ma' ne va pas être contente, il faudra bien l'aider au champ pour se faire pardonner.

6

Le vent s'est levé. Il souffle sur la plaine aride où pourtant rien ne bouge, tant la végétation est sèche et rare. Il n'y a guère que la poussière qui daigne se soulever, formant ici et là quelques tourbillons qui dansent entre les touffes d'herbes jaunies pour retomber quelques mètres plus loin, sans que rien annonce leur fin. Ils sont, puis ne sont plus. Ils virevoltent et retombent en petits tas terreux, sans laisser aucune trace de leur passage.

Le ciel se prépare pour la nuit sans grande démonstration. Il n'y a pas de coucher de soleil flamboyant, aucune trace de tons rouges ou rosés. Il n'y a qu'un ciel bleu comme il l'est chaque jour pendant les six mois que dure la saison sèche, un ciel sans nuages qui perd progressivement de son éclat, passant du bleu azur au bleu nuit sans que personne ne le remarque. Trois buffles sur lesquels sont perchés autant de hérons se dirigent lentement vers la rivière.

Il fait presque nuit quand les enfants, qui ont couru longtemps, rejoignent la piste menant au village. Les adultes sont là, ils crient et s'agitent. Il n'y a plus de rires. Il n'y a plus de bruit dans la tête d'Inaya. Plus rien qu'un grand silence et une succession d'images sans queue ni tête : le petit Issa que l'on enlève de son dos, une fillette qui saigne entre les cuisses portée par deux hommes, le visage de Ma' collé au sien, des enfants qui pleurent, des femmes qui étreignent, un cataplasme qu'on pose sur ses pieds, la grand-mère voûtée de Sekou qui frotte les cheveux poussiéreux de son petit-fils, la vieille porte en bois qu'on referme à la hâte, Fatou qui parle avec les mains, Asma qui acquiesce, Rokia qui l'embrasse sur la joue, Niélé qui la secoue doucement.

Les plus âgées prennent soin des plus jeunes. Elles essuient les visages salis par la terre et les larmes. Elles massent les muscles endoloris par les kilomètres de course à travers la brousse. Elles ôtent les épines plantées au bout des doigts et dans la plante des pieds. Les plus jeunes se laissent faire. Elles partagent le fond d'une cruche pour tenter d'éteindre le feu dans leur gorge, échangent des regards qui racontent à la fois le soulagement d'être ensemble et la peur de l'après. Elles ne parlent pas de ce qu'elles ont vu.

Puis Ma' dit aux filles qu'elles n'iront plus chercher l'eau. Et tout le monde part se coucher.

7

– Qui te dit qu'ils ne s'en prendront pas à nos fils ?

La vieille femme s'agrippe à sa canne pour rester debout, repoussant d'un geste agacé les mains qui l'invitent à s'asseoir. Tous les adultes se sont réunis au centre du village. Les traits sont tirés, les corps fatigués après une nuit sans sommeil. On a rassemblé les tabourets en bois, éloigné les enfants et préparé le thé, que les femmes servent d'abord aux anciens.

Coumba, la grand-mère de Sekou et d'Issa, reprend la parole :

– C'est à toi que revient la décision, Souleymane. Mais s'il arrive quoi que ce soit à mes petits, je t'en tiendrai responsable, crois-moi.

Un murmure parcourt l'assemblée. Si certains approuvent, aucun n'est prêt à défier aussi frontalement le chef du village. Coumba le respecte, mais ne le craint pas. C'est la seule qui prononce son prénom, quand tous l'appellent par politesse « Doyen ». Il faut dire qu'elle a vu défiler plus de saisons que lui. Elle travaillait déjà aux champs qu'il tétait encore le sein de sa mère. Elle a tout connu, l'abondance, la misère et l'exil, la famine et les pillages. Elle a porté ses enfants dans son ventre avant de les porter en terre, les uns après les autres, fauchés par la maladie ou la guerre. Coumba a tant perdu qu'elle n'a plus peur, si ce n'est pour ceux qui restent. Elle qui estime n'avoir pas su garder ses enfants en vie refuse de risquer celle de ses petits-enfants.

Le doyen, assis face aux villageois sur le lourd fauteuil d'ébène sculpté qu'il ne sort que lors des réunions importantes, comme pour donner plus de poids à ses décisions, garde le silence pendant de longues minutes. Il se racle la gorge, tourne la tête sur le côté et envoie un crachat à plusieurs mètres.

– Qu'est-ce que tu proposes, Coumba ? On ne va pas vivre sans eau.

– Ils vont partir, ils le font toujours. En attendant, pourquoi tu n'envoies pas plutôt les hommes à la rivière ? Eux au moins sont assez grands pour se défendre !

– Peut-être, mais tu le vois comme moi, il n'y a pas plus d'hommes dans ce village que de doigts au bout de mes deux mains.

Les rares hommes présents dans l'assemblée se contorsionnent sur leurs sièges pour apercevoir leurs pairs.

–Ils vont ramener quoi, deux bassines chacun ? poursuit le doyen. Plus on multipliera les allers-retours là-bas, plus on s'exposera à leur folie. Ils ne toucheront pas aux garçons, mais ils n'hésiteront pas à tuer un homme.

–Tu as vu ce qu'ils ont fait à la petite…

–C'est une fille, coupe le doyen.

Sentant qu'elle est en train de perdre la partie, Coumba consent enfin à s'asseoir sur le tabouret que Marietou lui tend. Rokia et Niélé ont accompagné leur mère et attendent en silence que le chef du village rende sa décision. Pour elles, pas question de la contester. Si elles admirent la force de caractère de Coumba, elles ont grandi dans le respect de l'autorité et intégré l'idée qu'il ne peut y avoir qu'un seul commandant à bord, surtout lorsque la mer est agitée. L'installation des rebelles à proximité du village a réveillé chez elles des angoisses qu'elles pensaient avoir surmontées. Pourtant, il en va ainsi à chaque fois qu'ils reviennent : il faut renoncer à la légèreté sans tout à fait la perdre, la garder en soi comme on tente de mémoriser l'odeur d'une peau aimée. Il faut en conserver l'essence pour la transmettre aux plus jeunes et les aider à s'en imprégner de nouveau quand les uniformes auront levé le camp. L'insouciance est ici un travail de chaque instant.

Marietou a l'habitude de voir partir puis revenir les rebelles. À ses yeux, ils ont tous le même visage et, du plus jeune au plus âgé, du plus inexpérimenté au plus aguerri, le même pouvoir de destruction, par leurs armes, leur sexe ou leurs mots. Elle qui n'élève que des filles est soulagée par la décision que s'apprête à prendre le doyen, mais elle partage l'inquiétude de Coumba. Comment un petit bonhomme comme Sekou pourrait-il se défendre face à ces brutes? Pourquoi jeter en pâture les enfants à des bêtes que les adultes eux-mêmes n'ont pas la force d'affronter? Toutes ces questions prennent tant de place dans la tête de Marietou qu'elle n'a pas vu Inaya se faufiler au milieu de l'assemblée. Ce matin, elle avait dû batailler longtemps avec sa nièce pour lui faire comprendre qu'elle n'avait pas sa place dans cette réunion. C'est nous qui avons tout vu, lui avait-elle répété, mais Marietou l'avait empêchée à plusieurs reprises de lui raconter la suite, parce qu'elle ne savait que trop bien ce qu'elle allait lui dire, parce qu'elle avait vu le sang sur la robe de la petite fille, parce qu'elle-même avait été cette petite fille portant une robe tachée de sang. Elle aurait dû écouter sa nièce, elle aurait dû l'aider à dire, à mettre des mots sur la réalité insensée, mais elle n'en avait pas eu la force.

Le doyen pose ses deux mains sur les accoudoirs de son fauteuil, s'y cramponne et se hisse sur ses pieds. Il semble si petit à côté de cet énorme siège que seule sa position sociale justifie le silence qui s'installe immédiatement, sans même qu'il ait à le demander.

–À partir d'aujourd'hui, les garçons et les jeunes hommes sont chargés d'aller chercher l'eau…

– Moi, j'irai, le coupe une petite voix haut perchée.

Les adultes tournent la tête, cherchant à apercevoir dans la foule celle qui a osé interrompre le doyen. La mine grave et le regard acéré, sans malice, Inaya grimpe sur un tabouret pour que sa voix porte plus loin et répète :

– Moi, j'irai. Il faut bien que quelqu'un les aide, explique-t-elle en haussant les épaules.

Le doyen plisse les yeux pour essayer de distinguer les traits de la fillette. Jamais personne ne lui avait ainsi coupé la parole au beau milieu d'une sentence, devant le village entier. Même la vieille Coumba finit toujours par se taire à cet instant précis, qu'elle approuve ou non sa décision. Marietou se précipite, furieuse, vers Inaya.

– Je disais donc, reprend le doyen en tentant de dissimuler son agacement, que seuls les garçons et les jeunes hommes sont désormais autorisés à aller à la rivière. Ils iront très tôt le matin, et ne devront pas s'attarder sur les lieux. Pas de toilette, pas de jeux, pas de bruit. Que Dieu les protège, conclut-il comme à chaque réunion.

L'assemblée se disperse, la place du village se vide peu à peu. Plusieurs femmes, avant de quitter les lieux, lancent un regard insistant à Marietou. Elles lèvent les yeux au ciel et secouent lentement la tête pour souligner leur désapprobation, s'assurant au passage que le doyen les a vues. Pas question qu'il pense que toutes élèvent aussi mal leurs enfants.

Marietou ne dit pas un mot à Inaya. Le silence s'est abattu, celui que redoute tant la fillette. Impossible de savoir combien d'heures ou de jours il va durer, ni ce qu'elle doit faire pour que Ma' lui parle à nouveau. Elle n'a pas voulu créer de problème, au contraire : le chef est vieux, il ne sait pas comment sont les garçons. Il ne sait pas que, sans les filles, ils ne ramèneront même pas assez d'eau pour abreuver ses trois chèvres. Il ne sait pas qu'ils ne pensent qu'à jouer pendant qu'elles surveillent les petits et qu'ils ne voient pas le temps passer. Elle se demande si lui aussi était comme ça quand il avait leur âge. Elle lui poserait bien la question, mais le visage de Ma' l'en dissuade. Qu'importe, elle ira quand même. Et qu'on ne vienne pas lui dire qu'elle n'a pas prévenu.

8

Sekou pose ses mains sur son crâne et lève les yeux au ciel. Inaya poursuit son récit, ignorant les gesticulations du garçon. Elle ne cherche pas à se vanter de ce qu'elle a dit ou fait pendant la réunion. Ce qu'elle attend, c'est une confirmation. A-t-elle raison de penser que la décision du doyen n'est pas la bonne ?

– Y a un truc qui tourne pas rond chez toi, lui répond-il.

– Pourquoi tu dis ça ?

– Personne doit parler quand il parle, surtout pas les petits.

– Sauf quand ils ont de meilleures idées.

– Ah, c'est vrai, tu sais mieux que lui peut-être ?

– Oui. Parce que je vois des choses qu'il ne voit pas.

– Comme quoi ?

– Comme ce que vous faites quand vous allez à la rivière.

– Mais arrête avec ça, on rapporte de l'eau nous aussi !

– Parce qu'on est là pour vous dire de le faire, sinon vous seriez encore à jouer dans la rivière quand la nuit arrive, tout fripés comme le doyen !

Inaya a crié sans s'en apercevoir. Debout face à Sekou, elle le voit qui grimace et se mord la lèvre, sans comprendre ce qui lui arrive. Ses joues se gonflent et ses yeux se mettent à briller, puis il éclate de rire, incapable de se retenir plus longtemps. Inaya reçoit une salve de postillons sur le visage et commence à rire à son tour. Elle se courbe comme une vieillarde et imite la démarche hésitante du doyen, pendant que Sekou répète « tout fripés » à chaque fois qu'il parvient à reprendre une bouffée d'air.

– Je peux savoir ce que tu fabriques ?

Inaya reconnaît la voix de Marietou, qu'elle n'avait pas entendue depuis la réunion. Elle se redresse brusquement et envoie un coup de coude dans les côtes de Sekou, qui retrouve son sérieux en une poignée de secondes. Il faut dire que les sourcils froncés de Marietou, mains sur les hanches, les deux jambes plantées sur le seuil de sa maison, n'invitent guère à la plaisanterie. Inaya ouvre la bouche, aussitôt arrêtée par la main levée de Ma' :

– Tais-toi. Tu en as assez dit ce matin. Toi, tu files chez ta grand-mère, ordonne-t-elle à Sekou, quant à toi, tu arrêtes tes pitreries et tu vas porter ça à la mère de Kadiatou. Tout de suite !

Sekou prend ses jambes à son cou tandis qu'Inaya s'approche de sa tante pour attraper la petite calebasse qu'elle lui tend.

Inaya se met en route. Elle a calé la calebasse contre son ventre et l'entoure de ses bras. Dedans, cinq petites patates douces et une poignée de haricots rouges remuent au rythme de ses pas prudents. Il y a des choses avec lesquelles on ne plaisante pas au village, même quand on a huit ans. La nourriture en fait partie, au même titre que l'eau et les vêtements. Si la nouvelle organisation prévue pour les trajets vers la rivière préoccupe tant Inaya, c'est parce qu'elle sait très bien ce qu'avoir soif signifie, tout comme elle connaît la douleur infligée au corps par la faim.

Elle rejoint la ruelle principale, prend la première à gauche et salue d'un signe de tête les femmes qui, depuis l'intérieur des cours poussiéreuses, la suivent du regard en chuchotant. L'heure du dîner approche. Partout, le bruit des marmites et l'odeur des feux de bois annoncent le repas à venir. Dans certaines familles ce repas suffira, sinon à remplir les estomacs, du moins à apaiser les tiraillements le temps de trouver le sommeil. Dans d'autres, les adultes se contenteront d'une ou deux bouchées pour donner le change pendant que les enfants mangeront. Inaya sait bien que ce qu'elle tient contre son ventre finira une heure plus tard dans celui de Kadiatou et de ses frères et sœurs. Si Ma' l'envoie porter à cette heure-ci quelques patates douces et une poignée de haricots à la mère de son amie, ce n'est pas pour qu'elle les stocke, mais pour qu'elle ait quelque chose à jeter dans l'eau encore froide de son faitout. La semaine dernière, c'est Kadiatou qui est venue déposer un panier chez Marietou. Dans un jour, une semaine ou un mois, une autre amie aidera ou sera aidée. Quand les greniers sont vides, quand même les enfants se couchent le ventre creux, il faut aller chez les Blancs, à quatre heures de marche du village. Là-bas, il y a de grandes tentes et un grillage plus haut que trois Sekou empilés, Inaya avait fait le calcul un jour où elle avait accompagné Ma'. Elle l'avait vue tracer une croix sur un gros cahier, à l'endroit que lui désignait un homme noir assis dans une tente plus petite, à l'entrée du camp. Elle l'avait attendue à l'extérieur, elle se rappelle avoir eu peur qu'elle ne revienne pas. Elle se rappelle aussi le bidon d'huile et le sac de riz qu'il avait fallu porter jusqu'au village, tout ce riz qu'elles avaient mangé pendant des jours. Elle n'avait pas vu de Blancs, rien qu'un homme noir dans une petite tente. Elle n'y est jamais retournée, mais Sekou y est allé quand il était petit, pour montrer sa jambe tordue. Quand Inaya lui pose des questions, il dit qu'il ne se souvient de rien, mais elle n'est pas sûre que ce soit vrai.

Kadiatou habite tout au bout de la dernière ruelle, à la sortie du village. Si on continue tout droit, on arrive dans les champs que l'État a attribués à Marietou et aux autres exilés lorsqu'ils sont descendus des cars. De la mauvaise terre, peste souvent Ma'. Inaya aperçoit Kosso, un des frères de son amie. Il est tellement occupé à peaufiner la fabrication de son ballon qu'il ne la voit pas arriver. Assis par terre dans la ruelle, face à la cour de sa maison, il maintient entre ses jambes une boule faite de vieux tissus et de morceaux de plastique. Il l'enserre dans un filet constitué de bouts de ficelle assemblés et noués grossièrement, et tente de faire tenir le tout assez solidement pour supporter les matchs de foot organisés par les enfants dans les rues du village après le dîner. Inaya arrive à sa hauteur, penche la tête sur son ouvrage, soupire.

–Tu ne vas pas y arriver comme ça.

Kosso lève les yeux vers elle, à peine surpris de la voir ici. Elle s'accroupit, dépose la calebasse, défait quelques nœuds du filet pour pouvoir replacer correctement la boule de tissu et de plastique à l'intérieur, referme les nœuds, reprend sa calebasse puis se dirige vers la cour. Kosso ouvre et ferme la bouche sans qu'aucun son n'en sorte, partagé entre la joie de voir son ballon enfin prêt à être utilisé et la vexation de n'avoir pas su y arriver seul.

Inaya a déjà oublié, tout occupée qu'elle est à serrer la petite Kadiatou dans ses bras, la calebasse en équilibre sur sa tête. Sa mère, une grande femme mince au visage doux, apparaît sur le seuil de la maison. Elle remercie Inaya, lui dépose un baiser sur le front et retourne à l'intérieur avec la calebasse. Dans la cour, deux autres garçons et une fille, tous trois plus âgés que Kosso et Kadiatou, commencent sans perdre un instant à préparer le feu. Les deux amies ressortent, passent devant Kosso et font quelques pas dans la ruelle, main dans la main, en direction des champs. Elles se parlent à l'oreille, dans la lumière douce de la fin de journée, se confiant les secrets que les enfants se chuchotent depuis la nuit des temps.

9

Inaya dort profondément, un pouce dans la bouche, l'autre main posée sur le visage de Fatou. Son souffle chatouille la plante du pied d'Asma qui dépasse de la couverture. Les deux cousines d'Inaya dorment tête-bêche, séparées par le corps menu de la fillette. Le lit est petit, le cadre grossièrement taillé dans le bois. Des fibres épaisses, tissées entre les montants, servent de matelas. Plus les cousines grandissent, plus elles se gênent dans leur sommeil, se reprochant mutuellement de prendre trop de place. Inaya les écoute se disputer chaque soir, se gardant bien d'intervenir. Pendant que Fatou et Asma soupirent et marmonnent, elle se blottit sans un mot entre leurs deux corps et glisse rapidement dans le sommeil. Leurs chamailleries la bercent, la rassurent, comme le faisait autrefois la respiration de ses parents endormis.

Elle rêve qu'elle flotte, allongée sur le dos dans l'eau fraîche de la rivière. Elle est entourée de poissons aux couleurs vives, qui la frôlent parfois en nageant le long de ses jambes et de ses bras. Un poisson plus gros que les autres s'immobilise à côté de son visage, l'appelle distinctement par son prénom. Il frétille sur son épaule, insiste, se faisant de plus en plus pressant. Elle tente de le chasser mais elle ne parvient pas à bouger le bras. Le poisson est de plus en plus gros, parle de plus en plus fort et la secoue vigoureusement.

– Vas-tu te réveiller, jeune fille ?

Elle entrouvre un œil. Le poisson a la voix de Ma', il a ses traits et son regard perçant. Inaya sursaute, surprenant Asma qui lui colle sans le vouloir un coup de pied sur le nez. Elle se redresse, se frotte les yeux et regarde sa tante, penchée sur elle dans l'obscurité :

– Tu parles fort pour un poisson.

Marietou lève un sourcil et secoue la tête, renonçant à comprendre. Il est trop tôt et elle n'est pas d'humeur à jouer aux devinettes. Inaya observe l'intérieur de la petite maison ronde, à la recherche d'un rai de lumière dans l'encadrement de la vieille porte en bois. Il fait nuit noire. Même les animaux, dont les cris réveillent d'habitude la petite fille, sont encore endormis. Elle se contorsionne entre ses deux cousines pour atteindre le pied du lit, se laisse glisser jusqu'au sol. Rokia et Niélé dorment encore elles aussi, partageant la même couche. Près de la porte, Ma' finit de préparer en silence un petit baluchon, dans lequel elle glisse deux grosses poignées d'arachides et une petite cruche à eau en terre cuite. Elle noue les quatre coins du tissu et pose le paquet en équilibre sur sa tête. Inaya, inquiète, la regarde sans comprendre.

– Arrête de me fixer et va enfiler ta robe, ordonne Marietou.

– On va où ?

– Chez les Blancs.

– Mais on a encore à manger !

– C'est pour Coumba.

– Pourquoi on ne lui donne pas ?

– Il me reste juste assez pour nous.

– Qu'est-ce qu'elle a, Coumba ?

– Elle est très fatiguée, c'est tout.

En temps normal, Inaya aurait sauté de joie à l'idée de partir aussi loin du village. Être debout avant tout le monde, marcher sur la grande piste en regardant le jour se lever, croiser de nouveaux visages, toutes ces promesses d'aventures lui font habituellement battre le cœur plus vite. Mais aujourd'hui n'est pas un jour comme les autres. C'est le jour de l'eau, le premier jour de l'eau sans les filles. Hors de question qu'elle n'accompagne pas les garçons à la rivière.

– Pardon Ma', mais c'est mieux si tu pars avec Fatou ou Asma.

– Ah, tiens, et pourquoi donc ?

– Eh bien, parce qu'elles marchent plus vite.

– Il me semble que tu marches assez vite, toi aussi.

– Mais non, regarde, dit Inaya en montrant ses jambes nues.

– Qu'est-ce qu'elles ont ces jambes ?

– Elles sont petites. Vraiment petites.

– Tu ne serais pas en train de te moquer de moi ?

– Non, pas du tout.

Inaya baisse les yeux. Elle devine le regard de Ma' sur elle. Elle pourrait presque sentir sa tante fouiller à l'intérieur de sa tête, écartant les mensonges pour y voir plus clair.

– Bien sûr, tout ça n'a rien à voir avec le fait que les garçons vont chercher l'eau aujourd'hui ?

– Rien.

Inaya fixe ses orteils avec attention.

– J'imagine aussi que tu comptais m'obéir et ne pas les accompagner quand j'aurais eu le dos tourné ?

Inaya acquiesce en se mordant la lèvre.

– Et tu te dis que, peut-être, je suis trop bête pour savoir que tu me mens ? Va t'habiller.

Marietou la regarde enfiler sa robe à la hâte. Elle s'efforce de ne pas sourire, pour ne pas l'inciter à lui mentir de nouveau. Pourtant, elle admire son courage. Inaya ressemble tant à sa mère, une petite femme vive, entêtée, toujours prête à braver le danger pour défendre ceux qu'elle jugeait faibles, même s'ils étaient plus grands et plus forts qu'elle. Même s'ils étaient des hommes. Elle n'avait que faire des conventions, se fichait pas mal de ce que pensaient les autres. Ma' était l'aînée. Elle aurait dû la protéger, mais ce jour-là, elle n'était pas à ses côtés. S'il arrivait malheur à Inaya, elle aurait l'impression de trahir sa sœur une deuxième fois.

Marietou et Inaya marchent sur la piste depuis plus d'une heure. Elles n'ont échangé que quelques mots, toutes deux perdues dans leurs pensées. La fillette avance d'un bon pas, le menton dressé vers le ciel. Elle voit rarement le soleil se lever, alors ce matin, elle a décidé de ne rien rater du spectacle. Quelques nuages mauves s'accrochent à la cime des arbres. Ils semblent si doux, si moelleux, qu'Inaya aimerait pouvoir s'allonger sur eux et se laisser envelopper. Un vol d'aigrettes file au milieu des nuages sans en modifier les contours. L'horizon pâlit peu à peu, et tout autour, dans les cours et les ruelles des villages qui bordent la piste, les animaux s'éveillent bruyamment. Le braiement des ânes recouvre le chant des coqs. Bientôt, l'appel du muezzin accueille à son tour le jour nouveau, précédant de quelques minutes le bruit des marmites et les premiers rires d'enfants.

Marietou a mal aux genoux, aux pieds, au dos. Pour oublier la douleur, elle fredonne un air ancien, une berceuse que lui chantait sa grand-mère. Elle regarde sa nièce marcher sans se plaindre, observant le monde comme si elle découvrait chaque chose pour la première fois. Elle sait qu'elle peut avancer ainsi jusqu'à s'écrouler, tiraillée entre la faim, la soif et l'envie de ne pas décevoir. Les adultes qui font la connaissance d'Inaya oublient trop vite qu'elle est encore une enfant. Pourtant, si sa volonté d'acier et sa langue bien pendue impressionnent, Marietou sait quelles blessures la fillette porte en elle, à quel point elle a peur que ceux qui l'entourent cessent de l'aimer ou disparaissent. Certaines nuits, elle l'entend encore appeler sa mère dans son sommeil.

Comme si elle avait deviné les pensées de sa tante, Inaya se tourne vers elle, marchant désormais à reculons.

– Tu crois qu'ils sont arrivés à la rivière, les garçons ?

Ma' sourit, c'est la première fois depuis qu'Inaya a interrompu le doyen en pleine réunion.

– Ma parole, tu n'abandonnes jamais, toi, dit-elle en tendant la main à sa nièce. Viens, allons nous reposer un moment.

Main dans la main, la fillette et la grande femme au corps sec font quelques pas en direction d'un arbre. Elles s'assoient côte à côte sur l'une de ses racines épaisses et partagent en silence une poignée d'arachides.

10

Il n'est pas encore neuf heures lorsqu'Inaya et Marietou arrivent devant le camp des Blancs. Inaya reconnaît la petite tente plantée à l'entrée, sur le bord de la piste. À l'intérieur, un homme assis sur une chaise en plastique fait signer un registre à toutes les personnes qui entrent. Certaines viennent de si loin qu'elles ont dormi sur place, étendues sur des nattes le long des grilles qui ceinturent le camp. On ne leur a pas proposé de passer la nuit à l'intérieur : ici, on soigne et on distribue de la nourriture, mais on n'héberge pas. Pour ça, il faut aller plus loin encore, à deux jours de marche, une journée si on a les moyens de s'offrir le trajet à dos d'âne. Inaya n'est jamais allée aussi loin, et ce qu'elle a entendu à propos de cet autre campement la terrifie. On raconte qu'il y a tant de gens entassés les uns sur les autres que la violence, la maladie et la folie tuent plus encore que les rebelles. Ceux qui s'y installent ont tout perdu, à commencer par leurs terres, rachetées à l'État par les compagnies pétrolières qui se mènent une guerre silencieuse, sans armes et sans bruit, pour s'approprier les quelques centaines de kilomètres carrés de la région.

Comme dans ses souvenirs, Inaya voit Ma' se pencher sur la petite table en bois et tracer une croix sur le gros cahier que lui tend l'homme assis. Cette fois, hors de question qu'elle reste à l'extérieur. Elle glisse sa main dans celle de sa tante et entre dans le camp à ses côtés. Droit devant, quelques Blancs discutent devant un bâtiment en brique. Une femme fume une cigarette, un homme fait les cent pas un peu plus loin en agitant les bras, un téléphone calé entre sa joue et son épaule. Il fait déjà chaud ce matin et plus il bouge, plus sa peau devient rouge et luisante. Inaya est perplexe. C'est donc à ça que ressemble un Blanc vu de près ? On lui a toujours décrit des gens à la peau claire, et voilà que cet homme est plus rouge que la poussière de la piste. Inaya sent la main de Ma' la tirer d'un coup sec. Quand elle croise son regard, pas besoin de mots pour comprendre qu'elle a intérêt à cesser de fixer ces gens et à se remettre en marche. Un peu plus loin, deux grandes tentes se font face. Une longue file d'attente s'est formée devant chacune d'entre elles. À droite, les gens entrent puis ressortent presque immédiatement, chargés de provisions. À gauche, on patiente plus longtemps et personne ne semble quitter les lieux une fois franchi le seuil en toile kaki. Marietou entraîne sa nièce vers la tente de droite.

– Ils font quoi là-dedans ? demande Inaya en pointant du doigt l'autre tente.

– Ils vont voir des docteurs.

– On peut y aller ?

– Que Dieu nous en préserve.

– Pourquoi ?

– Tu tiens vraiment à être malade ?

– C'est ici que Sekou est venu pour sa jambe ?

– Il y a bien longtemps, oui.

– Ils lui ont fait quoi ?

– Ils ont posé encore plus de questions que toi, et Sekou est reparti comme il était venu, avec sa jambe tordue. Trop tard, soi-disant. La polio quelque chose, c'est ce qu'ils ont dit.

– C'est quoi la polio quelque chose ?

– Oh, tu me chauffes les oreilles à toujours vouloir tout savoir.

Inaya hausse les épaules, boudeuse. Bien sûr qu'elle veut tout savoir, tout comprendre du monde qui l'entoure. Les adultes gardent pour eux les réponses, les distribuent une par une comme s'ils n'en avaient qu'un stock limité, comme s'ils risquaient de les perdre à jamais en les donnant aux enfants. Qu'importe, elle a l'habitude de les trouver par elle-même quand on les lui refuse. Elle lâche doucement la main de Ma' et attend quelques minutes, les yeux rivés sur la grande tente des docteurs. Elle n'a pas l'intention de désobéir, mais la curiosité est si forte qu'elle lui fait presque mal, comme un feu qui part de son ventre et la brûle de la plante des pieds à la pointe des tresses. Pour éteindre ce feu, elle se glisse dans la file d'attente voisine et se faufile discrètement entre les adultes. Elle atteint l'entrée de la tente et pénètre à l'intérieur. Rien de ce qu'elle y découvre ne lui est familier. Ni l'odeur de désinfectant, ni les instruments médicaux qu'elle voit passer sur des chariots. Une vieille femme est allongée sur un lit de camp. L'un de ses bras est relié par un long tube à une poche en plastique, elle-même fixée à une grande perche métallique. Goutte par goutte, un liquide transparent s'écoule de la poche et parcourt le tube. Malgré le tuyau qui sort de son bras, la femme ne semble pas avoir mal. Inaya aimerait savoir ce qu'il y a dans cette poche, elle voudrait aussi savoir pourquoi une femme habillée tout en blanc plante une aiguille dans l'épaule d'un petit et pourquoi personne ici n'a rien pu faire pour la jambe de Sekou. Elle s'approche timidement de la femme à la blouse blanche.

– C'est quoi la polio quelque chose ?

Assise sur un tabouret, dos à l'enfant qu'elle vient de vacciner, la femme se retourne, surprise par la petite voix. Elle a de longs cheveux blonds, des pommettes roses et des yeux noirs comme ceux d'Inaya. Elle sent le désinfectant et le savon. Après avoir prononcé quelques mots que la fillette ne comprend pas, elle appelle une collègue, qui porte aussi une blouse blanche. Sa peau est noire et elle parle la même langue qu'Inaya. Elle lui demande de répéter.

– C'est quoi la polio quelque chose ? s'exécute-t-elle, un peu agacée de n'avoir toujours pas obtenu de réponse.

– La poliomyélite, c'est une maladie, une maladie grave.

– C'est possible d'avoir une jambe tordue avec ça ?

– Oui, ça arrive.

– Comment on guérit ?

– Il n'y pas de traitement, mais on fait des vaccins.

– C'est quoi un vaccin ?

Inaya est tellement concentrée sur la conversation qu'elle ne perçoit pas l'agitation dans la file d'attente. Elle ne voit pas Marietou jouer des coudes pour franchir le seuil de la tente, les bras chargés de riz, d'huile et de farine. En revanche, impossible de ne pas l'entendre crier son prénom. À regret, elle quitte les deux femmes et se dirige vers la sortie. Avant de partir, elle leur pose une dernière question.

– Comment on devient docteur ?

– Tu dois aimer les gens et étudier beaucoup, lui répond en souriant celle qui parle sa langue.

Inaya lui rend son sourire. Elle sait qu'elle va de nouveau devoir affronter le silence de Ma', mais ce qu'elle a découvert sous cette tente en valait la peine. Elle aimerait pouvoir rester pour observer tous ces instruments que les médecins manipulent avec assurance, elle voudrait comprendre à quoi sert chacun d'entre eux. Tandis que Ma' la tire par la main pour l'entraîner vers l'extérieur, Inaya jette un œil aux personnes qui attendent d'être soignées. Elle voit un vieil homme soutenu par deux garçons, un bébé qui hurle dans les bras de sa mère, une femme au ventre rond qui grimace en se tenant le bas du dos. Tous ont les traits tirés, comme si leur vrai visage était caché derrière un masque de douleur. Inaya emboîte le pas de Ma' et sent sa poitrine se gonfler de fierté. Un jour, elle aussi saura avec quelles armes combattre toute cette souffrance. Un jour, elle aussi sera médecin.

11

Quelque chose ne va pas. Inaya le sent dès qu'elle quitte la piste principale pour s'engager sur le chemin qui mène au village. Marietou la suit, épuisée, portant sur sa tête le gros sac de riz qu'elles ont rapporté du camp des Blancs. Elles se sont arrêtées un moment pour manger la dernière poignée d'arachides et finir l'eau de la cruche, quand le soleil était au plus haut. Elles ont somnolé à l'ombre d'un arbre en attendant que l'air redevienne respirable, que la terre leur brûle un peu moins les pieds. Il est environ seize heures lorsqu'Inaya aperçoit le muret qui borde les maisons de Ma' et de Coumba. Elle presse le pas. Quelque chose ne va pas. Il y a trop d'agitation dans la petite ruelle, trop de voisines qui entrent et sortent de la cour. Malgré le poids du sac de farine et du bidon d'huile qu'elle serre contre elle, Inaya marche vite et distance sa tante. Elle entre et aperçoit le doyen. Il se tient sur le seuil de la maison de Coumba, refermant une à une de petites fioles en verre que tous ici ont déjà vues au moins une fois. Le doyen n'est pas seulement le chef du village, il en est aussi le guérisseur. Pour sa capacité à communiquer avec le monde invisible et sa connaissance des plantes, héritées de sa mère, il est le premier auquel on fait appel quand quelqu'un est malade. Bien souvent, il est aussi le dernier, celui auquel on confie l'âme de la personne mourante pour son ultime voyage. Ces fioles en verre contiennent des remèdes dont lui seul connaît les secrets de fabrication. Bon nombre de villageois, du plus jeune au plus âgé, y ont déjà eu recours.

Inaya se fraie un chemin au milieu des voisines attroupées devant la maison. Certaines sont venues apporter leur aide, d'autres semblent aimantées par le malheur et ne pointent leur nez que lorsqu'elles flairent l'odeur de la mort.

– C'est Coumba ? demande la fillette au doyen, sans prendre la peine de le saluer.

– Elle refuse mon aide. Il n'y a rien que je puisse faire, répond-il en s'écartant pour la laisser entrer.

Il faut quelques secondes à Inaya pour distinguer le corps de la vieille femme, allongée dans la pénombre. Sekou est assis à même le sol à ses côtés. Il a reconnu la voix de son amie et s'adresse à elle sans quitter sa grand-mère des yeux.

– Elle est tombée tout à l'heure, sur la grande place. C'est Kadiatou qui l'a trouvée. Elle bougeait plus, elle disait rien.

– Issa, il est où ?

– Chez la maman de Kadiatou.

– Pourquoi elle ne veut pas prendre les remèdes du doyen ?

Sekou hausse les épaules, s'essuie les yeux du revers de la main. Coumba fait signe à Inaya de s'approcher. Elle parle tout bas, mais si sa voix n'est plus qu'un souffle, son caractère n'a rien perdu de sa force :

– Va dire à ces vieilles charognes d'aller voir ailleurs. Je ne suis pas encore morte. Et ramène-moi ta tante.

Inaya acquiesce et file dans la cour. Elle se plante devant l'attroupement de voisines, se hisse sur la pointe des pieds et met ses mains en porte-voix :

– Allez voir ailleurs, vieilles ch…

Une main se plaque sur sa bouche avant qu'elle n'ait le temps de retransmettre fidèlement les propos de Coumba. Ma' sourit aux voisines et les congédie poliment, sans retirer sa paume de la bouche de sa nièce. Les femmes quittent lentement la cour, vexées, pour certaines, d'être ainsi mises dehors.

– Toi, tu m'attends ici, ordonne Marietou à Inaya, avant de se diriger vers le doyen.

Elle s'entretient avec lui pendant de longues minutes, sans qu'Inaya puisse entendre ce qu'ils se disent. Ma' hoche régulièrement la tête, écoute avec attention, le visage grave. Elle salue le doyen et disparaît à l'intérieur de la maison, dont Sekou sort quelques instants plus tard. Les deux femmes sont seules à présent. Le sac de riz, la farine et le bidon d'huile sont restés dehors, butin dérisoire et presque grotesque face à la mort qui approche. C'est tout sauf une surprise pour Marietou, qui a vu sa voisine et amie décliner au fil des semaines. La main maigre et ridée de la vieille femme dans la sienne, elle l'écoute lui expliquer que Sekou a peur du noir et qu'il faut le laisser dormir sous un petit coin de ciel, près d'une fenêtre ou d'une porte ouverte, pour qu'il puisse apercevoir la lumière des étoiles s'il se réveille au milieu de la nuit. Elle regarde Coumba pointer un doigt vers le creux de son cou, en lui disant que c'est ici, à cet endroit précis, qu'Issa aime recevoir un baiser quand il pleure après un cauchemar. Marietou mémorise tous ces détails qui ne sont, pour la vieille femme, qu'un moyen de lui dire à quel point elle aime ses deux petits, à quel point elle compte sur elle pour prendre le relais et leur montrer que rien, jamais, ne disparaît. Ni les humains, ni l'amour qu'ils se sont porté quand ils étaient encore en vie. Ma' écoute et cache sa peur, essaie de ne pas penser à la farine, au riz et à l'huile qu'elle a laissés dehors, à ces sept bouches qu'il lui faudra désormais nourrir, à ce qu'ils deviendraient s'il lui arrivait quelque chose. Il est à la fois trop tôt et trop tard pour s'en inquiéter.

Dehors, Inaya et Sekou font comme tous les enfants quand le monde devient un peu trop lourd à porter, quand le réel oppresse et qu'il est à la fois si compliqué et si tristement simple à comprendre. Ils jouent. Ils repoussent aussi loin que possible ce dont ils ne veulent pas se saisir maintenant, la maladie, la mort et l'angoisse, la séparation et toutes les choses qu'ils sauront affronter lorsqu'ils l'auront décidé. Ils jouent pour mieux se préparer à recevoir ce qui pèsera sur leurs épaules, gardant ainsi le contrôle d'un monde qu'ils inventent et dont ils connaissent les règles.

Le lendemain matin, Inaya aide Ma' à laver du linge quand elle aperçoit soudain Coumba, soutenue par Sekou, sortir de sa maison. À sa nièce qui s'écrie « Elle est guérie ! Tu vois qu'elle ne va pas mourir ! », Marietou répond par un sourire silencieux. Elle sait que souvent la maladie laisse un peu de répit avant la toute fin, comme une trêve pour permettre de dire au revoir. Coumba n'est pas guérie, elle fait ses adieux.

Pieds nus dans la poussière de la cour, les cheveux hirsutes, la vieille femme pose sa main sur l'épaule de Sekou. Elle ne veut pas lui faire mal, mais elle craint de tomber. Alors, sans le vouloir, elle plante ses ongles dans la chair de son petit-fils, imprime sa marque sur sa peau lisse. Il ne dit rien, grimace à peine, son corps ne proteste pas. Il resserre son étreinte sur la hanche saillante de Coumba. Ils avancent ainsi, progressant comme une armée réduite à presque rien, à deux soldats sans munitions qui savent qu'ils ne s'en sortiront pas seuls, mais qui pourtant ne peuvent compter que sur eux-mêmes. Ma' retient Inaya qui déjà se levait pour aller les aider. « Laisse, lui dit-elle, laisse-les seuls. » Ils atteignent le paravent en paille dressé à l'arrière de leur maison, petit rempart d'intimité pour qui vient y faire sa toilette. Les bassines sont remplies, le petit siège en bois est là, prêt à accueillir les fesses de Coumba. Elle lâche l'épaule de Sekou, ses doigts glissent le long du bras de l'enfant, centimètre après centimètre, son autre main appuyée sur le mur de terre. La vieille femme s'assied comme on chute. Une chute si lente, si prudente, si douloureuse, que chaque os, chaque articulation, chaque muscle, chaque tendon, chaque ligament tiraille et craque. Quand enfin son corps est calé sur le siège, elle murmure : « On est mieux assis », comme pour s'excuser d'être encore là sans pouvoir l'être tout à fait.

12

Inaya est accroupie sur le petit muret au fond de la cour. Elle observe les préparatifs de la fête prévue ce soir. Les femmes ont commencé à cuisiner tôt le matin, à l'heure où les musiciens, de jeunes garçons pour la plupart, partaient se coucher après avoir répété toute la nuit. Voilà bien longtemps que le village n'a rien fêté. Trop longtemps, a décrété le doyen, qui sait que la joie des vivants est la meilleure arme contre les mauvais esprits. Ils sont nombreux ces derniers temps à rôder par ici, depuis l'installation des rebelles au bord de la rivière. Il est grand temps de recommencer à danser.

Coumba n'est pas sortie de sa maison depuis trois jours. Ma' passe la voir souvent pour relayer Sekou. Il a les traits tirés de celui qui veille un mourant et son regard n'est déjà plus tout à fait celui d'un enfant de huit ans. Le petit Issa passe de bras en bras, de ceux de la mère de Kadiatou à ceux de Ma', qui le confie à ses deux filles aînées quand elle doit s'absenter. C'est ainsi que l'on grandit et que l'on meurt ici : entouré de deux cents âmes prêtes à se substituer à celles et ceux qui vous ont donné la vie, au milieu d'une famille grande comme un village posé au bord d'une piste rouge.

Inaya aimerait pouvoir soigner Coumba, éloigner sa douleur comme on chasse un mauvais rêve. Si elle était médecin, elle saurait quels médicaments lui donner, elle connaîtrait la maladie qui la ronge. Ma' a beau lui dire qu'il n'y a rien à faire, que Coumba est tout simplement trop vieille pour continuer à se battre, elle refuse de l'entendre. Plus les forces de la grand-mère de Sekou s'amenuisent, plus son désir de devenir médecin grandit.

Inaya saute du muret et atterrit dans la cour. Ma' lui a demandé il y a déjà plus d'une heure d'enfiler sa robe bleue, celle réservée aux grandes occasions. Inaya ne le lui a jamais dit, mais elle préfère celle qu'elle porte en ce moment, une robe cent fois rapiécée, au jaune si délavé qu'il semble presque blanc. Au niveau des fesses, le tissu a subi tant de frottements qu'il est aussi doux qu'une seconde peau. Si Inaya avait vraiment le choix, elle ne porterait ni la robe bleue ni la jaune, elle se promènerait toute nue comme elle le faisait quand elle était encore bébé. C'est toute nue qu'elle aime dormir, pour sentir la brise sur son corps au petit matin. C'est toute nue qu'elle aime se baigner, libre de ses mouvements, sans avoir à se cacher du regard des adultes.

Elle entre dans la maison et en ressort vêtue de la robe exigée, suivie par Rokia, Niélé, Fatou et Asma, ses cousines qui se sont également apprêtées pour la fête. Fatou a tressé les cheveux d'Asma, qui a enduit le corps de ses sœurs de baumes aromatiques. Rokia porte une tenue rouge vif héritée de sa mère. Niélé s'est discrètement maquillé les yeux. Elles avancent toutes les quatre dans le sillage d'Inaya, formant un cortège joyeux et coloré. Au passage, les filles récupèrent Sekou, que Marietou a remplacé auprès de sa grand-mère pour la soirée. Inaya prend la main du garçon, et tous deux se mettent à courir en direction des premières notes de musique qui leur parviennent depuis la place du village. Il y a tant de monde que les habitants semblent ne former qu'un seul corps, compact et souple, remuant presque sans le vouloir à mesure que les paumes des garçons s'abattent sur les peaux des percussions. La mélodie solaire des balafons s'envole alors, balayant la tristesse et la peur pour quelques heures.

Inaya pioche plusieurs morceaux de mangue découpés sur un étal, essuie d'un revers de main le jus sucré qui coule sur son menton. Elle avait pour consigne de ne pas quitter ses cousines, mais la voilà déjà à l'autre bout de la place, serrant dans ses bras Kadiatou et lui enfournant un morceau de mangue dans la bouche, sans lui laisser le temps de savoir si elle en avait envie. Inaya laisse rarement aux gens le temps de savoir ce dont ils ont envie ou besoin. Elle veille sur eux à sa manière, partant du principe que ce qui est bon pour elle ne peut qu'être bon pour l'autre. Elle insiste parfois un peu trop, respecte rarement l'intimité, peut se montrer aussi tenace qu'une tique sur un chien, parle sans réserve, aime sans retenue. C'est pour toutes ces raisons que Sekou, qui ne l'a pas quittée depuis qu'ils ont rejoint la fête, apprécie tant sa compagnie. Pour ses excès, et pour la générosité qui les accompagne.

Le rythme des percussions s'accélère et tous se laissent happer par la musique. Inaya entraîne Sekou au milieu du cœur battant de la foule, là où il fait si chaud que la sueur perle au front, là où ça vibre tant que plus rien n'existe que la danse. Sentant son ami résister, elle ferme les yeux et lui demande de faire pareil. Alors tous deux, paupières closes, poussés par un même élan, commencent à danser. Les pieds de Sekou frottent et frappent la poussière, comme s'ils donnaient des coups pour chasser la douleur. Il écarte les bras et tourne de plus en plus vite, oubliant le visage de sa grand-mère et la mort qui rôde. Inaya s'abandonne avec la même grâce qu'avait sa mère dans le sommeil ou dans la transe. Elle lève son visage vers le ciel, les yeux toujours fermés, et sourit. Les deux enfants dansent parmi les vivants et les morts, habités par tous ceux qu'ils ont perdus, entourés de tous ceux qu'ils perdront encore. Ici et là, quelques pleurs, quelques cris s'échappent de la foule. Personne ne prête attention à cette femme aux mouvements désordonnés, à cet homme tombé à genoux qui pourtant suit encore le rythme des paumes sur les percussions. Ils ne se souviendront de rien quand la musique aura cessé, quand ils auront retrouvé leurs esprits et que l'heure sera venue d'aller se coucher. Ils se sentiront seulement un peu plus légers, comme délestés d'un poids qu'ils n'avaient pas conscience de porter.

Assis en retrait, le doyen observe en hochant la tête. Oui, il était temps, grand temps de recommencer à danser.

13

La fête s'est achevée au petit matin. Il a fallu négocier longtemps avec Inaya pour la convaincre de rentrer avant le lever du jour. Rokia et Niélé, pourtant plus habituées qu'elle à veiller tard, ne tenaient plus debout. Fatou, Asma et Sekou étaient partis se coucher depuis longtemps. Seule Inaya dansait encore, suppliant pour qu'on la laisse s'amuser un peu plus longtemps, ignorant la faim, la soif, les crampes, le manque de sommeil et les supplications de ses cousines, qui craignaient que Ma' ne se réveille avant leur retour. Lorsque la fillette a fini par céder, c'est en dansant qu'elle a pris le chemin de la maison, et ses petits pieds nus battaient encore la mesure quand elle s'est endormie, blottie entre Fatou et Asma.

Quelques heures plus tard, elle est la première à ouvrir les yeux. Le soleil est déjà haut et la chaleur étouffante. Elle soulève un bras, colle son nez contre son aisselle, grimace. Centimètre après centimètre, elle s'extirpe du lit en se contorsionnant pour ne pas réveiller ses cousines. Ses cuisses, ses mollets, ses pieds lui font mal de s'être tant agités la veille, mais les courbatures la renvoient à la joie intense qui l'a habitée toute la nuit. Chaque petit tiraillement lui rappelle la puissance qu'elle a ressentie en dansant au milieu de tous ces corps, portée par leurs souffles, puisant son énergie dans la leur.

Inaya sort de la maison, une main au-dessus des yeux pour se protéger de la lumière crue. Elle a enfilé sa vieille robe jaune et tient, pliée contre sa poitrine, sa robe bleue froissée et poussiéreuse. Elle se dirige vers l'arrière de la maison, guettant celle de Coumba, dont Ma' n'est pas ressortie depuis hier. Elle résiste à l'envie d'aller voir ce qui s'y passe. Ce n'est pas tant qu'elle considère que ce ne sont pas ses affaires, c'est surtout que, sans se l'avouer, elle est terrifiée à l'idée de la mort de la vieille femme. Ou plus exactement, à l'idée de sa disparition. Des morts, elle en a déjà vu quelques-uns, trop pour une enfant de son âge. La plupart du temps, ils ont simplement l'air endormis. Mais la question qui la hante, c'est ce qu'il advient d'eux après. Est-ce qu'ils restent là, sous toute cette terre que l'on verse sur eux ? Est-ce qu'ils partent ailleurs ? Et si oui, où ? Et cet ailleurs, que leur réserve-t-il ? Elle pense à ses parents, dont Ma' refuse de lui parler. À chaque fois qu'elle lui demande s'ils sont encore en vie, elle change de sujet ou se ferme complètement, incapable de lui répondre. Pourtant,

Inaya sait bien qu'ils sont morts. Elle voudrait seulement l'entendre de la bouche de Ma', l'entendre aussi lui parler d'eux, les voir revivre à travers ses souvenirs. Elle a peur de les oublier, presque autant que de les savoir malheureux dans ce monde invisible que tous évoquent mais qu'elle ne parvient pas à se représenter.

Elle ôte sa robe, s'accroupit près d'une bassine d'eau, se rince le visage, les aisselles, se frictionne la poitrine et les pieds. Puis elle se mouche bruyamment en se bouchant une narine après l'autre, et plonge sa robe bleue dans l'eau propre, attendant que sa peau sèche avant de remettre la jaune. Elle frotte énergiquement le tissu avec un petit morceau de savon, si petit qu'il ne cesse de lui glisser entre les doigts.

– Ma' dit qu'il faut aller aider à nettoyer.

Inaya n'a pas entendu arriver Sekou. Elle est toute nue devant lui, mais aucun d'entre eux ne semble y prêter la moindre attention.

– Tu as pleuré ? demande-t-elle au garçon dont les yeux sont tout gonflés.

– Non.

– Ta grand-mère ?

– Elle parle avec Ma'. Toute la nuit elles ont parlé, parlé, parlé.

– De quoi ?

– Elles parlent tout bas, répond Sekou en haussant les épaules. Tu viens ? Faut aider à ranger.

Inaya rince la robe et l'étend sur un fil, se rhabille et suit Sekou.

Sur la place du village, une vingtaine de personnes s'activent, ramassant les déchets et passant le balai pour effacer les traces de la fête. Les traits sont tirés, les corps semblent porter la fatigue et la douleur des danses de la veille. Pourtant, l'atmosphère est détendue. D'un bout à l'autre de la place, on s'échange des blagues, on se taquine, on se remémore les anecdotes de la soirée. Inaya repère Kadiatou et Kosso, s'élance à leur rencontre en tirant Sekou par le bras. Juste derrière eux, Jalil et sa petite sœur Aïssata partagent une partie de foot improvisée avec le ballon de Kosso.

– T'as entendu ? demande Kadiatou à Inaya.

– Entendu quoi ?

– Les Blancs.

– Eh bien, qu'est-ce qu'ils ont, les Blancs ?

– Y paraît qu'ils ont construit une école, pas loin.

Les yeux d'Inaya s'arrondissent comme des billes, fixant son amie comme si elle la voyait pour la première fois. Une école ! Elle a tant espéré entendre un jour ces mots qu'elle ne parvient pas à poser les questions qui se bousculent dans sa tête. Avant même de vouloir devenir médecin, elle rêvait depuis longtemps déjà de s'asseoir derrière un pupitre, de déchiffrer des lettres tracées à la craie sur un tableau noir et de lever la main le plus haut possible, comme Rokia et Niélé, les seules à avoir fréquenté une école avant l'exil, le lui avaient décrit. À leur arrivée au village, il avait été question d'en recréer une. Mais il n'y avait guère que deux ou trois habitants qui savaient encore lire et écrire, les autres étaient morts, avaient oublié ou n'avaient jamais appris. Les semaines, les mois, puis les années avaient passé sans que ce projet d'école, si modeste soit-il, puisse voir le jour. Le temps manquait et si tous étaient d'accord pour instruire les enfants, du moins les garçons, considérés comme moins indispensables pour les tâches ménagères, la priorité était avant tout de les nourrir. Les filles, elles, n'avaient pas grand-chose à espérer. Alors, quand Inaya disait à Ma' qu'elle deviendrait médecin, elle obtenait pour seule réponse un sourire triste et un soupir.

– Oh, Inaya, tu m'écoutes ?

Kadiatou secoue le bras de son amie, qui se tient devant elle sans la voir.

– Oui ! Elle est où, cette école ?

– Pas loin.

– Mais où, pas loin ?

– Bah, pas loin, j'en sais rien moi ! C'est le cousin de Jalil qui a vu quelqu'un qui a vu des Blancs qui ont construit une école.

Inaya pivote et fonce vers Jalil, un petit garçon trapu au visage jovial. S'il n'écoutait que son courage, il partirait en courant à la vue de la fillette qui se dirige droit vers lui, la mine grave et les sourcils froncés. De la pointe du pied, il bloque le ballon qu'Aïssata vient de lui lancer et le prend entre ses bras pour se donner une contenance.

– Elle dit que ton cousin a vu quelqu'un qui a vu des Blancs qui ont construit une école, lance Inaya en pointant Kadiatou du doigt.

– Oui, y a une semaine, je crois. Tu veux savoir quoi ?

– Tout.

– C'est mon cousin Moussa, il est chauffeur, alors il voyage. Il y a trois jours, ou quatre, je sais plus, il rencontre un monsieur dans un village pas loin, le monsieur était gentil, il travaille…

– Va plus vite, le coupe Inaya.

– D'accord ! Ce monsieur travaille dans un centre avec les Blancs il fait le ménage mais il a entendu dire qu'ils allaient ouvrir une école et on lui a demandé de se renseigner autour de lui pour voir si des fois il connaît des enfants…

– Mais va moins vite !

– Faudrait savoir.

– S'il connaît des enfants ?

– Je sais pas la suite, parce qu'après le monsieur a dû descendre de la voiture de Moussa. Il devait faire des courses pour…

– Jalil !

Inaya a crié si fort que Sekou, Aïssata, Kosso et Kadiatou se sont figés. Les adultes, habitués à entendre les cris des enfants, ne se sont aperçus de rien.

– Qui est au courant ? demande Inaya à Jalil en s'efforçant de ne pas élever la voix.

– Mon cousin et le monsieur qui voyageait, sûrement les Blancs aussi.

Inaya se prend la tête entre les mains. Elle n'a jamais compris pourquoi les garçons étaient prioritaires pour l'école. Quoi qu'il en soit, elle compte bien tirer cette affaire au clair, avec ou sans aide.

14

La petite maison est encore plongée dans l'obscurité quand Sekou se réveille en sursaut, tiré du sommeil par un mauvais rêve. Depuis plusieurs nuits, il dort avec sa grand-mère, blotti contre elle dans l'espoir de la retenir un peu plus longtemps. La tête posée sur la poitrine de la vieille femme, un bras sur son ventre creux, il guette chaque soir les battements de son cœur et sa respiration sifflante.

Ce matin, après s'être frotté les yeux, assis sur le lit, il pose de nouveau son oreille contre la poitrine de Coumba. Il écoute et n'entend rien. Il se rapproche encore. À genoux, penché sur elle, il secoue doucement son corps maigre, place la paume de sa main devant sa bouche entrouverte pour sentir son souffle. Il a compris, bien sûr qu'il a compris, mais tant qu'il ne se résigne pas, tant qu'il continue à chercher une trace de vie, tant qu'il pince la peau ridée et crie son nom à s'en briser la voix, rien ne l'oblige à faire face à son chagrin. Il suffit de penser très fort qu'elle dort plus profondément que d'habitude, qu'il a mal entendu, que son cœur se repose et qu'il va recommencer à cogner follement. Attendre un peu, c'est ce qu'il faut faire, tout simplement.

Il se rallonge contre le corps de sa grand-mère, cale son visage dans le creux de son cou, là où la peau est si douce qu'on dirait celle d'une enfant. Quand il était plus petit et qu'il avait besoin d'être consolé, Coumba le prenait dans ses bras et guidait doucement sa tête pour qu'il puisse verser ses larmes à cet endroit précis, entre sa clavicule et le grain de beauté à la naissance de son cou. Dans ce petit abri palpitant et tiède, loin des bruits du monde, il finissait immanquablement par se calmer. Aujourd'hui, l'abri est froid, plus rien ne palpite et la peine de Sekou est immense.

Inaya a entendu son ami crier. Allongée entre Fatou et Asma, elle bondit hors du lit et se précipite devant la maison de Coumba. Alors qu'elle s'apprête à entrer, une main la retient. Marietou l'a suivie sans qu'elle s'en aperçoive et chuchote :

– Laisse-le lui dire au revoir.

Inaya acquiesce. Tandis que sa tante rebrousse chemin, elle escalade le muret, s'accroupit sur ses talons et observe la cour. Les heures passent. Elle entend le village s'éveiller doucement, sent les premiers rayons du soleil réchauffer sa peau. Ce matin, ce qui se passe à l'extérieur, de l'autre côté du muret, lui importe peu. Elle pense à Coumba, à ce jour qu'elle ne verra pas se lever, à son ami qui la pleure comme une mère qu'on lui arracherait pour la deuxième fois. Issa ne se souviendra, en grandissant, ni de la femme qui l'a porté, ni de celle qui a applaudi ses premiers pas, qui a prié le ciel lorsqu'il était malade et qui l'aimé comme un fils. Sekou, lui, portera la trace de cette double absence jusqu'à son dernier souffle. Ce n'est pas la guerre qui a tué sa mère, du moins pas directement. Elle est morte en donnant naissance à Issa, en pleine brousse, à des heures de marche du premier dispensaire. Peut-être que si la région n'avait pas été en proie à des conflits depuis des dizaines d'années, on aurait construit des hôpitaux au lieu d'armer des soldats. Peut-être que la mère de Sekou et d'Issa aurait pu être soignée et voir grandir ses garçons. C'était la fille cadette de Coumba, sa dernière enfant encore en vie. On raconte que c'est après l'avoir mise en terre que la vieille femme a commencé à se tenir voûtée, comme si elle n'avait jamais trouvé la force de se relever complètement. Pourtant, elle avait su faire face et puiser suffisamment d'amour en elle pour accueillir ses deux petits-fils.

Inaya se redresse sur le muret et saute à pieds joints dans la cour. Elle ne sait pas exactement depuis combien de temps Sekou pleure sa grand-mère, mais elle se dit que personne n'a envie de rester seul aussi longtemps avec un mort. Elle pousse doucement la porte de la petite maison. Pendant quelques secondes, elle ne voit rien d'autre qu'un rai de lumière qui éclaire la poussière en suspension. Peu à peu, elle parvient à distinguer les contours du lit dans l'obscurité, puis le visage de Coumba, son cou, son buste, ses jambes maigres. À genoux, le front posé sur le ventre de sa grand-mère, les bras repliés contre son torse, Sekou se tient en travers du matelas, petit amas de souffrance qui ne parvient même plus à pleurer. Inaya n'a pas anticipé la douleur. Elle la reçoit en plein ventre, comme un coup de poing. Pendant un court instant, elle jurerait avoir vu le visage de sa mère à la place de celui de Coumba. Elle se frotte les yeux à en pleurer, ou bien ce sont ses larmes qui ont coulé avant même qu'elle ne s'en aperçoive, elle ne sait pas. Elle renifle, s'approche doucement de Sekou, lui dit qu'elle est là, puis pose la main sur son épaule pour qu'il remarque enfin sa présence.

– Va-t'en, finit-il par murmurer.

– Lève-toi maintenant.

Elle le supplie presque, parce qu'elle a beau être courageuse, elle a beau être forte et droite et savoir tenir tête aux adultes sans trembler, à cet instant, Inaya est terrorisée. Elle a envie de quitter cette maison, de courir aussi loin que ses jambes la porteront, loin de cette odeur de renfermé, de ce silence qui laisse trop de place aux souvenirs. Elle a besoin de la chaleur du soleil sur son corps, de l'eau froide de la rivière, de la caresse des herbes sauvages, de tout ce qui pourrait la faire se sentir en vie. Elle secoue encore son ami, de plus en plus fort, mais il refuse de bouger, s'agrippe au ventre de la vieille femme comme s'il voulait s'y réfugier, et plus Inaya le secoue, plus le corps de Coumba bouge, à tel point qu'elle ne sait plus qui est mort et qui est vivant. Alors, elle hurle.

Elle ignore combien de temps elle a hurlé avant que Ma' n'arrive en courant. Elle n'a pas entendu les mots que sa tante a prononcés pour que le petit garçon accepte enfin de s'arracher à sa grand-mère. Le village a pris le relais. Jusqu'à la tombée de la nuit, la cour n'a pas désempli de visiteurs. Des amis, des curieux, des éplorés, des silencieux – tous sont entrés dans la petite maison, y ont passé quelques minutes et en sont ressortis, sans un mot de réconfort pour Sekou. Le chagrin des enfants, ici ou ailleurs, est toujours considéré comme moins légitime que celui des adultes. À croire que la douleur est proportionnelle à la taille du squelette. Personne n'a d'ailleurs pris la peine d'expliquer à Issa, plus petit encore, ce qui se passait.

Tard, beaucoup plus tard, dans la cour enfin vide, Ma', ses quatre filles, Inaya, Sekou et Issa dînent en silence. La maison est trop petite pour les accueillir tous en même temps. Les villageois ont apporté de la soupe, de la bouillie de mil et quelques patates douces. Marietou a mis de côté ce qui pouvait se conserver, ne laissant dans le grand plat commun que le strict nécessaire. Elle sait que tous auront encore un peu faim en allant se coucher. Pourtant, s'ils ne se rationnent pas, ils seront à court de provisions dans une poignée de jours. Elle a donné sa parole à Coumba, lui a juré, des heures durant, de prendre soin de ses petits comme de ses propres enfants. Elle tiendra parole, même si ce soir, en les regardant engloutir leur repas, elle sent la peur s'enrouler autour de sa gorge et la serrer si fort qu'elle ne parvient pas à finir sa part. Inaya a pris Issa sur ses genoux et lui caresse distraitement la nuque du bout des doigts. On n'entend que le bruit des sept mâchoires mastiquant les aliments, entrecoupé parfois du coassement des grenouilles. Un vent léger s'est levé. Dès demain, Rokia et Niélé s'installeront dans la petite maison, laissant leur lit à Sekou et Issa. Mais, cette nuit encore, Ma' retournera veiller Coumba avant ses funérailles. Peut-être que, cette fois, elle s'autorisera à lui dire qu'elle lui en veut de n'être plus là.

15

La rumeur s'est répandue de maison en maison, traversant les ruelles et les cours à la vitesse d'une flèche. En moins de dix minutes, tous les enfants qui savent déjà marcher et tous les adultes qui le peuvent encore se sont regroupés de chaque côté du chemin menant à la grande piste rouge. Au milieu de cette haie d'honneur improvisée, une jeep imposante progresse lentement. Elle est conduite par un homme noir que personne ici ne connaît. Assis à ses côtés, celui vers qui tous les regards sont tournés est un homme blanc d'une quarantaine d'années, aux cheveux ébouriffés et aux joues rougies par la chaleur.

Alors c'était vrai ? se demande Inaya en regardant passer la jeep. Elle se remémore sa conversation avec Jalil, et espère de toutes ses forces que ce Blanc a quelque chose à voir avec l'école dont son cousin a entendu parler. À mesure que la voiture avance, les habitants quittent les bords du chemin et se placent derrière le véhicule, respirant les fumées du pot d'échappement et la poussière que les grosses roues soulèvent. La jeep et son cortège arrivent au centre du village où le doyen, prévenu seulement quelques minutes plus tôt, attend les visiteurs. Le visage grave, le regard méfiant, il se tient le plus droit possible, les deux mains jointes sur le pommeau de sa canne.

Le chauffeur coupe le moteur. Le silence revient, et l'on n'entend plus que les chuchotements des habitants venus assister à la scène. Puis les portières du conducteur et du passager s'ouvrent en même temps. De ce passager, on ne voit d'abord que les rangers. Elles s'écrasent l'une après l'autre dans la poussière, comme des bottes de cowboy dans un vieux western. Tout son corps s'extirpe ensuite de la voiture et il s'étire bruyamment en époussetant le bas de son treillis noir. Il porte un tee-shirt blanc sur lequel Inaya distingue des inscriptions, sans parvenir à les déchiffrer. Elles entourent un cercle au centre duquel deux mains sont dessinées : une grande, tendue vers une autre, plus petite. Interpelé par le conducteur, l'homme se retourne et voit enfin le doyen, appuyé sur sa canne à quelques mètres de là. Le visiteur n'est pas beaucoup plus grand que lui, mais il est plus robuste, ses épaules sont plus larges et son cou plus épais. À l'arrière de son crâne, on aperçoit un début de calvitie. Les trois hommes se saluent et partent en direction de la maison du doyen.

Le vieil homme a refermé la porte en bois derrière lui. D'habitude, elle reste ouverte mais aujourd'hui, il souhaite entendre ce que ces deux inconnus ont à lui dire sans que des oreilles indiscrètes aillent rapporter le contenu de leur conversation au village entier. La pièce est sombre et son confort rudimentaire. Au centre, l'imposant fauteuil en bois sculpté fait face à un grand coffre en osier dans lequel le doyen range toutes ses fioles, ainsi qu'une partie des ingrédients qu'il utilise pour confectionner ses remèdes. Face au fauteuil, deux tabourets ont été tirés pour accueillir les visiteurs, ceux du jour comme ceux qui, toute l'année, défilent dans cette pièce et attendent de lui qu'il soigne, écoute, comprenne et règle les conflits de voisinage ou les problèmes de couple.

Le doyen prend place dans son fauteuil, le buste droit, les bras posés sur les accoudoirs. D'un geste, il invite les deux inconnus à s'asseoir. Puis il s'adresse, dans sa langue, à l'homme qui conduisait le véhicule.

– Ibrahim, c'est bien ça ?

L'homme acquiesce.

– Je ne t'ai jamais vu ici.

– J'habite au nord, à trois heures de route. Je suis venu te voir pour mon patron, Pierre, dit-il en désignant l'homme blanc d'un discret signe de tête.

– Quel est ton travail ?

– Je suis chauffeur, mais je fais aussi les réparations et la traduction, pour lui et les autres Blancs du camp.

– Quel camp ? Celui qui est à quatre heures à pied ?

– Non, un nouveau. Avec une école.

– Ibrahim, tu peux me traduire ? demande Pierre, visiblement agacé de n'être pas inclus dans la conversation.

Le doyen lève un sourcil. Il n'a pas compris la demande, et interroge du regard Ibrahim.

– Je vais traduire pour lui, répond celui-ci en faisant signe à Pierre de commencer.

Pierre tousse pour s'éclaircir la voix et commence à parler, en regardant tour à tour le chef du village et son employé. Il explique être le président de l'association humanitaire Une école, un avenir, qui vient au secours des orphelins dans les zones de guerre.

– On ouvre une école et un centre de soins pour les enfants qui ont perdu leurs parents dans les conflits. On prévoit de rester deux ans.

– Pourquoi notre village ? demande le doyen à Pierre par l'intermédiaire d'Ibrahim. Il y a plein de villages beaucoup plus près de la zone où vous vous êtes installés.

– On a reçu des subventions de la France pour intervenir dans la région. Le problème, c'est que les autorités ne nous ont pas laissés nous y installer. C'est pour ça que notre camp est un peu éloigné. Mais ce sont bien des villages de votre région qu'on veut aider.

– Nous n'avons pas besoin d'aide, monsieur, répond sèchement le doyen qui, piqué au vif, s'apprête à se lever de son fauteuil.

Qui est cet homme sorti de nulle part qui a le culot de venir lui proposer de l'aide ? Certes, la vie n'est pas toujours facile, mais il fait de son mieux pour les habitants de son village, et ce n'est certainement pas un étranger qui viendra lui faire la leçon. Sentant que le vent est en train de tourner, Ibrahim prend la parole.

– Il y a une somme d'argent prévue pour chaque enfant confié au camp. Je sais que tu ne veux pas de sa pitié. Mais pense à tout ce que tu pourrais faire pour le village avec cet argent.

– Qui te dit qu'on a besoin de quoi que ce soit ?

– Écoute, je viens d'un village comme le tien. Je sais que ces gosses ne mangent pas à leur faim tous les jours. Oublie le Français et pense seulement à eux : à ton avis, ils ne méritent pas d'aller à l'école ? Tu ne veux pas imaginer un autre avenir pour eux ?

Le doyen se renfonce dans son fauteuil. Sourcils froncés, il prend son menton entre les doigts de sa main droite et fait signe à Pierre de continuer ses explications.

– Les enfants doivent avoir maximum cinq ans et, surtout, ils doivent être orphelins, reprend Pierre en regardant Ibrahim. Sans père et sans mère, traduis bien ça, s'il te plaît. C'est à cause des subventions qu'on reçoit, on doit respecter des critères précis, sans quoi la mission s'arrête. Une fois qu'ils seront dans le camp, il ne sera pas possible de venir les voir, il faudra attendre qu'ils reviennent pour les vacances. Il faut vraiment expliquer ça au doyen.

Pendant qu'Ibrahim traduit, Pierre observe le visage du vieil homme, qui ne laisse rien voir de ses émotions. Ses sourcils sont toujours froncés. Du bout des doigts, il caresse la petite barbe qui recouvre son menton. Au moins, il n'a pas tenté de se lever de nouveau ni de mettre fin à la conversation. Pierre se doute bien qu'Ibrahim ne traduit pas littéralement ses propos au chef du village, mais il espère que l'essentiel n'est pas déformé. Pour ce qui est des détails, peu importe, pourvu qu'on lui confie des orphelins de moins de cinq ans. Il a soif, chaud et envie que les choses aillent vite, mais tous les employés locaux qu'il a engagés sur le camp lui ont bien fait comprendre qu'ici, il n'aurait guère la maîtrise du temps. Les gamins qu'il a vus en arrivant au village lui ont fait mal au cœur, pieds nus dans leurs vêtements miteux. Est-ce qu'au moins, à défaut d'en changer, ils ont la possibilité de les laver de temps en temps, ou l'eau est-elle si rare qu'elle est seulement destinée à être bue ? Il posera la question à Ibrahim sur le trajet du retour.

Soudain, il voit son employé se lever, s'avancer vers le vieil homme et lui serrer la main en l'enveloppant dans les siennes. Ils semblent avoir réussi à se mettre d'accord. Il imite Ibrahim et tend sa main au doyen, qui la retient en le regardant droit dans les yeux, tout en prononçant sur un ton qui lui paraît menaçant des mots qu'il ne comprend pas.

– Il te dit de prendre soin des enfants, c'est tout, traduit Ibrahim, gêné.

– Dis-lui que je n'y manquerai pas.

Les deux hommes suivent le doyen, qui ouvre la porte en bois et les raccompagne lentement jusqu'à leur voiture. Une trentaine d'enfants sont postés autour. Ils inspectent les roues, la carrosserie, imitent le bruit du moteur en faisant vibrer leurs lèvres et en projetant des postillons dans toutes les directions.

Le doyen regarde les deux visiteurs remonter dans la jeep et quitter le village, suivis par les enfants qui courent à toutes jambes pour tenter de rattraper la voiture. Il espère avoir pris la bonne décision. Dès demain, il ira voir les familles pour trouver des volontaires. Si ce Français ne tient pas parole, il lancera à ses trousses tous les mauvais esprits de la région, pour que plus jamais il ne puisse dormir en paix.

16

Le soleil se lève à peine lorsque le doyen se présente chez Marietou. Elle se prépare déjà à partir aux champs, accompagnée de Rokia et Niélé. Les plus jeunes dorment encore. Dès qu'elle le voit entrer dans la cour, Ma' se précipite à sa rencontre. Ses visites sont rares, et la dernière fois qu'il s'est aventuré ici, lui et ses fioles ont été renvoyés aussi sec par la vieille Coumba. Si l'on ajoute à ça l'affront fait par Inaya en pleine réunion, on ne peut pas dire que le chef du village ait obtenu, au contact des proches de Marietou, le respect que son titre exige. Tandis qu'elle le salue et l'invite à s'asseoir, ses deux filles aînées préparent le thé avant de s'éclipser.

La conversation démarre lentement, suivant un déroulé assez formel. Chacun prend des nouvelles de la famille, de la santé, du sommeil, de l'appétit, des récoltes, des affaires, et ce n'est qu'après une séance de questions-réponses d'une dizaine de minutes que le doyen entre enfin dans le vif du sujet. Il explique à Marietou les raisons de la venue du Blanc, lui raconte l'école et les projets d'avenir pour les enfants orphelins.

– Pourquoi forcément des orphelins ? demande Marietou.

– Le Français a dit qu'ils pourraient scolariser les autres enfants après, mais que, dans un premier temps, ils voulaient accueillir ceux qui en ont le plus besoin.

– Je ne vois pas pourquoi les orphelins ont plus besoin de quoi que ce soit que les autres. Tu sais comme moi que ça ne veut rien dire. Combien de femmes ici s'occupent d'enfants qui ne sont pas les leurs ?

– Je suis d'accord, mais on peut aussi voir ça comme une chance. Ce serait déjà une occasion, au moins pour ces enfants-là, d'aller à l'école. Si on refuse, on prend le risque que personne n'en profite, orphelin ou pas.

Marietou se masse les tempes, réfléchissant à la proposition du doyen. Elle pense à Issa et Sekou, et se demande ce que Coumba aurait voulu pour eux. Pendant des jours et des nuits, avant de mourir, la vieille femme lui a fait jurer de veiller sur eux. Comment les confier à des étrangers après toutes ces promesses ? En même temps, a-t-elle le droit de les priver d'un avenir meilleur ? Qu'a-t-elle à leur offrir en les gardant près d'elle, à part, dans le meilleur des cas, de quoi manger pour affronter le jour suivant? Puis il y a Inaya et sa soif d'apprendre. Jamais sa nièce ne lui pardonnerait de ne pas lui avoir laissé, à elle aussi, sa chance.

– Je veux bien y réfléchir, mais Inaya doit pouvoir aller à l'école, comme Sekou et Issa, annonce-t-elle.

Le doyen semble mal à l'aise. Il reste silencieux, sourcils froncés, boit une gorgée de thé pour gagner du temps.

– Eh bien, qu'y a-t-il? demande Marietou.

L'homme se racle la gorge, fait tourner son verre entre ses mains.

– Ils ne prennent que les enfants de moins de cinq ans, répond-il enfin.

– Qu'est-ce que c'est que cette histoire?

– Le Blanc m'a dit que c'était à cause de la langue. Il m'a expliqué que les petits apprendraient plus vite le français que les grands.

– Mais enfin, qu'est-ce qu'ils vont leur apprendre de si important à cet âge?

– À lire, à compter, toutes ces choses que personne ici n'est capable de leur transmettre.

– Sauf ton respect, je sais compter, et tous ceux que j'élève aussi.

– Je ne voulais pas te blesser. Mais reconnais que ce n'est pas au village qu'ils vont faire de grandes études et devenir ministres.

Piquée au vif, Ma' se tait. Certes, ce n'est pas elle qui enseignera à Sekou, Issa et Inaya les langues étrangères, ni Dieu sait ce qu'il faut pour devenir ministre. Mais enfin, elle n'est pas idiote non plus. Avec elle, ils apprennent à se débrouiller, à savoir quand la pluie tombera, comment faire pousser ce qui les nourrira, à qui faire confiance et de qui se méfier. Est-ce que les Blancs peuvent en dire autant, eux qui ne semblent pas capables de survivre plus d'une heure en pleine nature?

– Il y a un autre problème, reprend le doyen. Je ne veux pas qu'Inaya parte là-bas. On a besoin d'elle ici.

– Besoin d'elle parce que c'est Inaya ou parce que c'est une fille?

– Tu sais très bien qu'on a besoin des filles. Regarde, depuis que les garçons vont chercher l'eau seuls, ils ne ramènent pas la moitié de ce qu'il nous faudrait. Toi-même, qui t'aiderait aux champs ou à la maison si tes filles n'étaient pas là?

– Mes garçons, si j'en avais!

– Marietou, je ne reviendrai pas sur cette décision. Les filles resteront ici. C'est comme ça depuis la nuit des temps, et tant que je serai le chef de ce village, ça ne changera pas.

Le doyen a haussé la voix, mais il en faut plus pour impressionner Ma', qui rétorque:

– Issa ne partira que si Sekou et Inaya vont avec lui. Tant que je serai la cheffe de cette famille, ça non plus, ça ne changera pas!

Ma' sait qu'elle est allée trop loin. Elle le voit dans les yeux du doyen, dont les paupières ont cessé de cligner. Vexé, il repose son verre de thé et se lève, refusant la main que Marietou lui tend. Elle n'est pas fière de constater que le vieil homme, une fois de plus, quitte les lieux sans avoir reçu l'accueil escompté. Pourtant, elle pense chacun des mots qu'elle a prononcés. Elle n'entend pas révolutionner la condition de la femme au village. Fatou et Asma, qui ont douze et treize ans, continueront à l'aider à la maison tandis que Rokia et Niélé, à quinze et dix-sept ans, se marieront bientôt, sans que Ma' remette en question l'ordre des choses. Non, ce qu'elle souhaite avant tout, c'est offrir à Inaya ce dont elle rêve, ce que sa mère aurait voulu pour la fillette : la chance d'étudier pour devenir médecin, puisque c'est ce feu qui brûle en elle. Les quatre filles de Ma' auraient sûrement aimé aller à l'école aussi, si elles en avaient eu l'occasion. Mais il est déjà trop tard pour elles. Leur place est, aux yeux de tous, auprès de leur mère vieillissante et de leurs futurs époux. Pour Inaya en revanche, il est encore temps. Si une porte s'ouvre, pourquoi diable Marietou tenterait-elle de la refermer ?

17

– Mais t'es folle ! T'as pas le droit de venir !

– Et alors, qu'est-ce que tu vas faire ?

Sekou, incrédule, regarde Inaya s'emparer d'une bassine vide et la caler contre son ventre. Elle est arrivée à pas de loup derrière le muret contre lequel toutes les autres bassines attendent, trois matinées par semaine, que les garçons du village viennent les chercher. La veille, chaque famille dépose la sienne et vient la récupérer le lendemain, remplie d'eau fraîche, lorsque les enfants reviennent de la rivière. Quand les filles pouvaient encore aller chercher l'eau, ce n'était pas une mais deux, trois, voire quatre bassines par personne qui étaient déposées au pied de ce muret, à la sortie du village, juste avant la grande piste rouge. Mais depuis l'arrivée des rebelles, les garçons font ce qu'ils peuvent et, si l'on en croit Inaya, ils ne peuvent pas grand-chose. Jusqu'ici, Marietou l'a surveillée du coin de l'œil avant chaque départ pour la rivière, s'assurant qu'elle n'irait pas braver l'interdiction formelle du doyen. Pourtant, cela fait quelques jours que sa tante a baissé la garde. Depuis la visite du doyen, elle mange encore moins que d'habitude, se couche tard, se lève avant le soleil. Inaya a eu vent de cette visite. Rongée par la curiosité, elle a assailli Ma' de questions. Inlassablement, elle est montée à l'assaut, dégringolant à chaque fois que sa tante lui répondait par un « Fiche-moi la paix », se hissant à nouveau quand elle obtenait une bribe d'information, à peine quelques miettes à se mettre sous la dent. Tout ce qu'elle sait, c'est que le doyen est passé voir Ma'.

Tôt ce matin, après avoir entendu Sekou quitter la maison, elle est descendue du lit et s'est approchée doucement de celui de Ma', tendant l'oreille pour écouter ses petits ronflements, ceux qu'elle ne laisse échapper que quand elle dort profondément. Elle a enfilé sa robe jaune, glissé ses pieds dans ses tongs en plastique et s'est faufilée dehors, dans la fraîcheur de l'aube. Elle a progressé comme une espionne dans les ruelles du village encore endormi, rasant les murs en terre, s'arrêtant à chaque intersection pour jeter un œil à gauche et à droite, tous les sens en alerte. Ce n'est pourtant pas la première fois que la fillette transgresse un interdit et se rend précisément là où elle a ordre de ne pas aller. Mais, si désobéir à sa tante ne l'expose qu'à la colère de celle-ci, désobéir au doyen peut lui attirer les foudres de tout le village.

Ce matin, ce n'est pas seulement à la surveillance de Marietou qu'elle doit échapper, c'est à celle de deux cents gardiens susceptibles de se réveiller à tout moment, pour soulager leur vessie ou préparer le thé. Bien sûr, elle n'est pas la première à défier ainsi l'autorité du doyen, mais ceux qui s'y sont déjà essayés seraient les premiers à la dénoncer pour se racheter une conduite.

Elle les a entendus avant de les voir, à mesure qu'elle descendait la ruelle menant à la piste et s'approchait du point de rassemblement. Elle s'est arrêtée un instant et les a écoutés rire, se raconter des blagues, se moucher et cracher comme le font leurs pères, leurs oncles, leurs voisins. Comme si, dans ce village où les hommes sont si rares, ils devaient se hâter de leur ressembler avant qu'ils ne disparaissent, emportant avec eux la mémoire d'une virilité que les femmes ne sauraient pas transmettre. Alors que ces garçons, pour la plupart, se réfugient encore dans les bras de leurs mères ou de leurs tantes quand ils font un cauchemar, les voilà qui jouent aux durs et aux forts en gueule lorsqu'ils sont entre eux, chacun essayant de parler plus fort que l'autre, de cracher plus loin, de porter plus lourd. Inaya s'en amuse. Elle sait que le vrai courage ne s'exhibe pas, que la force ne se mesure pas à la taille d'un biceps. Elle a presque envie de leur déposer un baiser tendre sur la joue pour les rassurer, pour leur faire comprendre qu'ils ne sont pas obligés d'en faire autant, que le village compte sur eux. Même s'ils ne ramènent pas autant d'eau que les filles.

Ils ne l'ont pas entendue arriver, et tous désormais lui font face, partageant l'avis de Sekou. Elle n'a pas le droit d'être ici, le doyen l'a dit, elle va leur attirer des problèmes. Mais Inaya n'a pas de temps à perdre et aucune envie d'argumenter. Sa bassine contre le ventre, elle se met en marche en direction de la piste.

– Où tu vas comme ça ? crie Sekou.

– Chercher de l'eau. Pas vous ?

Elle ne s'est pas retournée, et poursuit son chemin d'un bon pas. Ils la suivront, elle le sait. Elle n'a pas fait vingt mètres sur la piste qu'elle les entend arriver à sa hauteur en râlant. Sans ralentir, sans tourner la tête, sans quitter l'horizon des yeux, elle commence à interroger Sekou, dont elle a reconnu la présence à ses côtés.

– Tu sais si le doyen est allé chez eux ?

– Qui, eux ?

– N'importe qui, les autres.

– T'as qu'à leur demander, au lieu de faire la maligne.

Sans attendre, Inaya fait volte-face et observe le groupe de garçons, en continuant à marcher à reculons. Elle repère Kosso et Jalil, et se faufile à contresens dans leur direction, laissant Sekou sur place, bouche bée.

Comme toujours, Jalil a le sourire aux lèvres. Ses grands yeux ronds brillent comme deux billes noires.

Ce n'est peut-être pas l'enfant le plus vif du village, mais sa bonne humeur permanente et ses maladresses amusent tout le monde, à tel point qu'il ne se promène jamais seul. Les adultes l'apprécient autant que les plus jeunes et, s'il fait parfois rire sans le vouloir, il ne s'attire pas pour autant les moqueries. Kosso, lui, est un inventeur, un gamin solitaire qui ne fuit pas la compagnie des autres mais trouve plus de satisfaction à bricoler, réparer, créer toutes sortes d'objets et de jouets farfelus. C'est le spécialiste incontesté des voitures miniatures, qu'il fabrique à partir de tout ce qui lui passe sous la main, du fil de fer aux petites branches ou aux morceaux d'écorce ramassés ici et là. Pour les piloter, il les fixe à de longs bâtons en bois et on le voit alors traverser les ruelles du village en courant, poussant devant lui ses engins roulants sans se soucier de la marche du monde. Kosso est de ceux qui rêvent avec les doigts, qui apportent de la fantaisie à tout ce qu'ils touchent.

Inaya s'approche des deux amis et leur demande s'ils ont eux aussi reçu la visite du doyen.

–Ma mère m'a dit qu'il était venu, mais je dormais. Je lui ai demandé, enfin pas tout de suite parce que je dormais, c'est quand je me suis réveillé que je lui ai demandé ce qu'il voulait parce que, quand même, le doyen, c'est pas souvent qu'il vient à la maison sauf quand quelqu'un est mort, mais là, comme personne est mort… D'ailleurs j'ai eu peur quand ma mère m'a dit qu'il était venu…

–Jalil ! le coupe Inaya, qui n'a jamais la patience de l'écouter jusqu'au bout, si tant est qu'il y ait réellement un bout, car elle ne se souvient pas de l'avoir un jour entendu finir une phrase.

–Bon, elle m'a pas trop dit, c'est pas pour toi, c'est pour ta sœur, c'est ça qu'elle m'a dit, que le doyen est venu pour Aïssata, mais quand je lui ai demandé pourquoi elle m'a dit écoute Jalil va me chercher le linge au lieu de parler toujours, je lui ai dit que je parlais pas toujours, alors elle a commencé à lever ses yeux et quand elle lève ses yeux c'est jamais bon, alors…

–Et toi Kosso ?

–Il est pas venu chez nous. Mais je crois que ses visites, c'est par rapport à l'école des Blancs.

18

Les enfants marchent depuis près de deux heures. Inaya n'en a guère appris plus sur les motivations du doyen, qui semble s'intéresser davantage aux petits qu'à leurs frères et sœurs plus âgés. Elle ne sait pas pourquoi, et ça l'agace de ne pas comprendre. Si ç'a un rapport avec l'école que les Blancs ont ouverte, comme le pense Kosso, pourquoi le doyen accorde-t-il autant d'attention à des enfants qui sucent encore leur pouce ? Et pourquoi les adultes se taisent-ils comme s'ils partageaient un secret ? Elle a l'habitude, on ne dit rien aux enfants et on ne leur demande jamais leur avis. Mais cette fois, c'est différent. Tous ceux qui ont reçu la visite du vieil homme semblent avoir conclu un pacte de silence. Ils n'ont pas simplement oublié d'en parler aux enfants : ils refusent de leur expliquer. Si on les tient à l'écart, c'est forcément qu'ils sont concernés.

Inaya, plongée dans ses ruminations, ne s'aperçoit même pas que la rivière est désormais toute proche. Si elle levait le nez, qu'elle garde depuis une bonne heure rivé au sol, comme si observer ses pieds l'aidait à se concentrer, elle apercevrait le bleu de l'eau et le vert des berges, elle entendrait les oiseaux, plus nombreux à mesure que la végétation se fait plus dense, que les épines cèdent la place aux feuilles et aux herbes fraîches. Une main se pose sur son poignet, l'arrêtant dans son élan et coupant court à ses pensées.

– Tu peux pas venir avec nous, cette fois, c'est pas une blague, dit Sekou en pointant du doigt, à une cinquantaine de mètres de là, la rive opposée.

Inaya lève enfin les yeux et aperçoit, de l'autre côté du lit de la rivière, une dizaine de tentes plantées au pied d'un 4 × 4. Elles sont petites, pas comme celles du grand camp des Blancs, et leur toile tachée de vert et de marron ressemble aux vêtements des rebelles. À cette heure-ci, ils dorment encore, abrutis par l'alcool ingurgité jusqu'au petit matin. C'est un drôle d'entraînement pour qui entend sauver la nation au péril de sa vie. Pour l'heure, le seul véritable danger serait que l'un d'eux vomisse dans son sommeil éthylique et que ses camarades ne soient pas en état de l'empêcher de s'étouffer. Inaya observe les tentes, les bouteilles de bière et de vodka vides, les détritus étalés le long de la berge. Ainsi c'est pour ça, pour ce misérable ramassis de guerriers de pacotille, qu'il a fallu réorganiser la vie du village et se priver d'eau. C'est pour cette poignée de fantassins imbibés d'alcool bon marché que plus aucune fille ne peut se baigner dans l'eau fraîche de la rivière. Elle sent la colère monter en elle, une colère sourde qui fait gonfler une veine sur sa tempe. Sekou voit cette veine palpiter et essaie de désamorcer la bombe d'un mètre trente qui se tient à ses côtés, les poings serrés et la mâchoire crispée.

– Rappelle-toi ce qu'ils ont fait, murmure-t-il.

Elle n'a pas oublié la petite fille, comment elle a couru pour leur échapper, comment ils l'ont encerclée sans lui laisser une seule chance. Elle sait de quoi ils sont capables. Mais ce qu'elle voit sur cette rive, le spectacle pitoyable qu'elle a sous les yeux, la fait enrager. Ils sont quoi, quinze, vingt tout au plus ? À eux seuls, Inaya et les garçons sont plus nombreux que les rebelles.

– Ils ont des armes, dit Sekou qui, comme souvent, semble lire dans ses pensées.

Les villageois n'ont qu'un vieux fusil caché dans la maison du doyen et quelques outils pour les champs. Difficile, même pour les plus agiles d'entre eux, de faire le poids avec des pioches et des bêches face à une rangée de kalachnikovs. D'autant que, sur les deux cents habitants que compte le village, nombreux sont ceux qui ne parviennent plus à se déplacer sans canne ou qui sont encore trop jeunes pour pouvoir se défendre.

– Je viens avec vous, déclare Inaya sans quitter des yeux la rive des rebelles.

– Ah non, pas cette fois. Tu vas attendre ici.

– Mais ils dorment !

– Ils vont se réveiller, et à ce moment-là s'ils te voient c'est foutu.

– Et alors, ils vont faire quoi ?

– Mais tu le sais !

Sachant qu'il n'obtiendra rien d'Inaya par la menace, Sekou tente de l'amadouer.

– Allez, s'il te plaît quoi… Je veux pas qu'il t'arrive quelque chose. Tu ferais pareil si t'étais à ma place !

Inaya acquiesce en soupirant. La fillette est têtue, mais elle sait aussi flairer le danger. Même si dans l'immédiat les rebelles sont trop saouls pour s'apercevoir de sa présence, il suffit que les garçons fassent un peu de bruit en remplissant les bassines pour qu'un de ces types se réveille et alerte les autres. S'ils repèrent une fille dans le groupe, Dieu seul sait ce qui pourrait leur traverser l'esprit. Elle tend sa bassine à Sekou, regarde autour d'elle et repère un tronc d'arbre incliné, en partie dissimulé par la végétation. Il est à l'ombre et fera un dossier parfait pour reposer son dos en attendant le retour de ses amis. Elle les salue et s'enfonce au milieu des hautes herbes, en tapant du pied pour éloigner les serpents qui pourraient s'y cacher. Sekou lui aurait bien dit de s'asseoir ailleurs, que ce n'était pas prudent de marcher ici, mais c'était déjà un exploit d'avoir réussi à la convaincre de les attendre à l'abri, inutile d'en rajouter.

Inaya observe les garçons se diriger vers la rivière et se déshabiller rapidement. Depuis que les rebelles ont décidé de s'installer là, il n'est plus question de se baigner, de jouer, de sauter du rocher et d'oublier le monde pendant une heure. Si les enfants se déshabillent et entrent dans la rivière, ce n'est pas par plaisir mais par stratégie : ils forment une chaîne, pour gagner du temps et optimiser l'effort. Pendant la saison des pluies, le niveau de l'eau atteint la hauteur de la berge. Il suffit alors de s'accroupir et de tendre les bassines pour les remplir. Mais, à la saison sèche, l'eau peut descendre d'un mètre, parfois plus. Dans ce cas, il n'y a pas d'autre choix que de se laisser glisser de la berge jusqu'au lit de la rivière. Pendant qu'une bonne moitié du groupe remplit et achemine les bassines, de tête en tête et de bras en bras, l'autre moitié reste sur la rive et les réceptionne.

Inaya les regarde faire, intimidée par le silence qui a remplacé les rires et les cris joyeux d'autrefois. Elle ne l'avouera pas, mais elle est impressionnée par l'efficacité des garçons. Jamais elle n'aurait pensé qu'ils étaient assez intelligents pour mettre en place une telle organisation. Elle ne reconnaît pas cette rivière où elle aimait tant aller, elle ne reconnaît pas ces enfants qu'elle trouve trop sérieux. Elle tourne le dos à la rive et s'appuie contre le tronc d'arbre. Les yeux fermés, elle revoit ses amis chahuter, plonger du rocher et traîner les pieds en râlant quand les filles leur faisaient signe de revenir. Elle se revoit dans l'eau, toute nue, le corps et l'esprit en paix après la longue marche à travers la brousse. Elle ne voit pas l'homme qui s'approche sans bruit de sa cachette, les yeux rouges et la démarche chancelante. Elle ne le voit pas mettre ses pas dans les traces qu'elle a laissées, au milieu des herbes hautes, elle ne le voit pas s'arrêter soudain à quelques mètres d'elle. Tout doucement, il s'adosse contre un arbre et se laisse glisser au sol. Son arme en bandoulière cogne contre l'écorce. Inaya ouvre immédiatement les yeux, alertée par le bruit. Elle s'apprête à s'enfuir quand elle comprend que l'homme ne l'a pas vue. Si elle bouge maintenant, elle risque d'attirer son attention. Son cœur bat si fort dans sa poitrine qu'elle a peur qu'il l'entende. Ça cogne dans ses oreilles. Elle n'arrive pas à détourner le regard de son arme, du canon tourné vers le ciel. Les minutes passent, qui lui semblent des heures. Elle est tellement tendue qu'une crampe la saisit au mollet, comme un chien referme la gueule sur sa proie. Ne pas crier, ne pas bouger. La douleur est si vive qu'Inaya, malgré sa volonté d'acier, ne peut retenir un gémissement. L'homme tourne la tête, la main sur son arme. Il la voit, petite et terrifiée dans sa robe jaune poussiéreuse, plaquée contre un tronc d'arbre à peine plus large qu'elle. Elle tremble, ses dents claquent, ses lèvres bougent sans qu'aucun son n'en sorte. Elle le regarde du coin de l'œil, et il sait qu'il lui a fallu tant de courage pour ce regard, plus de courage qu'il n'en aura jamais. Elle l'observe un instant, assez pour voir qu'il est jeune, infiniment triste et encore un peu saoul. Sans un mot, il se redresse lentement, la dévisage une dernière fois et s'éloigne en tanguant un peu, le canon de son arme toujours pointé vers le ciel. Peut-être même qu'il pleure comme le fait à présent Inaya, accroupie, le corps secoué de tremblements. Peut-être que c'est un homme comme lui qui a tué ses parents, un type d'à peine vingt ans qui, cette nuit-là, avait bu plus que de raison, un type à qui l'on a dit d'appuyer sur la gâchette et qui n'a pas su trouver en lui la force de dire non. Aujourd'hui, l'homme qui a fait demi-tour n'a pas eu à s'opposer à un ordre. Qui sait ce dont il aurait été capable s'il avait eu à le faire ? Les tremblements d'Inaya n'ont cessé qu'à son retour au village. Elle a marché vite, en silence, sans dire aux garçons ce qui s'était passé. Elle ne les a plus jamais accompagnés à la rivière.

19

Kadiatou a sept ans mais elle en paraît presque deux de moins, tant elle est petite et menue. Elle est aussi sociable que son frère Kosso est solitaire. Elle n'a pas l'aplomb d'Inaya, et serait bien incapable de tenir tête aux adultes comme sait le faire son amie. Mais toutes deux partagent la même curiosité, la même soif de comprendre le monde, les gens et les choses, le même désir d'en savoir un peu plus chaque jour sur tout ce qui les entoure. L'école, Kadiatou en rêve aussi fort qu'Inaya, pour apprendre et transmettre ensuite. Elle ne sera pas médecin, mais professeure. Quand elle aura tant appris que sa tête sera plus grosse que celle d'un buffle, elle ouvrira sa propre école. Elle sait déjà exactement où elle la construira : à l'entrée du village, pour que tout le monde puisse la voir depuis la grande piste rouge. Pour que les gens qui passent se disent qu'ici, dans ce coin perdu qui ne mène qu'à la brousse, on sait lire et écrire et compter. Que le soir, à la lueur des braises du foyer, on plonge le nez dans de gros livres et qu'on a les mêmes diplômes que les gens de la ville.

Alors, quand Inaya vient la chercher pour lui parler des rumeurs qui circulent à propos de cette école des Blancs, Kadiatou ne peut s'empêcher de lui sauter au cou et de danser pieds nus dans la ruelle qui borde la cour de sa maison. Elle a entendu sa mère en discuter rapidement avec leur voisine, mais dès qu'elles ont aperçu Kadiatou, elles se sont empressées de changer de sujet. Tous les adultes font ça depuis la visite du Blanc dans sa jeep. Ils chuchotent et se taisent lorsqu'un enfant passe.

– Pourquoi ils veulent rien nous dire, à ton avis ?

– C'est ce qu'on va découvrir.

Inaya déteste les secrets. Elle n'aime pas qu'on lui dise « ça reste entre toi et moi », ou « surtout ne le répète à personne ». Elle ne se sent pas flattée, au contraire. Ça l'embarrasse, les secrets. Si elle garde le silence, elle prive quelqu'un d'une information qui le concerne directement. Si elle parle, elle trahit la personne qui lui a demandé de se taire. Pour éviter de se retrouver dans ce genre de situation, elle n'a jusqu'ici trouvé qu'une seule solution : la fuite. Quand la conversation prend des airs de confidence, elle trouve un prétexte pour décamper, laissant son interlocuteur perplexe. Elle préfère qu'on la prenne pour une folle plutôt que pour une menteuse ou quelqu'un à qui on ne peut pas faire confiance. Ces derniers temps, il lui semble que le village entier s'est mis à chuchoter, sans qu'aucun enfant ne soit mis dans la confidence. Puisque personne ne leur dit ce qui se trame, il va falloir être plus maligne que les adultes, ce qui, selon elle, ne devrait pas être trop difficile.

Presque tous les matins, les femmes se regroupent sur les hauteurs du village, là où la dernière ruelle se transforme en chemin menant à la brousse. Elles rassemblent les pilons, les mortiers, les tamis et pilent le mil à l'abri des oreilles indiscrètes. Officiellement, elles se tiennent le plus loin possible des habitations pour éviter que la poussière, formée par les minuscules enveloppes qui se détachent des grains, n'envahisse les cours et les maisons. Mais Inaya sait bien que c'est aussi l'occasion pour elles de se raconter, dans l'intimité, ce qu'elles ne peuvent pas se dire en présence des hommes. Les fillettes apprennent très tôt à les aider, mais, bizarrement, depuis la venue du Blanc et les visites du doyen, le mil est devenu si facile à piler que les femmes ne veulent plus de bras supplémentaires.

– Comment on va faire pour pas qu'elles nous voient ? demande Kadiatou à Inaya, qui lui explique son plan.

– On va se cacher dans un grenier avant qu'elles arrivent.

Kadiatou ouvre grand ses yeux et fixe son amie. Elle connaît son histoire. Elle sait que c'est dans un grenier qu'on l'a découverte le lendemain de la mort de ses parents. Tout le monde au village le sait, même si Marietou refuse d'en parler. Seule Kadiatou, en revanche, sait que, quatre ans après cette nuit passée dans le grenier, Inaya est toujours incapable de mettre le pied dans ces petites constructions qui n'effraient personne d'autre qu'elle. Après tout, ça n'est rien que trois ou quatre mètres cubes de terre séchée et de chaume.

– Tu... tu vas entrer dans un grenier ?

– Tu seras avec moi, et puis il faut bien que j'y arrive un jour.

Le lendemain matin, le village est encore silencieux lorsqu'Inaya vient chercher Kadiatou devant chez elle. Elle lui prend la main et toutes deux se dirigent là où les femmes se retrouveront dans une heure. Alors que les fillettes approchent, elles distinguent de plus en plus nettement la silhouette des quatre petits greniers, surélevés à l'aide de branches d'arbres pour rester à l'abri des rongeurs et de l'humidité. Avant qu'Inaya n'ait eu le temps de calmer sa respiration, elles sont devant la porte du grenier le plus proche de l'endroit où les femmes ont pour habitude d'installer leurs mortiers. Il est percé d'une minuscule ouverture qui leur permettra, sinon de les voir, du moins de les entendre. Kadiatou ouvre la porte. L'odeur de renfermé saisit Inaya à la gorge. Son cœur cogne contre sa poitrine, ses paumes sont moites. Sa main glisse dans celle de son amie, qui resserre son étreinte et fait un pas dans l'obscurité du grenier, la tirant doucement à l'intérieur. Elles s'accroupissent sur le sol en terre et attendent. Inaya a envie de pleurer, de vomir, de s'enfuir aussi loin que possible de ce trou qui lui donne l'impression d'être enterrée vivante. Il lui faut toute l'imagination de ses huit ans pour s'en échapper en fermant les yeux. Elle repense aux deux médecins du camp des Blancs, à leurs blouses et leurs instruments étranges. « Il faut étudier beaucoup », lui ont-elles dit. Elle essaie d'être courageuse sans même s'apercevoir qu'elle l'est déjà. Elle visualise une salle de classe, le tableau noir, la craie blanche et les chaises alignées. Elle sent la sueur couler sur son front, sur ses tempes, le long de son dos.

Au bout d'un moment qui lui a semblé long comme une vie, elle entend des voix de femmes, et les premiers coups sourds des pilons qui écrasent le mil. Elle sait tous les efforts qu'il faut fournir avant d'obtenir une farine bien fluide, elle sait la poussière qui se colle à la peau moite et qui démange, elle sait le poids du pilon qu'il faut lever et baisser sans perdre le rythme pour ne pas se fatiguer davantage. Il lui semble reconnaître quelques voix, mais son cœur bat encore si vite, et sa tête tourne tant qu'elle a du mal à se concentrer.

– … pas ce qu'ils vont apprendre à trois ans !

La voix de la femme est entrecoupée par l'effort.

– Le doyen dit que c'est par rapport à la langue, ils apprennent plus vite, répond une autre.

–Hum, s'il le dit.

–Mais ce Français, là, il compte se présenter? Je ne vais pas lui envoyer mes petits comme ça, s'exclame une troisième voix.

–Aucune idée, mais j'espère bien. De toute façon, je n'ai pas encore donné ma réponse au doyen.

–Moi non plus. Je lui ai dit que je voulais voir ces Blancs, répond une autre voix.

Inaya a cessé de compter. Les femmes sont nombreuses et parlent toutes en même temps.

–De toute façon, il va bien falloir l'annoncer aux enfants. Ils commencent à se douter de quelque chose.

–Comme cette Inaya, tsss... toujours en train de se mêler de tout, cette petite.

–Ah, ça, c'est bien la fille de sa mère!

Kadiatou n'a pas eu le temps d'anticiper. À peine la femme a-t-elle terminé sa phrase que son amie se rue déjà hors du grenier. Le tissu de sa robe colle à la peau trempée de sueur de son dos, et une de ses tongs est restée dans le grenier. Elle se précipite vers le groupe de femmes. Surprises de voir cette gamine surgir de nulle part, celles-ci laissent retomber les pilons et se taisent.

–Qui a parlé de ma mère?

Les femmes se lancent des regards en coin. Après un bref silence, une femme de l'âge de Ma', qu'Inaya avait vue rôder dans leur cour après la chute de Coumba sur la grande place, s'avance vers la fillette et lui lance:

– C'est moi. Tu as quelque chose à me dire ?

– Vous ne connaissez même pas ma mère.

– Oh, si, je l'ai bien connue, et elle était aussi curieuse que toi ! Tu peux m'expliquer ce que tu fabriquais là-dedans ? demande-t-elle en indiquant le grenier.

– Je vous écoutais. Parce que personne ne nous dit ce qui se passe avec cette histoire d'école.

– Tu es venue toute seule, ou vous êtes plusieurs à nous espionner depuis tout à l'heure ? demande une autre femme.

– Toute seule, affirme Inaya, la tête haute, sans voir que Kadiatou sort de sa cachette à cet instant précis.

Les deux amies se prennent de nouveau la main, pour se donner du courage face à leurs aînées.

– Allez, disons-leur, elles vont le savoir de toute façon, suggère une des villageoises, qui se tient un peu à l'écart du groupe.

Inaya les écoute leur expliquer l'école, la condition posée concernant l'âge des enfants, les réticences du doyen à propos des filles. Elle les écoute et les émotions se bousculent, la peur du grenier, la colère d'entendre ainsi parler de sa mère, la joie à la perspective de pouvoir aller à l'école, la déception et la frustration à l'idée qu'on lui en refuse l'accès. Elle serre plus fort la main de Kadiatou et, sans un mot, les deux fillettes s'éloignent en direction du village. Inaya a des choses à dire à Marietou.

20

Depuis trois jours déjà, on ne parlait plus que de ça au village. Les Blancs allaient revenir pour rencontrer les enfants qui voulaient aller à l'école. Combien comptaient-ils en choisir ? Est-ce qu'ils partiraient avec eux le jour même ? Personne n'en savait rien. Méfiante, Ma' avait interdit à Inaya et Sekou de s'approcher d'eux. De toute façon, le doyen avait été clair : seul Issa aurait la chance de retenir l'attention des Français.

Ils sont arrivés en début d'après-midi, au beau milieu de la sieste, à l'heure la plus chaude. Ils ont étendu une couverture sous le grand arbre au centre du village, disposé dessus quelques jouets en plastique et des petites bouteilles d'eau. Maintenant, ils attendent. Il y a Ibrahim, le chauffeur de la jeep qui, cette fois encore, est chargé de jouer les interprètes. Deux femmes l'accompagnent. L'une est petite et menue, avec de longs cheveux blonds rassemblés en un chignon noué à la va-vite. L'autre est plus grande, plus ronde, plus solide. Sa tignasse brune descend jusqu'au creux de ses reins, et elle la soulève parfois pour passer la main sur sa nuque trempée de sueur. Toutes les deux portent le même tee-shirt que l'homme de la dernière fois, avec sur le torse le dessin de deux mains, une grande et une petite, tendues l'une vers l'autre. Inaya ne parvient toujours pas à déchiffrer les inscriptions. Si elle connaissait le français, elle pourrait lire « Une école, un avenir ». Mais ce qui la frappe surtout, ce sont les grosses chaussures que portent les femmes, des rangers semblables à celles des rebelles, que le Blanc aussi avait aux pieds lorsqu'il est venu rencontrer le doyen. Il doit faire diablement chaud là-dedans, se dit-elle.

Une fois de plus, Inaya n'a pas respecté la consigne donnée par Ma'. Pourtant, elle n'a pas l'impression de désobéir. Sa tante lui a défendu de s'approcher des Blancs, mais elle ne lui pas interdit de les observer. En plus, elle est tombée sur eux par hasard, alors qu'elle partait chez Kadiatou après s'être réveillée de sa courte sieste. Elle n'a jamais tellement aimé dormir. Se couper du monde alors qu'il continue d'exister, et ne rien maîtriser de ce qui se passe durant cette drôle d'absence, Inaya n'aime pas ça. Alors elle ne s'endort pas, elle s'écroule. Elle ne glisse pas vers le sommeil, elle y chute, lourdement, sans le vouloir, après avoir longtemps lutté pour rester debout. Le soir, Marietou veille plus tard qu'Inaya, qui n'a donc guère d'autre choix que d'aller se coucher quand sa tante le lui demande. Mais pendant la sieste, Ma' dort si profondément qu'elle ne peut pas empêcher sa nièce de quitter la maison et d'aller se balader dans les ruelles brûlantes et silencieuses. Cet après-midi-là, comme tant d'autres, Inaya est la seule à être debout. C'est aussi la seule à avoir remarqué l'arrivée des Blancs. Elle irait bien les voir, mais elle en a peur, alors elle se contente de les observer depuis l'angle de la ruelle, en priant pour que le village sorte bientôt de sa torpeur.

Petit à petit, d'autres enfants, des anciens, des mères et quelques rares pères sortent des maisons. La nouvelle ne tarde pas à parvenir aux oreilles du doyen. Après avoir salué les visiteurs, qui n'avaient pas pris la peine d'en faire autant avant de s'installer à la vue de tous, il s'assoit en retrait et fait signe aux habitants de s'approcher des Blancs. Inaya, docilement, sort de sa cachette et s'installe à quelques mètres des deux femmes, de l'autre côté du grand arbre. Qu'on ne vienne pas lui reprocher de ne pas obéir aux ordres du doyen. Elle regarde la femme blonde agiter une bouteille d'eau en direction d'Aïssata, la petite sœur de Jalil. Voyant que l'enfant ne réagit pas, la femme prend une poupée en plastique, se lève et se dirige, sourire aux lèvres, vers la fillette. Aïssata part se réfugier en hurlant entre les jambes de sa mère. Celle-ci lui chuchote quelques mots à l'oreille, lui prend la main, et toutes deux s'assoient sur la grande couverture, bientôt rejointes par plusieurs femmes. Certaines portent dans leur dos des bébés âgés de quelques mois, d'autres sont accompagnées d'enfants plus grands. Quelques hommes viennent écouter ce qui se dit en prenant soin de rester debout pour marquer leur réserve.

La femme blonde se présente, faisant signe à Ibrahim de traduire ses paroles. Elle s'appelle Mélanie, son mari, Pierre, est venu il y a quelques jours. Elle est très touchée de leur intérêt et de leur confiance, dit-elle en posant la main sur son cœur. Elle a conscience qu'ils doivent avoir beaucoup de questions, c'est pour cette raison qu'elle et Sarah – elle pointe du doigt la femme brune – ont souhaité venir directement à leur rencontre. Inaya ne comprend pas les mots qui sortent de sa bouche, mais elle remarque qu'elle parle vite, et que son sourire est plus doux que ses intonations. Comme s'il y avait un décalage entre ce qu'elle montre et ce qu'elle donne à entendre. Lorsque Sarah prend la parole à son tour, le décalage disparaît. Tout est doux chez elle, son visage, sa voix, son rire, même sa peau, qui a presque la couleur du lait et qui semble aussi tendre que du beurre. Elle explique qu'en France elle aide les femmes à mettre leurs enfants au monde. Qu'elle n'est pas venue ici pour ça, mais qu'elle sait soigner les petits et que ce sera sa mission sur le camp.

– Je croyais que vous aviez construit une école ? demande une mère.

Ibrahim traduit et Mélanie explique, à cette femme et à l'ensemble de l'assistance, qui compte désormais une quarantaine de personnes, que l'école est adossée à un centre médical où les enfants pourront être soignés.

– Je connais la région, dit-elle de ce ton pressé qui contraste avec son sourire. Je sais que ce n'est pas facile pour vous de recevoir des soins. On n'a pas les autorisations pour les adultes, mais on vous promet que les enfants seront examinés, et qu'ils recevront de bons médicaments s'ils en ont besoin.

– Ça, c'est pour tous les enfants ou bien seulement ceux qui vont aller dans votre école ? demande la mère d'Aïssata.

– Pour ceux qui vont venir à l'école. On s'occupera des autres aussi, mais après. Pour l'instant on doit établir des priorités.

– C'est pour combien de temps, l'école ? lance une autre femme.

– Pour deux ans. C'est la durée de notre mission, après on n'aura plus les autorisations nécessaires pour rester.

– Et pendant ces deux ans, quand est-ce qu'on voit les enfants ?

Les autres femmes approuvent la question. Mélanie prend une bouteille d'eau et, tout en buvant une gorgée, fait signe à Sarah de prendre le relais.

– Vous ne pourrez pas venir au camp, explique-t-elle, mais les enfants viendront passer quelques jours ici pendant les vacances.

– On ne va pas vous confier nos enfants si on ne peut pas voir où ils vont vivre ! proteste une femme.

– Le doyen va venir visiter le camp, tente de la rassurer Sarah, mais on ne pourra pas recevoir d'autres adultes, la capacité d'accueil est limitée. On vous a aussi apporté des photos, prenez le temps de les regarder, on vous les laisse. Je comprends vos inquiétudes, mais toutes ces conditions qu'on vous impose, on nous les impose aussi. On fonctionne avec des subventions et des autorisations, et si on ne respecte pas les engagements qu'on a pris par rapport à la France, on perdra tout et on ne pourra plus accueillir aucun enfant.

Une femme, qui porte sur son dos un tout-petit et tient un enfant au bout de chaque main, s'approche de Mélanie, Ibrahim et Sarah. Elle a écouté toute la discussion, à quelques mètres de là, sans oser intervenir. Timidement, elle dit :

– Moi je suis d'accord. Je veux qu'ils aillent dans votre école.

Mélanie et Sarah l'invitent à s'asseoir. Elles lui tendent une bouteille d'eau, que la femme accepte.

– Ce sont vos enfants ? demande Mélanie.

– Le plus jeune, oui, répond-elle en désignant, d'un mouvement de tête, le bébé accroché à son dos. Les deux autres sont à ma voisine, elle est morte l'année dernière.

– Quel âge ont-ils ?

– Lui, il a trois ans, et elle, elle vient d'avoir cinq ans.

– Ils n'ont plus aucune famille ?

– Non, ils n'ont que moi, le père est mort aussi, il a été tué par les rebelles. Je n'arrive plus à les nourrir correctement.

– On peut les prendre au camp. Ils ne manqueront de rien avec nous.

– Et le petit ? demande la mère.

– Non, lui, il vous a. On ne prend que les orphelins, comme on l'a expliqué au chef du village.

– Mais lui non plus, je n'arrive plus à le nourrir. S'il vous plaît !

Sarah baisse les yeux, visiblement mal à l'aise. Elle soulève ses cheveux bouclés, passe la main sur sa nuque. Elle fait signe à Ibrahim de ne pas traduire, et baisse la voix en s'adressant à Mélanie :

– On ne peut pas faire une exception ?

Mélanie n'a pas quitté la jeune mère du regard, et répond à Sarah d'un ton sec, sans se départir de son sourire :

– Si on commence comme ça, on ne va pas y arriver, et tu le sais.

– Ok, ok, mais on pourrait au moins lui faire parvenir du lait ou autre chose, non ?

– Ça aussi, on en a déjà parlé. On a les stocks et les fonds pour les gamins qui viendront sur le camp, pas pour tout le village.

Sarah s'apprête à répondre, mais Mélanie la stoppe dans son élan et indique à Ibrahim de reprendre la traduction.

– Prenez le temps de réfléchir, dit-elle à la femme. Mais c'est d'accord pour les enfants de votre voisine. De toute façon, on va revenir, et le doyen vous tiendra au courant.

Inaya n'a rien perdu de la conversation. Tout doucement, elle s'éloigne du tronc d'arbre derrière lequel elle se cachait. Sans que personne la remarque, elle avance jusqu'à la couverture et tousse pour obtenir l'attention des deux femmes. Elle désigne la fillette de cinq ans qui vient d'être acceptée, avec son frère, pour entrer à l'école des Blancs.

– Donc vous prenez les filles ? dit-elle en regardant Mélanie et Sarah.

Étonnées par la question, les deux femmes acquiescent. Inaya tourne la tête vers le doyen qui, posté à quelques mètres de là, lui lance un regard noir.

21

Depuis qu'elle s'est levée ce matin, Marietou ne peut pas faire un pas sans trouver Inaya sur son chemin. Avant même qu'elle ne se lève, en réalité, puisque les grands yeux noirs de sa nièce, penchée sur son lit, la fixaient déjà lorsqu'elle a ouvert les siens.

–Ma', quand est-ce qu'on va voir le doyen ?

–Je t'ai déjà dit cent fois qu'il ne changerait pas d'avis. Tu perds ton temps, et tu me fais perdre le mien.

Marietou, une bassine sur la tête, contourne la fillette plantée devant elle. Elle marche d'un pas pressé sans s'apercevoir que la bassine glisse et qu'une robe s'en échappe. Inaya la rattrape par une manche avant qu'elle ne tombe dans la poussière. Elle suit sa tante de si près qu'elle se fond dans son ombre, ne s'en détachant que pour s'asseoir à ses côtés dans un coin de la cour.

–Je t'entendrai aussi bien si tu poses tes fesses ici, tu sais, marmonne Ma' en indiquant le tabouret placé face à elle.

Habituellement, quand ses filles ou sa nièce l'aident à laver le linge, elles s'installent sur ce tabouret. Chacune, ainsi libre de ses mouvements, s'attelle à plonger et frotter les vêtements dans la grande bassine d'eau posée au centre. Mais, aujourd'hui, Inaya a décidé qu'être séparée de sa tante par cette seule bassine risquait d'atténuer la force de son message. Pour qu'elle accepte d'aller voir le doyen, elle ne doit lui laisser ni répit ni espace. C'est donc presque collée à Ma' qu'elle commence à laver la première culotte qui lui tombe sous la main. Chaque fois que Marietou s'éloigne et décale son tabouret de quelques centimètres en soupirant, Inaya rapproche le sien. Au bout de quelques minutes, elles se sont tellement éloignées de la bassine d'eau qu'aucune des deux n'arrive plus à l'atteindre. Ma' bondit sur ses pieds, excédée :

– Nom d'un chien, tu vas me suivre comme ça jusque dans ma tombe ?

– Les Blanches m'ont dit qu'elles acceptaient les filles, alors pourquoi le doyen dit le contraire ?

– Parce qu'il ne veut pas que vous partiez, voilà pourquoi !

– Mais toi, tu veux bien ?

– S'il ne veut pas, tu n'iras pas. Ni toi, ni aucune autre fille du village, puisque c'est lui qui prend les décisions, tu peux te rentrer ça dans le crâne ?

– On peut quand même lui demander. Peut-être qu'il a mal compris, tente Inaya en haussant les épaules.

Du bout des orteils, elle trace un petit cercle dans la poussière, rapprochant peu à peu son pied de celui de Marietou. Ni espace, ni répit. Elle pense à Coumba et se dit qu'elle, au moins, n'aurait pas eu peur de tenir tête au doyen. Le coude sur le genou, le menton dans la main, les yeux fixés sur les longs pieds osseux de sa tante, elle ne voit pas Kadiatou surgir dans la cour, suivie de sa mère, Aminata.

– On a les photos de l'école des Blancs ! On a les photos ! crie la fillette en bondissant vers son amie.

Inaya relève la tête et s'élance vers Kadiatou, qui brandit une enveloppe rectangulaire. Avant qu'elle n'ait le temps d'en sortir les photos, Aminata la lui prend des mains et la tend à Marietou.

– Il faut vraiment que tu voies ça.

Les deux femmes échangent un regard, ignorant les fillettes qui gravitent autour d'elles, aimantées par l'enveloppe et les promesses qu'elle renferme.

– Je reviens, se contente de répondre Ma' en se dirigeant vers la maison, sans avoir pris l'enveloppe.

Elle n'est plus certaine, maintenant que les choses se concrétisent, d'avoir envie d'en savoir plus. Elle n'est plus certaine de vouloir voir à quoi ressemble cette école, ni même de souhaiter qu'elle existe vraiment. En opposant le désir d'Inaya au refus du doyen, elle se ménage sans se l'avouer une porte de sortie, la possibilité de faire marche arrière, de garder Sekou, Issa et sa nièce auprès d'elle. Elle ne leur offrira peut-être pas l'avenir dont elle rêve pour eux, mais elle saura ce qui rythme leurs journées, les peurs qui les réveillent la nuit, ce qui les rend heureux. Comment feront les Blancs pour s'occuper d'eux alors qu'ils ne parlent même pas leur langue ?

– Qu'est-ce qui se passe, Marietou ?

Aminata est entrée sans bruit et a trouvé Ma', assise au bord de son lit.

– J'ai peur.

– Moi aussi. Mais est-ce une raison suffisante pour les priver d'une autre vie ? Tu sais comme celle-ci est dure, surtout pour les femmes.

– Elle est dure, mais, au moins, on sait de quoi elle est faite.

– Écoute, j'ai vu les photos. Ces Blancs ont l'air sérieux, et le doyen va visiter le camp. Il n'enverra pas les enfants là-bas s'il n'a pas confiance. Il a son caractère et je suis loin d'être d'accord avec toutes ses décisions, mais jamais il ne les mettrait en danger.

– Les autres, elles en pensent quoi ?

– Certaines ont refusé catégoriquement. Mais beaucoup sont comme nous, elles sont inquiètes, et elles savent aussi que c'est une chance qui ne se présentera pas deux fois.

Marietou se masse les tempes. Ses doigts effectuent des petits mouvements circulaires, comme pour relancer les engrenages enrayés qui l'empêchent de penser. Aminata est déjà sur le pas de la porte. Elle secoue l'enveloppe rectangulaire que Ma' n'a pas voulu prendre.

–Viens, on va regarder les photos avec les filles. Kadiatou ne tient plus en place depuis qu'elle a vu l'école.

Les deux femmes rejoignent les fillettes, aussi fébriles que lorsqu'elles les ont laissées. Chacune s'assoit sur un tabouret, et c'est presque religieusement qu'elles observent une à une les photos. Les images passent de main en main, distribuées par Aminata. Inaya scrute chaque détail, le nez presque collé au papier glacé pour mieux s'immerger dans ce nouveau monde. Elle voit de grandes tentes qui lui rappellent le camp où Ma' et elle sont allées chercher des provisions pour Coumba. Elle voit des Blancs assis à une table, avec des couverts et des assiettes remplies d'aliments qu'elle ne connaît pas. Elle voit des choses dont elle ne comprend pas l'utilité mais qui l'intriguent, comme ce grand drap blanc tendu entre des poteaux, sur lequel on aperçoit des images. Un boîtier éclaire le drap et des gens sont assis devant sur des chaises, dans la nuit. Ils ont l'air heureux et concentrés en même temps. Elle voit une pièce avec des petits lits de camp alignés, une autre avec des tapis au sol, des tapis couverts de jouets en plastique de toutes les couleurs. Inaya ne s'arrête pas longtemps sur cette photo. Ce qu'elle cherche, c'est l'école. Quand la photo de la salle de classe arrive entre ses mains, elle sent un feu naître dans sa poitrine, descendre dans son ventre et envahir tout son corps. Il y a un tableau noir, des rangées de petits bureaux en bois, deux chaises derrière chaque bureau. Inaya pourrait presque sentir l'odeur de la craie dont elle aperçoit les traces sur le tableau. Des lettres ont été écrites, puis effacées sans disparaître tout à fait. Elles ont laissé une empreinte, comme si le tableau avait une mémoire. Marietou observe Inaya sans que celle-ci s'en aperçoive. Elle se souviendra plus tard que c'est à ce moment précis qu'elle a pris sa décision. Elle reverra longtemps l'image de sa nièce penchée sur cette photo, mémorisant chaque détail, murmurant en souriant quelques mots qu'elle dira avoir oubliés quand on lui demandera de les répéter.

Marietou ira voir le doyen demain. Pour Inaya, mais aussi pour sa mère, pour Coumba, et pour toutes les femmes qui n'ont eu d'autre choix que de suivre ceux des hommes.

22

Elles sont arrivées les unes après les autres, accompagnées de leurs filles. Elles se sont assises devant la porte de la maison du doyen, sans frapper. Elles ne sont pas pressées. Il y a quelques garçons aussi, tous trop grands pour pouvoir prétendre à une éducation dans cette nouvelle école de Blancs. Du moins, c'est ce que le vieil homme leur a dit lorsqu'il s'est rendu chez chacune d'elles. Mais fera-t-il preuve de la même fermeté quand il devra s'expliquer face à la petite assemblée qu'elles ont constituée ? Il sait mieux que personne que les femmes sont les plus dures en affaires, à plus forte raison quand il s'agit de défendre les intérêts de leurs enfants. Il le sait si bien qu'à cet instant précis, assis dans son grand fauteuil en bois sculpté, il fixe la porte sans trouver le courage de l'ouvrir. Pas question d'affronter l'assemblée avant d'avoir passé en revue tous ses arguments.

Inaya se tient debout face à la porte. Elle a refusé de s'asseoir, de boire le thé avec les femmes, de jouer avec les enfants. Elle est tendue comme un arc qui s'apprête à décocher une flèche. Concentrée sur son objectif. Elle sait que c'est ce matin, dans cette cour, aux côtés de ces femmes qui discutent en sirotant leur thé, que se joue son avenir. C'est ici qu'un vieil homme décidera, dans quelques minutes, si elle peut devenir docteure. Pendant que le doyen ressasse ses arguments, elle affûte les siens. Les médecins les plus proches sont à quatre heures de marche. Ils sont employés par une ONG dont personne ne sait si elle sera encore là dans deux jours, dans six mois, dans un an. Aucun de ces médecins n'a grandi dans les villages alentour, aucun ne connaît comme elle les gens qui y vivent, leur peur des médicaments, leur confiance absolue dans la médecine traditionnelle. Aucun d'entre eux ne saurait comme Inaya trouver les mots pour les convaincre de se soigner lorsqu'il en est encore temps. Inaya ne rêve pas de grandes villes, ni de pays étrangers. Elle ne veut partir que pour mieux revenir, pour mieux les aider une fois qu'elle sera à son tour devenue docteure.

La porte grince et elle recule d'un pas. Le doyen, une main sur la poignée, l'autre sur sa canne, plante ses yeux dans les siens avant de balayer la cour du regard. Est-ce parce que le sol est légèrement en pente qu'elle a l'impression, pour la première fois, d'être aussi grande que lui ? Dès qu'elles l'aperçoivent, les femmes se lèvent et le saluent. Ma' est la première à prendre la parole.

– On ne va pas y aller par quatre chemins. Tous les enfants que tu vois ici veulent aller à l'école.

– Je pensais avoir été clair, Marietou.

– En effet, tu l'as été. Mais ça ne rend pas les choses plus justes pour autant.

– Et qu'est-ce qui n'est pas juste ?

– Les filles veulent étudier, elles aussi.

– Très bien, alors explique-moi comment on va faire sans elles.

– Quand tu as décidé qu'elles n'iraient plus chercher l'eau, est-ce que tu as eu peur d'avoir soif?

Le doyen se tait, tandis qu'un murmure d'approbation traverse la petite assemblée de femmes.

– Tu n'as pas eu peur, parce que tu savais que les garçons allaient se débrouiller. Tu savais qu'on ne pouvait plus envoyer les filles à la rivière, alors tu as décidé de les mettre en sécurité. Et tu savais que comme on n'avait pas le choix, comme les garçons n'avaient pas le choix, ils feraient ce qu'il fallait.

– C'est différent. Elles ne sont pas en danger, cette fois.

– Si, elles le sont. Mais tu es un homme, et c'est pour cette raison que tu ne le vois pas.

– De quoi parles-tu ?

Le doyen a penché la tête sur le côté et levé un de ses sourcils broussailleux. Tous les regards, de celui, fatigué, de la femme la plus âgée, à celui, intrigué, de l'enfant le plus jeune, sont braqués sur lui. Marietou, courageusement, reprend.

–Je te parle de nos vies. Des nuits éveillées à s'occuper des petits, des matinées aux champs à travailler plus dur que des bêtes, des siestes qu'on ne fait pas parce qu'on en profite pour laver le linge, des après-midis à nettoyer la maison, à courir le village pour échanger nos quelques vivres, des repas qu'on prépare, de nos parts qu'on laisse aux enfants, de la vaisselle et des enfants, encore, dont il faut s'occuper avant de pouvoir enfin se reposer un peu, sauf si l'un d'entre eux est malade ou fait un cauchemar. Dans ce cas, ce sera encore une nuit sans sommeil et le lendemain, tout recommence jusqu'à ce qu'un beau jour, comme Coumba, on n'ait plus la force de se lever. Je te parle de ça et aussi des bébés qu'on porte dans nos ventres en continuant à travailler, qu'on met au monde seules en espérant ne pas mourir au prochain, parce qu'alors plus personne ne pourrait veiller sur ceux qui sont déjà là, plus personne ne pourrait les nourrir et les aider à devenir adultes. Sans nous, je ne donne pas un mois au village avant de commencer à compter ses morts.

Marietou reprend sa respiration, à peine consciente du silence qui s'est abattu dans la cour du doyen. Jusqu'ici, il n'y avait guère que Coumba pour se permettre de parler ainsi au vieil homme. Depuis sa mort, personne n'avait osé reprendre le flambeau. Pourtant, en observant les regards admiratifs des autres femmes posés sur elle, Marietou sent que c'est précisément ce qu'elle vient de faire. Mais le doyen ne s'avoue pas encore vaincu :

– Si tu estimes que le village ne peut pas se passer de vous, pourquoi diable je donnerais mon accord pour que toutes les filles s'en aillent ?

Toutes les femmes présentes poussent un soupir bruyant. Mais, alors qu'elles s'attendaient à entendre la voix de Ma' repartir à l'assaut, c'est celle d'Inaya qui poursuit :

– Parce que vous, les garçons, vous devez apprendre à vous débrouiller sans nous.

Adossée contre un muret au fond de la cour, une femme éclate de rire puis, voyant que tout le monde l'observe, plaque sa main sur sa bouche.

– Qu'est-ce qui est si drôle ? lui demande le doyen en haussant la voix.

La femme hésite un moment, puis se lance :

– Elle a raison. Il est temps que les hommes apprennent à se débrouiller sans nous. Marietou dit que les filles sont en danger, et c'est vrai. Elles sont en danger parce qu'en décidant de ne pas les laisser étudier, tu considères que leur vie a moins d'importance que celle des garçons.

Le doyen ouvre et ferme la bouche sans qu'aucun son n'en sorte.

– Je refuse de te laisser dire ça, finit-il par tonner. J'ai toujours protégé les filles de ce village et tu le sais.

– Alors pourquoi les garçons pourraient aller à l'école et pas nous ?

Les regards se baissent de nouveau vers Inaya, dont le corps tout entier laisse voir la détermination. Droite comme un i, la tête haute, elle attend une réponse. Les doigts du vieil homme se crispent sur le pommeau de sa canne, et sa voix tremble un peu lorsqu'il répond :

– Parce que les garçons ne savent pas faire la moitié de ce que vous faites ! Tu le sais très bien, toi qui ne voulais pas qu'ils aillent chercher l'eau !

– Je me suis trompée. Ils ont appris.

– Ah oui, et comment tu sais ça ?

Inaya baisse les yeux. Elle est courageuse, mais pas au point de révéler au doyen qu'elle lui a désobéi. Marietou, sentant sa nièce en difficulté, vole à son secours :

– Ce qu'elle essaie de te dire, ce qu'on essaie toutes de te dire, c'est que les garçons peuvent apprendre. Et que celles qui le souhaitent devraient avoir le droit d'étudier. Ne les prive pas de ce que nous, leurs mères, leurs tantes, leurs voisines, n'avons pas eu.

Une voix s'élève de l'assemblée. La femme est menue et tient par la main un garçon qui lui ressemble trait pour trait. Il a huit ans, peut-être dix.

– Et pour les plus grands, qu'est-ce qui est prévu ? Pourquoi ils ne prennent que les petits ? Mon fils aussi veut aller dans cette école.

Plusieurs femmes approuvent. Le doyen se passe la main sur le visage, demande à ce qu'on lui amène un siège. Il n'a plus d'arguments à leur opposer, et ne se sent plus la force de débattre. Elles ont gagné, mais pour ne pas perdre la face, il décide de s'en remettre à un autre. Il espère ainsi que le poids de la décision ne reposera pas sur ses seules épaules. Il se sent vieux, trop vieux pour comprendre un monde où les femmes demandent à étudier pendant que les hommes lavent le linge. Il pointe Inaya du doigt :

– Toi. Tu vas partir téléphoner, tu sais où c'est. Tu ne pars pas toute seule, je veux des garçons avec toi, c'est bien clair ? Vous me ramenez Ibrahim, le traducteur qui travaille pour les Blancs. On verra ensemble ce qu'il en dit.

Avant même d'avoir entendu la fin de la phrase, Inaya bondit et quitte les lieux en courant si vite que ses pieds nus ne semblent plus toucher terre.

23

Inaya, Kosso, Kadiatou, Jalil et Sekou sont sur la route depuis une heure. Pour téléphoner, il faut marcher deux heures jusqu'à un village voisin. Le chef est jeune et connu de tous pour posséder un petit cellulaire à clapet dont il est très fier. Seuls les autres chefs des villages avoisinants ont le droit de demander à l'utiliser en cas d'urgence. Un jour, il y a de cela un an environ, Inaya avait accompagné un petit groupe d'habitants missionnés par le doyen pour appeler un autre chef. Elle n'avait pas vraiment compris le but de l'appel, mais elle se rappelle parfaitement le trajet, le téléphone et même le son produit par ses touches.

– Tu crois qu'il va nous laisser aller à l'école ? demande Kadiatou à Inaya pour la centième fois depuis leur départ.

– Rêve pas, répond Sekou en donnant un coup de pied dans un petit caillou.

– Pourquoi pas ? Quand il dit non, c'est tout de suite en général, rétorque Kosso.

Inaya reste silencieuse, contrairement à Jalil qui parle presque sans interruption depuis que Kosso lui a proposé de faire la route avec eux. Plus personne ne l'écoute, même si son flot de paroles a quelque chose de rassurant, comme un léger ronflement qui agace autant qu'il berce. Sekou a le visage fermé. Il boite un peu plus que d'habitude, pourtant Inaya a remarqué que lorsqu'il ne se sent pas observé, il retrouve sa démarche habituelle, claudicante mais vive, loin de cette lenteur théâtrale qu'il met en scène depuis une heure. Il ne lui a pas dit non quand elle lui a proposé de l'accompagner, mais son corps manifeste le refus que sa bouche n'a pas osé formuler.

–Tu ne veux pas aller dans cette école? lui lance soudain Inaya, avec la délicatesse d'un poids lourd lancé à pleine vitesse.

–J'ai jamais dit ça.

–Tu ne dis pas le contraire non plus.

–Mêle-toi de ce qui te regarde.

–Je te trouve bizarre en ce moment.

–Moi, je te trouve bizarre tout le temps.

Inaya hausse les épaules et s'éloigne, vexée. Derrière son agressivité, c'est sa peur que Sekou tente de dissimuler. Il ne veut pas quitter la famille d'Inaya, il est terrifié à l'idée de laisser derrière lui ce foyer qu'il vient à peine de rejoindre. Mais comment pourrait-il le dire? Il sait que lui et son frère représentent une charge supplémentaire et que cette école est un soulagement pour Marietou.

Lorsqu'ils arrivent au village, les cinq enfants sont conduits vers un bâtiment rectangulaire qui ne ressemble en rien aux petites maisons rondes au milieu desquelles il a été construit. Ses murs en béton ont été peints en blanc. Il abrite une grande pièce presque vide, seulement meublée d'un bureau en métal rouillé, de deux armoires bancales auxquelles il manque les portes et d'un fauteuil à roulettes en skaï usé. Assis dessus, le chef du village, si jeune par rapport au doyen, les accueille avec un large sourire.

– Qu'est-ce qui vous amène ? lance-t-il à Inaya qui s'est avancée la première.

– On doit téléphoner.

Le jeune homme prend un air réticent, mais porte tout de même la main à sa poitrine, puis sort de la poche de sa chemisette à carreaux son précieux petit téléphone portable à clapet. Il en est trop fier pour se montrer méfiant et refuser de le prêter aux visiteurs. Inaya a mémorisé le numéro, qu'il compose à mesure qu'elle le lui dicte. Elle pourrait très bien appuyer elle-même sur les touches, mais l'affaire est visiblement trop sérieuse pour être confiée à une enfant. D'un ton tout aussi solennel que la mine qu'il affiche, le chef du village annonce à son interlocuteur l'objet de son appel, acquiesce et raccroche après de longues salutations. Inaya n'est pas plus impressionnée par son numéro d'esbroufe qu'elle ne l'est par cette pièce un peu décrépite qu'il appelle « ses bureaux ».

– Il sera là dans trente minutes. Vous pouvez l'attendre ici.

– Merci, marmonne-t-elle en quittant la pièce, entraînant derrière elle ses quatre compères.

Ils regagnent la grande piste en silence, à l'exception des gloussements de Jalil qui ne cesse de répéter à Inaya : « Comment tu l'as vexé, t'aurais vu sa tête, j'aurais jamais osé, mais vraiment, alors ça, jamais. » Kadiatou a glissé sa petite main dans celle de son amie. Quand la jeep d'Ibrahim arrive à leur hauteur, les enfants se serrent instinctivement les uns contre les autres.

– Allez, montez, je ne vais pas vous manger ! s'exclame-t-il en éclatant de rire.

Il porte le tee-shirt des Blancs. Il sent l'eau de Cologne et l'après-rasage, des odeurs que les enfants, tous les cinq tassés sur la banquette arrière, associent aux gens de la ville. Inaya voudrait en savoir plus, sur l'école, sur le camp, sur son métier. Elle aimerait savoir comment il a connu ces Blancs, ce qu'il fait pour eux et s'il rentre dormir chez lui le soir, mais elle n'ose pas lui adresser la parole. Elle sait que c'est lui, en accord avec le doyen, qui s'apprête à décider de son avenir, alors elle préfère ne rien demander plutôt que de commettre une de ces maladresses dont on dit qu'elle est spécialiste. Elle n'aime pas blesser les autres, mais elle a souvent l'impression que les réponses à ses questions seraient bien plus faciles à obtenir si les gens ne comprenaient pas tout de travers.

Le trajet du retour est si rapide que les enfants, en descendant de la voiture d'Ibrahim, ont la sensation d'y être montés à peine quelques secondes plus tôt. Inaya guide l'homme en direction de la maison du doyen, se mordant les joues pour se rappeler de ne pas parler. Elle a tant de questions que les retenir lui fait presque mal. Il faudra qu'elle les pose à Ma' ce soir, même si celle-ci n'a pas les réponses, pour pouvoir soulager cette tension, cette soif de savoir qu'il lui est si difficile de contenir. Inaya et Ibrahim, suivis de loin par Kosso, Kadiatou, Sekou et Jalil, pénètrent dans la cour. Les femmes et les enfants n'ont pas bougé depuis le départ d'Inaya, il y a plus de trois heures. Certaines ont dû aller chercher quelques provisions pour les petits, comme en témoignent les épluchures de fruits et les coques d'arachides disséminées çà et là. Une manière pour elles de manifester doucement mais fermement leur intention de rester ici jusqu'à ce qu'elles obtiennent gain de cause. Le doyen, toujours assis sur son petit siège en bois, salue Ibrahim. Il se lève péniblement. D'un signe de tête, il l'invite à entrer dans sa maison et referme la porte derrière eux.

Le vieil homme indique une chaise à son invité, que celui-ci ignore, visiblement pressé d'en savoir plus sur les raisons de sa venue. Mais il connaît le protocole : c'est au doyen de prendre la parole le premier, même s'il décide d'attendre une nuit entière.

–J'ai, disons, un petit imprévu, commence le doyen, une fois installé dans son fauteuil sculpté.

– Quel genre d'imprévu ?

– Les femmes que tu as vues, elles veulent que leurs filles aillent à l'école des Blancs.

– Leurs filles ?

– Oui, j'ai été le premier surpris, mais que veux-tu, les temps changent.

– Les conditions étaient pourtant claires, lance Ibrahim, nerveux. Les Blancs veulent des orphelins.

Le doyen se racle bruyamment la gorge. Que peut-il faire à cet instant précis ? Mentir à Ibrahim en tentant de faire marche arrière ? Ou bien annoncer à ces filles que celles qui ont encore leur mère n'auront pas la chance d'être instruites ?

– Je dis « leurs filles », parce qu'elles les considèrent comme telles. La plupart s'en occupent depuis des années.

Ibrahim acquiesce. Il n'en croit pourtant pas un mot. Lui aussi a grandi dans un village. Il sait que le concept de foyer comme l'entendent les Français n'a pas de sens ici. Orphelin de père et de mère ne signifie pas sans famille, sans attache, sans repère. Il sait aussi que, parmi les femmes assises dans la cour du doyen, plusieurs sont les mères biologiques des enfants qu'elles veulent envoyer à l'école. Il ne devrait pas fermer les yeux, mais les ferme pourtant. Il a compris que les Blancs faisaient un tri pour des questions de subventions, mais il n'a pas envie d'écarter ces enfants. Les problèmes administratifs ne pèsent pas bien lourd face à la possibilité pour eux de changer de vie.

– Ils sont combien ? demande-t-il au doyen. Combien à ne pas correspondre aux critères des Français ?

– Une dizaine, je dirais.

– Quel âge ?

– Pardon ?

Le doyen pensait devancer Ibrahim, mais celui-ci a une longueur d'avance.

– Écoute, je sais très bien comment ça se passe. Je sais que certains de ces gamins ont de toute évidence plus de cinq ans, et que certains ont des parents. Je ne peux pas t'en vouloir d'essayer de leur offrir la chance qu'on n'a pas eue.

– Je n'avais pas prévu ça, elles me sont tombées dessus ce matin, tente de se justifier le vieil homme.

– On va s'arranger. Il y a des fratries ?

– La plupart.

– Ils ne vont pas séparer les fratries, je les ai entendus en parler l'autre jour, ils n'étaient pas tous d'accord, mais je pense que ça peut passer.

– Tu penses qu'ils vont vérifier si ce sont vraiment des fratries ?

– À partir de quoi veux-tu qu'ils vérifient ? Tu as un registre des naissances ?

Le doyen secoue la tête. Bien sûr qu'il n'a pas de registre, aucun chef de village n'en possède. Ibrahim sort de la poche intérieure de sa veste une liasse de documents pliés en quatre.

– C’est la seule chose qu’ils vont vérifier. Des certificats remplis et signés par toi. Nom et prénom de l’enfant, âge. Là, ils demandent son état de santé, précise Ibrahim en pointant du doigt une ligne que le vieil homme ne peut déchiffrer. Ici, s’il est orphelin de père et de mère. Tu signes, et c’est réglé. Il faudra parler aux femmes, qu’elles sachent quoi dire s’ils leur posent des questions.

– Je m’en charge.

Une heure plus tard, Inaya est devenue la sœur de Sekou et d’Issa, Kadiatou a cinq ans au lieu de sept, sa mère n’est plus qu’une lointaine voisine et le doyen serre la main d’Ibrahim en le raccompagnant vers sa jeep. Il lui reste quelques jours pour faire le point avec les familles avant le retour des Blancs.

24

– On devrait rentrer. Ils viendront pas aujourd'hui, soupire Kadiatou.

Comme chaque jour depuis qu'elle sait le retour des Blancs imminent, Inaya est venue se poster sur le bord de la grande piste pour guetter leur arrivée. Elle y resterait bien du matin au soir, mais Marietou la rappelle régulièrement à l'ordre en envoyant à sa recherche le premier enfant qu'elle croise. Aujourd'hui, c'est Kadiatou qu'elle a chargée d'aller chercher Inaya, il y a déjà plus de deux heures. La fillette s'est laissé convaincre de patienter un peu aux côtés de son amie, partagée entre la crainte des représailles de Marietou et l'excitation d'être la première à apercevoir la jeep des Blancs.

– Je te dis qu'ils vont venir. Fais-moi confiance, rétorque Inaya.

– Mais tu dis ça tous les jours !

– Je finirai bien par avoir raison.

Kadiatou jette un œil vers le ciel. Comment le soleil peut-il déjà être si bas ? Il fera nuit dans moins d'une heure. Si elle ne rentre pas maintenant avec Inaya, elle devra non seulement affronter la colère de Marietou, mais aussi celle de sa propre mère. N'y tenant pas particulièrement, elle saute du muret sur lequel elle était perchée. Au même moment, Inaya se précipite au milieu de la piste déserte.

– Qu'est-ce tu fabriques ? crie Kadiatou.

– Là !

Elle pointe du doigt un nuage de poussière rouge à l'horizon. Le nuage se rapproche rapidement, laissant entrevoir un véhicule qu'Inaya reconnaîtrait entre mille. Les deux fillettes quittent la piste et s'élancent en direction du village. Elles courent aussi vite qu'elles le peuvent pour prévenir les habitants de l'arrivée des Blancs avant que la jeep ne les rattrape.

– Ils sont là ! Ils sont là ! s'époumonent-elles à tour de rôle en se dirigeant vers la place.

L'information, répétée de maison en maison, devance le véhicule des Français, si bien que le doyen a eu le temps de rassembler les certificats et de se caler dans son fauteuil majestueux avant même que les Blancs n'aient mis un pied en dehors de la voiture. Cette fois-ci, d'autres que lui se chargeront de les conduire jusqu'à sa maison. Après tout, un peu de mise en scène n'a jamais fait de mal, surtout quand on s'apprête comme lui à mentir sur presque toute la ligne. Plus il le fera avec l'aplomb et la dignité que l'on prête à sa fonction, plus il aura de chances d'être pris au sérieux.

À une cinquantaine de mètres de là, Ibrahim, Pierre et Mélanie descendent de la jeep. Mélanie caresse quelques têtes d'enfants, Pierre donne de petites tapes distraites sur leurs épaules. Il cherche des yeux le chef du village, visiblement inquiet de ne pas le voir arriver. Marietou, Aminata et toutes les autres femmes qui avaient occupé, quelques jours plus tôt, la cour de la maison du doyen, sont présentes. Elles ont répété de nombreuses fois le discours que leur a conseillé de tenir le vieil homme, ont préparé les réponses à toutes les questions que les Blancs pourraient leur poser. Ma' est un peu fébrile. Elle a beau s'être persuadée qu'elle faisait le bon choix, celui d'une vie meilleure pour Inaya, Sekou et Issa, elle ne peut s'empêcher de sentir son ventre se serrer en observant ces inconnus. Aminata prend sa main dans la sienne sans dire un mot, comme si le même conflit se jouait en elle. Les enfants se tiennent à leurs côtés, regroupés par fratries, véritables ou arrangées par le doyen. Inaya a pour consigne de ne pas s'éloigner de Sekou, plus mutique et renfermé que jamais. Elle porte Issa sur son dos, ce qui n'aurait rien eu d'exceptionnel si celui-ci n'avait pas décidé à cet instant précis qu'il avait bien plus envie de se dégourdir les jambes que d'être porté. Hors de question de le laisser descendre : s'il y a bien un moment où ils doivent être vus ensemble, c'est aujourd'hui.

Voyant que le doyen n'arrive pas, Ibrahim décide de conduire Pierre et Mélanie chez lui. Il est nerveux. Il sait que les enfants au sujet desquels il s'apprête à mentir jouent leur avenir, mais lui joue son poste. Si son salaire n'est pas énorme, il est pourtant beaucoup plus élevé que ce qu'il gagne habituellement. En restant travailler deux ans auprès des Français, il aura de quoi mettre sa propre famille à l'abri du besoin pendant plusieurs mois, ce qu'il n'a jusqu'ici jamais été en mesure de faire. Se débrouiller, survivre, trouver de quoi nourrir ses enfants au jour le jour, il connaît. En revanche, se lever le matin sans avoir ce poids sur les épaules, sans cette peur de les voir passer la journée et la nuit le ventre vide, c'est nouveau et si apaisant qu'il n'entend pas y renoncer de sitôt.

La porte de la maison du doyen est grande ouverte. Lorsqu'ils pénètrent dans sa cour, Pierre et Mélanie aperçoivent immédiatement le vieil homme, assis dans son immense fauteuil en bois sculpté, ce fauteuil si massif qu'il en devient presque ridicule tant il est disproportionné par rapport à la taille de la maisonnette. La mine grave, le doyen invite Pierre, Mélanie et Ibrahim à entrer. En dix minutes à peine, la cour s'est remplie d'enfants, de femmes et de quelques hommes. Tous sont impatients de connaître la suite des événements. Tous sauf Sekou, qui n'a qu'une envie : rentrer chez Ma' et y rester pour toujours. Qu'importe s'il ne mange pas à sa faim chaque jour, qu'importe s'il n'apprend pas à lire et à écrire, tant qu'on le laisse vivre avec ce qui ressemble le plus pour lui à une famille.

– Quarante-deux, annonce le doyen en tendant la liasse de certificats à Pierre. Vous avez là les papiers des quarante-deux orphelins prêts à partir dans votre école.

Ibrahim traduit les paroles du vieil homme, que Mélanie quitte des yeux pour regarder Pierre en souriant. Elle attend ce moment depuis si longtemps qu'elle aimerait se lever et danser à travers la pièce. Quarante-deux enfants. Elle n'y croyait plus, tant les dernières semaines ont été difficiles. Ils se sont heurtés à l'administration, aux hésitations de certains bénévoles qui s'étaient pourtant engagés depuis des mois à les rejoindre, à des problèmes financiers et logistiques qu'ils n'avaient pas anticipés. Depuis deux semaines déjà, le camp est prêt à accueillir les enfants. Voir ces tentes vides, ces jouets avec lesquels aucun petit ne s'amuse, ces médicaments qui ne soignent personne commence sérieusement à miner le moral des troupes. Quelques bénévoles sont déjà présents sur place, ainsi qu'une poignée d'employés locaux. D'autres arriveront en temps voulu, lorsque les enfants seront enfin là.

– On voudrait les rencontrer, annonce Pierre.

– C'est prévu, répond le doyen, qui se demande comment procéder pour que tout cela ne dure pas des heures.

– Tu pourrais présenter les plus jeunes en premier. En groupe, suggère Ibrahim en s'adressant au doyen dans sa langue.

Le vieil homme acquiesce, s'extirpe péniblement de son fauteuil et se dirige vers la porte. Les conversations cessent dès qu'il apparaît sur le seuil de la maison.

– Ceux qui n'ont que des enfants de moins de cinq ans, levez la main !

Une dizaine de mains se lève. Le doyen sait que d'autres familles attendent dehors, d'autres familles dans la même situation. La cour sera trop petite pour les accueillir toutes.

– Bien. Nous allons nous retrouver sur la place. Je veux que tous les enfants de moins de cinq ans soient regroupés là-bas dans cinq minutes.

25

Tandis que la cour se vide bruyamment, le doyen, par l'intermédiaire d'Ibrahim, explique à Mélanie et Pierre que les présentations vont être faites sur la grande place. Tous les quatre se mettent en chemin. Lorsqu'ils arrivent, une trentaine d'enfants, pour la plupart accompagnés de leurs mères, sont assis sous les arbres. Certains savent à peine marcher. Mélanie les observe avec émotion. Tout devient soudainement si réel. Pierre, la liasse de certificats à la main, ne perd pas de vue son objectif: mettre un visage sur chaque nom, pour s'assurer que tout soit en ordre.

–Tu peux demander au chef qu'il me fasse un tri avec les gamins présents ? demande-t-il à Ibrahim en lui tendant les certificats.

Ibrahim traduit, puis ajoute :

–N'oublie pas qu'ils sont tous orphelins. Tous. Reste concentré.

– Tais-toi et aide-moi plutôt à trier ça, répond sèchement le doyen.

Dix minutes plus tard, après quelques échanges tendus que Pierre observe attentivement sans en comprendre un mot, le doyen donne une trentaine de certificats à Mélanie. Elle les feuillette, puis appelle les enfants un à un. Ces derniers, trop petits ou trop intimidés pour répondre, osent à peine lever la tête lorsqu'ils parviennent à reconnaître leur nom, malgré une prononciation souvent hasardeuse. Ce sont les mères qui, d'un geste de la main, désignent leurs enfants.

– On ne peut pas les vérifier un par un, chuchote Mélanie.

– Non, mais on va en prendre quelques-uns au hasard. Tiens, celui-là, dit Pierre en désignant un enfant.

– L'autre aussi, à côté. Je la trouve trop grande pour une gamine de cinq ans.

Après avoir pointé du doigt quelques enfants, Pierre et Mélanie s'approchent du groupe. Mélanie étire son sourire, s'accroupit près d'une femme et de cette fillette qui lui semble trop grande. Elle fait signe à Ibrahim de la rejoindre pour traduire.

– Tu t'appelles Kadiatou, c'est ça ?

Kadiatou acquiesce. Avec Inaya, elle a répété des dizaines de fois ce qu'elle devait dire. Mais devant cette femme qui se tient trop près de son visage, tout est plus compliqué que ce qu'elle avait prévu. Son cœur bat la chamade, et elle lutte pour ne pas s'enfuir. Comme si elle l'avait senti, la main de sa mère se pose sur son épaule, doucement mais fermement.

– Cette dame derrière toi, c'est ta maman ? demande Mélanie.

– Oui. Non, répond Kadiatou à Ibrahim, qui ne traduit que le « non ». C'est ma voisine.

– Où sont tes parents ?

Ibrahim trouve la question déplacée. Certains de ces enfants sont réellement orphelins. Les forcer à parler de la mort de leurs parents n'est pas la méthode la plus douce pour faire connaissance. Il traduit pourtant.

– Mon père est mort il y a longtemps. Ma mère... ma mère... bredouille Kadiatou, incapable d'en dire plus.

Sa mère est là, la main de sa mère enveloppe son épaule. Comment la fillette pourrait-elle énoncer une chose qu'elle ne peut même pas concevoir ?

– Ses parents sont morts tous les deux, dit Ibrahim à Mélanie.

– Très bien.

Pendant une poignée de secondes, Ibrahim se demande s'il a bien entendu. Si Mélanie a vraiment répondu « très bien » en apprenant la mort des deux parents de cette petite fille.

– Ils sont morts comment ? Dans une attaque ? Tu peux demander à la voisine quand c'est arrivé ?

Ibrahim, de plus en plus gêné par l'insistance de Mélanie, pose ces questions à Aminata, qui lui répond que son mari a été tué par les rebelles trois ans plus tôt. Ibrahim, nerveux, traduit mot pour mot.

– Son mari ?

Le sourire de Mélanie se fige. Ses yeux vont d'Ibrahim à Aminata, descendent sur Kadiatou, retournent à Aminata. Elles se ressemblent. Mêmes yeux en amande, même bouche, même menton. Comment a-t-elle pu ne pas le remarquer avant ?

– Dis-moi la vérité, Ibrahim. C'est sa mère ?

– Non. C'est une voisine.

– Pourquoi elle a parlé de son mari ?

– C'est moi qui me suis trompé en traduisant.

– Pourquoi elles se ressemblent ?

– Je ne trouve pas.

– Tu lui as expliqué qu'elle ne pourra pas venir la voir au camp ? Dis-le-lui.

Une fois de plus, Ibrahim s'exécute et Aminata acquiesce en silence. Sans prendre congé de la femme et de la fillette, Mélanie se lève et se dirige vers Pierre, qui tente d'échanger quelques mots avec un enfant.

– Je peux te parler ?

Pierre se lève, suit Mélanie à l'écart du groupe.

– Il y a des choses pas claires, lui dit-elle à voix basse.

– Je sais. J'ai remarqué aussi.

– Qu'est-ce qu'on fait ?

– On continue. On fera un point après. Mais je ne suis pas surpris.

– Qu'est-ce que tu veux dire ?

– Tu sais très bien ce que je veux dire. Tu crois vraiment que dans un pays en guerre on va pouvoir vérifier l'état civil de chaque môme ? On en a déjà parlé.

– Je sais, mais…

– On continue.

Pierre s'éloigne, se dirige vers Ibrahim et le doyen. Il reste des enfants à rencontrer. Ceux pour qui les choses s'annoncent encore plus délicates. Ibrahim se tourne vers Pierre et commence à lui expliquer le cas des fratries.

Appuyée contre un arbre à quelques dizaines de mètres, Inaya ne perd pas une miette de leur échange. Elle sent le souffle régulier d'Issa sur sa nuque. Après avoir longtemps lutté pour descendre de son dos, il a rendu les armes et s'est endormi. De là où elle se tient, Inaya n'entend rien, mais comprend que la discussion est tendue. Les deux Blancs échangent avec Ibrahim en agitant les bras. L'homme fait les cent pas, s'éloigne un peu puis revient, tandis que la femme reste plantée là, comme enracinée dans la poussière. Elle se passe la main sur le visage, soulève ses cheveux, les relâche sur sa nuque. Le doyen, lui, ne dit rien. Il reste en retrait, se contentant d'attendre que l'orage passe. Au bout d'un temps qui semble infiniment long, Inaya le voit s'approcher du groupe. Il appelle cette fois les fratries au sein desquelles au moins l'un des enfants a plus de cinq ans. Inaya remonte Issa dans son dos, tire Sekou par la main et tous trois avancent, suivis par Marietou. Un groupe d'enfants se forme sous les yeux attentifs des deux Français. Une dizaine d'entre eux ont bien plus de cinq ans. Le plus âgé est Jalil, dix ans, même si tous ceux qui le connaissent savent que son comportement est plus proche de celui d'un enfant de six ans.

Mélanie s'approche d'Inaya, Issa et Sekou. Elle fait un signe de tête à Marietou, qui lui rend son salut. Penchée en avant, les mains posées sur ses cuisses, elle observe attentivement les trois enfants. Ils ne se ressemblent pas, pas plus qu'ils ne ressemblent à la femme qui les accompagne. Une fois de plus, Ibrahim endosse le rôle d'interprète et leur demande leur âge.

– Huit ans, répond Inaya.

– Sept ans, marmonne Sekou.

– Lui, il a deux ans, ajoute Inaya en désignant Issa avec son pouce.

– Demande-leur comment leurs parents sont morts, souffle Mélanie.

– Les rebelles, se contente de répondre Inaya. L'année dernière.

– Et qui est cette dame ?

– Notre tante.

– Donc ils ont de la famille ?

– Elle ne veut pas nous garder.

Inaya facilite la tâche d'Ibrahim. Elle semble avoir toujours un coup d'avance, comme si elle comprenait les questions de Mélanie. Il n'a qu'à se contenter de traduire, mot pour mot.

– Et pourquoi elle ne veut plus d'eux ?

– Elle a déjà quatre filles. Elle ne veut pas de nous en plus.

Inaya hausse les épaules et baisse la tête. On pourrait croire qu'elle est sincère. D'ailleurs, elle doit se mordre les joues pour ne pas pleurer. Se faire mal physiquement pour détourner la douleur à l'idée que sa tante puisse ne plus vouloir d'elle, ne plus vouloir d'eux. Mélanie se penche davantage vers la fillette, prend sa main entre les siennes. C'est la première fois qu'Inaya voit une Blanche de si près. Elle observe ses cheveux blonds, la façon dont ils se balancent le long de son cou. Les veines de ses mains sont violettes, c'est inquiétant et beau à la fois. Mélanie passe la main sur la joue d'Inaya, puis s'éloigne.

Il fait nuit depuis plusieurs heures et pourtant Mélanie a aussi chaud qu'en plein jour. Elle s'est assise avec Pierre sur la place désertée. Des dizaines de paires d'yeux les fixent depuis les cours des maisons, au coin des ruelles, par-dessus les murets. Le doyen a dit aux habitants de rentrer chez eux, leur a promis de les tenir au courant dès le lendemain, à la première heure. Ils n'ont pas l'intention d'attendre la première heure, alors ils guettent les deux Blancs qui discutent, adossés contre un arbre. Dès que la jeep sera partie, ils retourneront voir le doyen.

– On fait quoi ? demande Mélanie, épuisée.

– Toi, qu'est-ce que tu as envie de faire ?

– De tous les emmener au camp. Sans exception.

– Alors faisons-le.

– Mais on ne peut pas prendre le risque d'en enlever certains à leurs parents.

– S'il y avait des parents aujourd'hui…

– Il y en avait.

– Les parents qui étaient là ont décidé de nous confier leurs enfants. Tu as bien vu comme ils avaient envie que leurs gosses aillent à l'école.

– Ne fais pas semblant de ne pas comprendre où est le vrai problème.

– Je ne fais pas semblant. Je dis simplement que, dans le fond, ça ne change rien.

– Mets-toi à leur place.

– Eh bien à leur place, moi aussi j'aurais envie d'offrir un avenir à mes gamins. Pas toi ?

– Si. J'imagine que si.

– Viens. Allons dire au vieux qu'on prend les quarante-deux.

26

La poussière soulevée par la jeep n'est pas encore retombée que, déjà, tous sortent de leurs cachettes et se dirigent vers la maison du doyen. Les plus jeunes, habituellement couchés depuis longtemps à cette heure-ci, mettent un pied devant l'autre sans même regarder où ils vont, se contentant de suivre la main qui les guide. Inaya est parfaitement réveillée. C'est elle qui ouvre la marche, figure de proue d'un cortège d'enfants dont la vie est sur le point de basculer. Elle entre la première dans la cour du doyen, qui les attend assis sur un petit tabouret en bois. L'imposant fauteuil est resté à l'intérieur de la maison. L'heure n'est plus à la mise en scène et au décorum, il n'y a plus personne à impressionner. La cour est trop petite pour accueillir tout le monde, si bien que les paroles du doyen sont répétées aussi fidèlement que possible à ceux qui sont restés dehors, massés dans la ruelle. Lorsque le vieil homme annonce que tous les enfants qui le voulaient pourront aller à l'école, il n'assiste pas à l'explosion de joie qu'il attendait. À l'instar de Marietou, dont la gorge se noue, la plupart des parents sont tiraillés entre une satisfaction rationnelle et des craintes que leur raison ne suffit pas à apaiser.

–Maintenant, allez dormir. Les Français viendront chercher les enfants demain soir.

Inaya entend sans vraiment comprendre. Elle pensait avoir encore plusieurs jours devant elle pour faire ses adieux au village. Elle se retourne, aperçoit Marietou et Sekou dans la foule compacte. Sekou a passé ses bras autour de la taille de Ma', qui reste figée, surprise par cet élan de tendresse. Ce n'est pas son fort, la tendresse. Elle lui tapote le crâne, incapable d'en faire plus. Elle n'aurait pas agi différemment avec ses propres filles. Quand Inaya les rejoint, Ma' remarque qu'elle n'a pas la mine conquérante et fière qu'elle affiche en temps normal. Elle aussi se blottirait bien contre sa tante, mais elle sait qu'il n'y a que dans l'intimité que Ma' parvient à se montrer plus douce. Elle attendra.

Le lendemain matin, Inaya est la première réveillée. Si cette journée avait été comme les autres, elle serait sortie du lit à l'instant même où ses yeux se sont ouverts. Mais ce matin, elle a envie de rester encore un peu auprès de Fatou et d'Asma, d'écouter leurs souffles réguliers qui semblent se relayer. Quand l'une inspire, l'autre expire, comme si leurs poumons communiquaient. Inaya glisse une main dans celle, paume ouverte vers le plafond, de Fatou. Elle passe doucement l'autre dans la tignasse d'Asma. Il faudra que Ma' refasse ses tresses. Inaya entend un bruit étouffé, le bruit d'un sanglot qu'on essaie de contenir. Elle se redresse sur ses coudes, tente de distinguer quelque chose dans la pénombre. Le bruit semble provenir de l'ancien lit de Rokia et Niélé, où dorment maintenant Issa et Sekou.

– Sekou ? Tu pleures ?

Pas de réponse. Le bruit, pour autant, ne s'arrête pas. Inaya se contorsionne pour sortir du lit sans réveiller ses cousines. Elle s'approche du lit de Sekou. Issa, le pouce dans la bouche, dort encore profondément. Sekou est allongé sur le ventre, le visage caché entre ses avant-bras repliés. Il n'a pas envie de parler à Inaya, alors il fait semblant de dormir, mais les secousses qui agitent son corps le trahissent. Inaya s'assied par terre. Elle non plus n'aimerait pas qu'on la voie pleurer, alors elle s'adosse contre le lit pour être proche de Sekou sans qu'il se sente observé.

– Tu as peur ? chuchote-elle.

Au bout de quelques minutes, elle entend le bois du lit grincer et sent le souffle de son ami dans son cou. Le garçon s'est tourné sur le côté.

– Pas toi ? répond-il.

– Si. Mais toi, de quoi tu as peur ?

– De partir d'ici, de plus jamais pouvoir revenir.

– Pourquoi tu penses à ça ?

– Parce que peut-être que Ma' va se rendre compte que c'est mieux sans nous.

– N'importe quoi.

– Je parle pas de toi. Je parle d'Issa et de moi. Toi, c'est pas pareil. C'est ta tante. C'est peut-être pas ta mère, mais c'est quand même ta famille. Nous, on n'est rien pour elle, rien que des voisins.

– C'est faux. Tu as déjà oublié tout le temps qu'elle a passé à discuter avec Coumba avant qu'elle meure ?

– Justement, on sait pas ce qu'elles se sont dit. Si ça se trouve, elle était pas d'accord et c'est Coumba qui a insisté.

– J'ai écouté, figure-toi.

– Quoi ?

– Ce qu'elles se disaient. J'ai écouté.

– Quand ?

– Plusieurs fois. J'ai collé mon oreille à la porte et j'ai écouté. Elles parlaient de vous. Ma' voulait vous connaître mieux. Elle posait plein de questions, si Issa faisait des cauchemars la nuit, si tu avais peur du noir. Ce que tu aimais faire. Des choses comme ça.

Sekou renifle, s'essuie les yeux et le nez du revers de la main. Il pensait que Ma' n'avait que faire de ce genre de détails.

– Tu crois que je pourrai revenir ici, après ?

– Mais oui !

– Dans deux ans ?

– Avant ! Ils ont dit qu'on reviendrait peut-être pour les vacances dans quelques mois.

– Et si on se plaît pas là-bas ?

– On partira, répond Inaya en haussant les épaules, tant la réponse lui semble évidente.

– C'est loin. Comment on fera ?

– On se débrouillera. On se débrouille toujours.

Plus tard, Marietou a demandé aux enfants de se déshabiller. Elle a lavé la robe jaune d'Inaya, ainsi que les vêtements que Sekou et Issa portaient sur eux. Elle a déplié un grand tissu, puis y a déposé la robe une fois sèche. Elle aurait voulu glisser des vêtements de rechange pour Sekou et Issa, mais elle n'en avait pas. Elle aurait voulu leur préparer des repas pour les premiers jours, ça l'aurait rassurée de savoir ce qu'ils mangeaient, au moins au début. Mais ça non plus, elle n'avait pas. Alors elle a emballé une poignée d'arachides, ajouté une mangue et un vieux foulard qui appartenait à Coumba. De sa sœur, il ne lui restait rien qu'elle puisse transmettre à Inaya. Elle a replié le tissu, noué les pans et posé le paquet sur son lit. Les enfants se sont lavés en utilisant le moins d'eau possible. Personne ne retournerait à la rivière avant deux jours, et l'eau se ferait plus rare encore avec le départ d'une partie des garçons. Une fois secs, ils se sont rhabillés. Inaya a enfilé sa robe bleue en grimaçant.

– Maintenant, vous restez ici, leur a ordonné Marietou. Hors de question que vous alliez vous salir.

C'est donc propres et presque immobiles qu'ils ont attendu le retour des Blancs.

27

D'abord, il y a eu les portières qui claquent. Certaines en même temps, d'autres en décalé. Avant même que les souvenirs ne remontent à sa conscience, le corps d'Inaya s'est mis à trembler. Le jour du bruit. Cette fois, les jeeps ne sont pas conduites par des rebelles venus les tuer, mais par des Blancs. Les premiers voulaient les voir morts, les seconds rêvent de leur offrir un avenir. Les premiers ont tué ses parents, les seconds vont peut-être lui permettre de devenir médecin, de sauver des vies pour réparer cette faute originelle qui lui pèse, celle de n'avoir rien pu faire d'autre que sauver sa propre vie.

Le doyen a demandé aux parents de rester en retrait. Il craint qu'envahis par l'émotion ils n'en viennent à oublier que leurs enfants sont censés être orphelins. Il sait que les Français ont fermé les yeux sur certaines incohérences, mais il ne tient pas à leur donner de nouvelles raisons d'hésiter.

Ce soir, comme il l'a promis aux familles depuis le début, il accompagnera les enfants, visitera le camp et y passera la nuit. Si tout se passe bien, il sera le seul à rentrer au village quelques jours plus tard. Il observe les enfants rassemblés sur la place. Tous semblent terrifiés. Même Inaya, habituellement si courageuse, n'en mène pas large. Elle tient un baluchon rouge serré contre sa poitrine, sans quitter des yeux ses pieds nus. Issa est installé dans son dos. Furtivement, elle jette tout de même quelques regards en coin pour essayer de comprendre ce qui se passe autour d'elle. Plusieurs jeeps sont garées sur la place et dans les ruelles qui l'entourent. Inaya reconnaît Ibrahim, Pierre, Mélanie, ainsi que Sarah, la femme brune qui accompagnait Mélanie la première fois que celle-ci est venue au village. Elle repère d'autres Blancs qu'elle n'avait encore jamais vus : un homme grand et gros, avec une barbe toute blanche ; une femme, blonde comme Mélanie mais avec les cheveux courts ; un homme encore, jeune, avec des épaules si larges qu'elle se demande s'il parviendrait à entrer dans la maison de Ma'.

– Laurence !

La femme blonde aux cheveux courts se retourne en entendant Mélanie crier son prénom. Elle tient à la main une petite caméra.

– N'oublie pas de nous immortaliser ça !

Laurence met un moment avant de comprendre de quoi lui parle Mélanie. Puis, voyant celle-ci pointer du doigt la caméra, elle se ressaisit, la met en marche et lève le pouce en direction de la jeune femme. Elle s'approche de Daniel, l'homme au ventre rond dont la barbe blanche intrigue Inaya. Il est en pleine discussion avec Mickaël, le jeune aux larges épaules.

– Faudrait pas traîner, marmonne Daniel. Je n'ai aucune envie de faire toute la route de nuit.

– On ne va pas les jeter dans les voitures. Laisse-leur un peu de temps, tempère Mickaël. Wow, tu filmes déjà ?

– Ordre de la cheffe, s'amuse Laurence en leur tournant autour, caméra au poing.

– Va plutôt filmer les gosses. Tu connais déjà nos trognes, à nous.

Daniel bougonne comme d'autres respirent. En deux semaines, Mickaël ne l'a jamais entendu s'exprimer autrement qu'en râlant, ce qui ne l'empêche pas d'être très efficace. Quand ils sont arrivés au camp, il n'y avait rien d'autre qu'un bâtiment en béton sans électricité, posé au milieu d'un terrain vague. Daniel s'est démené pour trouver un groupe électrogène, des tentes, des frigos, des tables et des chaises, sans oublier le matériel médical et les lits de camp pour le dispensaire. Contrairement à Mickaël, il n'en est pas à sa première mission humanitaire même si, quand Pierre l'a rencontré au Népal il y a des années de ça, le novice qu'il était alors n'avait déjà pas son pareil pour faire des miracles avec les moyens du bord. Pour Mickaël, tout est nouveau. Le continent, le pays, la région, ses habitants, les attentes qui pèsent sur lui et les autres bénévoles. À vingt-sept ans, il est pompier depuis plusieurs années déjà. La discipline, le respect de la hiérarchie, les ordres, il connaît. Entre Daniel et lui, tous deux chargés du volet logistique, les rôles se sont définis naturellement : Mickaël est l'élève appliqué, Daniel le maître un peu bourru mais ravi de transmettre son savoir.

– Allez viens, on va dire bonjour aux mômes, lance Daniel.

Plus il s'approche d'eux, plus Mickaël sent monter l'émotion. Comment ont fait ces gamins pour survivre jusqu'ici dans un tel dénuement ? Aucun d'entre eux ne semble manger à sa faim. Certes, ils n'ont pas la peau sur les os, ni des mouches dans les yeux comme les enfants des journaux télé, mais ils n'ont pas le moindre kilo superflu. Ils sont fins, secs. Même les bébés n'ont pas les petits plis et bourrelets qu'il a l'habitude de voir chez les enfants de cet âge. Son regard croise celui d'Inaya. Elle baisse immédiatement les yeux. Mickaël la montre à Daniel.

– C'est moi, ou le gamin qu'elle porte fait la moitié de son poids ?

– Bah, ça n'a rien d'exceptionnel ici, répond Daniel en haussant les épaules. Toutes les filles portent leurs petits frères ou leurs petites sœurs.

– Quand même, ça doit être super mauvais pour leur dos.

– Hé, mon gars, tu débarques ou quoi ? Regarde autour de toi ! Tu crois vraiment qu'éviter un tour de rein est leur priorité ?

Mickaël ne répond pas. Il regarde encore Inaya, sa robe bleue rapiécée, ses pieds nus dans la poussière, le paquet rouge qu'on lui a bricolé en guise de sac. Le garçon debout à ses côtés vient de lui prendre la main. Son frère, probablement. Ses vêtements semblent plus vieux que lui tant ils sont usés, et son tee-shirt est si petit qu'il ne lui couvre même pas le nombril. Vivement qu'ils arrivent au camp pour qu'ils puissent enfin se changer.

Inaya a beau avoir gardé la tête baissée, ses yeux n'ont pas cessé de suivre les rangers de cet homme aux larges épaules. Quand il s'est arrêté à sa hauteur avec le vieux barbu, elle s'est mise à trembler si fort que Sekou a pris sa main pour la rassurer. Maintenant qu'il s'est éloigné et qu'elle respire à nouveau normalement, elle s'aperçoit qu'elle avait retenu son souffle pendant tout ce temps. Elle observe la femme avec la caméra, qui se promène entre les enfants, parcourt les ruelles, filme les maisons. Mélanie ne cesse de lui donner des consignes – « Tu as filmé le chef du village ? », « N'oublie pas les gros plans des plus jeunes » – sans même la regarder. Inaya a l'impression que Mélanie est partout. Dès qu'elle tourne la tête, elle la voit à un endroit différent. Elle inspecte l'intérieur des voitures, discute avec le doyen, s'accroupit à la hauteur d'un petit qui pleure, échange quelques mots avec Pierre, hèle Daniel et Mickaël, retourne vers les voitures.

Voyant une autre paire de rangers s'approcher d'elle, Inaya se tend à nouveau. Elle entend une voix douce lui dire bonjour dans sa langue, puis sent une main soulever doucement son menton. Sarah, la femme aux boucles brunes, la regarde avec tant de douceur et un sourire si sincère qu'Inaya parvient enfin à maîtriser ses tremblements. Même si elle ne comprend pas un mot de ce que cette femme lui dit ensuite, le timbre de sa voix l'apaise.

– Sarah ! On fait un point avant de décoller !

La femme s'éloigne en direction de Mélanie, qui les appelle les uns après les autres.

– De-dé-ko-lé, répète Inaya à voix basse.

Elle entend un gloussement à ses côtés. Sekou rigole, amusé par ces sonorités étranges. Ça faisait bien longtemps qu'Inaya n'avait pas entendu son rire. Elle le regarde et lève les yeux au ciel. Mais en réalité, ce rire-là, à ce moment précis, est tout ce dont elle avait besoin. Osant enfin regarder plus librement autour d'elle, elle aperçoit Kadiatou et, un peu plus loin, son frère Kosso accompagné de petits qu'elle ne connaît pas. Kadiatou est si frêle qu'elle a pu être prise pour une fillette de cinq ans, et acceptée comme enfant unique. Kosso, en revanche, ne pouvait pas faire illusion. Le doyen en a donc profité pour créer de toutes pièces une nouvelle fratrie, en lui inventant plusieurs frères en bas âge. Ainsi, même si Kadiatou avait été refusée par les Blancs, Kosso aurait encore pu avoir une chance. Inaya repère aussi Jalil et Aïssata. Personne n'a eu à mentir pour eux : ils sont frère et sœur, et Aïssata n'a que quatre ans. Certes, leur mère, qu'Inaya aperçoit de l'autre côté de la place, est bien vivante, mais aucun des Blancs n'a besoin de le savoir.

Soudain, tout s'accélère. Ibrahim se dirige vers un premier groupe d'enfants, leur dit quelque chose qu'Inaya n'entend pas, puis tous commencent à marcher en direction d'une des jeeps. Ibrahim les aide à monter, les porte lorsqu'ils sont trop petits pour atteindre le marchepied. La voiture les engloutit les uns après les autres. Les portières se referment sur le dernier enfant du groupe. Voyant que les autres disparaissent peu à peu, les plus petits commencent à pleurer, d'abord doucement, puis les pleurs se transforment en cris et en hurlements que rien ni personne ne parvient à apaiser. Mélanie fait signe aux bénévoles d'accélérer. Lorsque Mickaël et Daniel s'approchent d'Inaya, celle-ci doit aller puiser en elle toute la force qu'elle possède, ainsi qu'un peu de celle qu'elle ne pensait pas avoir, pour ne pas s'enfuir à toutes jambes. Tout se mélange dans sa tête. À nouveau, des bruits de portières qui claquent, de moteurs qui démarrent, les rangers qui se lèvent et s'abattent dans la poussière. Dans son dos, Issa hurle et se débat. Sa main dans la main de Sekou, Inaya atteint la jeep qu'on lui désigne. Daniel s'installe au volant, tandis que Mélanie ouvre la portière aux enfants. Au moment où elle s'apprête à monter, Mickaël approche sa main d'Issa pour le soulever.

– Laisse-le ! crie Inaya en poussant la main de Mickaël.

– Qu'est-ce qui se passe derrière ? demande Daniel.

– Je ne sais pas ce qu'elle a, je voulais juste l'aider à porter le petit.

– Mais fous-lui la paix avec ce petit. Puisque je te dis qu'elle a l'habitude.

– Elle ne va quand même pas faire toute la route avec le petit dans le dos ?

– On te dit qu'elle a l'habitude. Observe-la, tu verras par toi-même, intervient Mélanie, qui sourit de toutes ses dents à Inaya en signe d'apaisement.

Personne n'a remarqué les poings serrés de Sekou, qu'il brandit devant lui, prêts à frapper depuis que Mickaël a approché la main de son petit frère. Personne ne remarque non plus lorsqu'il les baisse, résigné, pour pouvoir se hisser dans le véhicule. Inaya s'est assise sur le rebord de la banquette arrière. Elle se balance doucement d'avant en arrière pour apaiser Issa, mais aussi pour s'apaiser elle-même. Elle a le souffle court, sent une veine palpiter sur sa tempe. Elle attrape de nouveau la main de Sekou, tandis que Kadiatou, ainsi que Kosso et les petits dont il est censé être le frère, grimpent à leur tour dans la jeep. La portière se referme. Lorsque leur voiture, la dernière du cortège, quitte la place quelques minutes plus tard pour s'engager dans la ruelle qui descend jusqu'à la grande piste, Inaya et Sekou aperçoivent Marietou. Elle qu'ils n'ont jamais vue pleurer sanglote comme une enfant. Inaya appuie son front contre la vitre, comme si ce geste pouvait la rapprocher d'elle. Mais elle ne sent que le verre froid.

Marietou regarde la voiture s'éloigner. Elle a aperçu le visage d'Inaya collé contre la vitre, mais n'a pas réussi à distinguer ceux d'Issa et de Sekou. La douleur qui lui tord le ventre mettra des jours à se dissiper. La place, remplie d'enfants et de cris quelques instants plus tôt, est désormais silencieuse. Le doyen est parti avec la dernière voiture. Elle ne l'avouera pas, mais à cet instant, Ma' prie pour qu'il revienne avec tous les enfants. Qu'il leur dise, à elle et à toutes les femmes qui viennent de voir partir leurs petits, que ce camp n'était pas assez bien pour eux. Elle prie pour que la place s'emplisse à nouveau des rires de celles et ceux sans qui elle n'est plus un lieu de vie, mais un simple endroit de passage. Ma' ne sait pas encore qu'il lui faudra bientôt affronter, en plus de l'absence, les jugements des mères qui ont choisi de garder leurs enfants auprès d'elles.

– Pardonne-moi, ma sœur, murmure-t-elle en prenant le chemin de sa maison, plus voûtée qu'elle ne l'était ce matin.

28

– Ça va, derrière ? demande Daniel.

Les yeux d'Inaya croisent un court instant ceux de Daniel, braqués sur le rétroviseur. Elle baisse immédiatement le regard. Elle aurait préféré monter dans la même voiture que Sarah, mais dans la précipitation, elle n'a pas vu si celle-ci était déjà partie quand ils ont quitté le village. Ils roulent depuis longtemps. Inaya ne saurait pas dire depuis combien de temps elle est assise sur cette banquette, le dos courbé vers l'avant pour laisser suffisamment de place à Issa. La nuit est tombée peu après leur départ, l'empêchant de distinguer les paysages qu'ils traversent, la privant de tout repère. Elle a peu voyagé et ne connaît de sa région que ce qui est accessible en quelques heures de marche, mais elle aurait aimé pouvoir mémoriser le trajet, se fabriquer sa propre carte mentale pour mieux se représenter la distance qui la séparera désormais de son village, un moyen comme un autre de matérialiser le manque et l'absence. Elle a promis à Sekou qu'ils trouveraient une solution pour rentrer s'ils ne se plaisaient pas chez les Blancs. Comment tiendra-t-elle parole alors qu'elle ne sait même pas où ils vont ?

Elle observe Sekou, assis à côté d'elle. Il a peur, elle le voit à sa façon de se tenir droit comme un i, de regarder fixement devant lui sans cligner des yeux, de se cramponner au tissu usé de la banquette. Kadiatou, séparée de Kosso par Mélanie qui tient sur ses genoux l'un des trois enfants à peine en âge de marcher, semble sur le point de fondre en larmes.

– Ils sont bien silencieux, s'étonne Mickaël.

– Attends quelques heures et tu verras comme ils vont se dérider en découvrant les jouets, lui répond Daniel.

Depuis qu'ils sont partis, Mélanie n'a pas cessé d'observer les enfants en souriant, sans s'apercevoir qu'être ainsi dévisagés les met mal à l'aise. Si elle s'en aperçoit, du moins n'accorde-t-elle pas grande importance à leur gêne.

– J'ai du mal à réaliser, dit-elle en élevant la voix pour que Daniel et Mickaël l'entendent. Ça fait combien de temps qu'on attend ça ?

– Je vais encore jouer les rabat-joie, mais...

– Oh, allez, Daniel, tu ne veux pas te réjouir un peu pour une fois ?

– Je me réjouirai quand on sera arrivé, et que le chef du village aura donné son feu vert.

– Mais bien sûr qu'il va le donner. Tu as vu dans quelle misère ils vivaient là-bas ? Il serait fou de vouloir repartir avec eux.

Daniel garde le silence et les yeux fixés sur la route. Il aimerait bien partager l'enthousiasme de Mélanie, mais il n'a jamais été un grand optimiste. « Attends-toi toujours au pire, tu seras sûr de ne jamais être déçu », lui répétait son père. Cette phrase, il en a fait un mode de vie et l'utilise comme un bouclier pour se protéger de tout ce qui échappe à son contrôle. Oui, les gamins sont là, crasseux et probablement affamés, mais ils ne sont pas encore tirés d'affaire. D'ailleurs, Mélanie devrait le savoir : c'est elle qui a monté toute l'opération avec Pierre. Et Pierre n'est pas le genre de gars à se bercer d'illusions. C'est un idéaliste, mais ça ne l'empêche pas d'avoir les pieds sur terre.

– Putain, c'est quoi ça ?

Daniel plisse les yeux, ébloui par les phares d'une voiture arrêtée en plein milieu de la piste, à une centaine de mètres.

– Un barrage, murmure Mickaël comme si les rebelles qu'il distingue à peine pouvaient déjà les entendre.

– On fait comme prévu, rappelle Mélanie.

Inaya, les mains sur l'appuie-tête de Daniel, tente de se hisser sur ses jambes pour voir ce qui se passe. Mélanie tend le bras vers elle et pose une main sur sa cuisse pour l'inviter à se rasseoir. Sa main est chaude, presque moite, si petite qu'Inaya est encore plus surprise de sentir la force qu'elle exerce sur sa cuisse. Elle appuie doucement mais fermement, sans lui laisser la possibilité de s'y opposer.

La jeep roule au pas jusqu'au pick-up des rebelles. Ils sont une dizaine à leur faire face, vêtus de vieux treillis et armés de kalachnikovs.

–Arrête-toi ! Descends !

Le rebelle qui hurle ces ordres à Daniel ne doit pas avoir plus de vingt ans. Seuls les enfants comprennent ses mots, même s'il n'est pas nécessaire de parler sa langue pour saisir que l'heure n'est pas à la plaisanterie. Ses pupilles sont dilatées, son regard fixe.

–Fais gaffe. Il est défoncé, chuchote Mickaël.

–Qu'est-ce que tu dis ? Qu'est-ce qu'il a dit ?

Sans que personne ait eu le temps d'anticiper, le rebelle s'est rué du côté passager et pointe désormais son arme sur la tempe de Mickaël. Il continue à le questionner en hurlant :

–T'as dit quoi ? Vous allez où comme ça ? C'est qui ces gosses ?

–Ferme ta fenêtre ! crie Mélanie.

Mickaël lève doucement les mains en signe d'apaisement. La jeep est désormais entourée de rebelles qui tentent d'ouvrir les portières arrière. Les enfants se serrent les uns contre les autres. Le rebelle fait signe à Mickaël de descendre du véhicule.

–Tout de suite ! gronde-t-il en glissant sa main jusqu'au loquet pour déverrouiller la porte.

Il ouvre et tire Mickaël à l'extérieur de la jeep. Lui ordonne d'avancer, de lui tourner le dos, de poser ses deux mains sur le capot. Sans prévenir, Daniel sort à son tour. Trois armes sont immédiatement braquées sur lui.

– Les enfants, vous ne bougez pas. Quoi qu'il arrive, vous ne bougez pas, répète Mélanie.

Inaya voit bien que, si personne ne parvient à calmer les rebelles, ils auront tué tout le monde dans moins de cinq minutes. Elle ferme les yeux. Elle revoit le visage de l'homme croisé au bord de la rivière. Elle se rappelle ses larmes. Malgré le tremblement de ses mains, elle parvient à dénouer le tissu qui retient Issa dans son dos.

– Qu'est-ce que tu fais ? chuchote Sekou, les yeux écarquillés par la peur.

Inaya met un doigt devant ses lèvres. Sans un mot, elle lui dépose son petit frère dans les bras.

– Tu restes ici ! Inaya !

Sekou aimerait hurler, mais il se contente de chuchoter. Un homme surgit à l'arrière du véhicule et pointe son arme en direction de Mélanie, qui enjambe les enfants pour sortir. Les trois Français sont désormais alignés, mains sur le capot. Kosso a vu ce qu'Inaya s'apprêtait à faire.

– Laisse-moi, j'y vais, lui dit-il.

Mais Inaya se faufile déjà vers la portière ouverte. Elle se laisse glisser à l'extérieur de la voiture et s'approche à petits pas des rebelles qui encadrent les Blancs.

– Ils nous emmènent à l'école, dit-elle d'une voix mal assurée.

Tous se retournent immédiatement vers elle, qu'ils n'ont pas entendue arriver.

– D'où vous venez ? lui demande celui qui, quelques instants plus tôt, pointait son arme sur la tempe de Mickaël.

– De l'ouest, à une heure d'ici.

Inaya ment. Elle n'a pas réussi à repérer le trajet à cause de la nuit, mais elle sait qu'ils viennent du sud et qu'ils roulent depuis bien plus longtemps. Elle sait aussi que ce mensonge va leur permettre de rester en vie. La zone géographique qu'elle a indiquée aux rebelles n'est pas sous leur contrôle. Elle voit Daniel mettre doucement la main droite à sa poche, tout en gardant la gauche plaquée contre sa nuque. Il tend une liasse de billets au garçon à qui Inaya vient de parler. Après avoir minutieusement compté les billets, le rebelle semble enfin se détendre.

– C'est bon, laissez-les partir, ordonne-t-il à ses hommes.

Mélanie, Daniel, Mickaël et Inaya remontent dans la jeep, tandis que le pick-up des rebelles recule légèrement pour leur ouvrir l'accès à la piste. À l'intérieur de l'habitacle, le silence est pesant. On n'entend que le bruit du moteur et les petits qui reniflent. Inaya n'a pas prononcé un mot et, toujours silencieuse, elle prend le tissu qui lui servait à porter Issa, le rapproche de sa bouche, puis vomit. Le goût amer de la bile lui remplit la bouche et le nez.

– Arrête-toi, lance Mickaël à Daniel.

– Hors de question, on a failli y passer, au cas où t'aurais pas remarqué.

– C'est la petite, elle est malade.

– Eh merde !

Daniel regarde dans le rétroviseur, observe rapidement les environs avant de se garer sur le bas-côté.

– Fais vite, dit-il à Mickaël.

Celui-ci prend une bouteille d'eau, descend, ouvre la portière d'Inaya et lui tend la main. Inaya n'a pas envie de le suivre, mais elle meurt de soif. Elle place ses mains en coupe pour récupérer l'eau qui s'écoule de la bouteille en plastique. Après s'être rincé le visage, elle boit à grandes gorgées, tente de chasser le goût de la bile en faisant des gargarismes. Mickaël observe cette fillette, qui lui arrive à peine à la taille, cracher et se moucher avec les doigts après leur avoir sauvé la vie. Il sent la tendresse l'envahir, se retient de la serrer dans ses bras. Il sait qu'il l'effraie. Inaya lui prend la bouteille des mains et commence à rincer le tissu souillé.

– Vous êtes prêts ? crie Mélanie à leur intention. Qu'elle laisse ce vieux chiffon ici, on n'a pas le temps.

Mickaël tente doucement de prendre le tissu des mains d'Inaya, mais celle-ci s'y agrippe. Il voudrait lui expliquer qu'elle n'en a plus besoin, que des vêtements neufs et propres l'attendent, qu'il y a même des porte-bébés au camp si elle ne veut pas se séparer d'Issa. Mais il n'a pas les mots, et Daniel joue avec la pédale d'accélérateur. Alors il tire un peu plus fort sur ce tissu à l'odeur infecte. Inaya hurle.

– Nom de Dieu, vous voulez pas qu'on fabrique un panneau pour être encore plus sûrs d'attirer les rebelles ? Fais-la remonter fissa ! râle Daniel.

Mickaël saisit Inaya sous les aisselles et la hisse dans la jeep. L'odeur du tissu lui soulève le cœur. Il grimpe à son tour, et la voiture redémarre.

– C'était quoi, ce barrage ? demande Mélanie.

– Je te l'avais dit, il ne fallait pas se réjouir trop vite, marmonne Daniel.

– On n'était pas censés croiser de rebelles en suivant cet itinéraire.

– Oui, ben, entre la théorie et la pratique…

– Elle leur a dit quoi, à ton avis ?

Mélanie jette un œil sur Inaya. La joue contre la vitre, elle a fermé les yeux. Sa tête dodeline doucement vers l'avant, tandis qu'elle se laisse happer par le sommeil.

– Aucune idée. Mais elle a du cran.

Mélanie acquiesce. Elle tend le bras vers Inaya et attrape le tissu posé sur ses genoux.

– Ce truc empeste, dit-elle en le jetant par la fenêtre ouverte.

29

Quand Inaya rouvre les yeux, la nuit est tombée. La voiture est arrêtée devant un grand portail bleu, éclairé par la lumière des phares. La peinture écaillée laisse voir, par endroits, des touches de métal gris. Les deux battants du portail s'ouvrent lentement. La jeep pénètre dans l'enceinte du camp, puis se gare aux côtés des autres véhicules déjà présents. Mélanie descend, ouvre les portières arrière :

– Bienvenue chez vous !

Sekou et Issa se frottent les yeux, Kadiatou s'étire et Kosso bâille bruyamment. Les trois petits, blottis les uns contre les autres, sont encore endormis quand deux femmes noires les prennent dans leurs bras. Devançant les questions des plus grands, Mélanie fait les présentations :

– Elles, ce sont les Mamas. Elles parlent votre langue, elles seront avec vous tout le temps. Elles sont nombreuses, presque autant que vous !

Les deux femmes restent silencieuses.

– Vous pouvez traduire aux enfants ce que je viens de dire ? leur demande Mélanie, agacée.

– Elles ont perdu leur langue, les Mamas, s'amuse Daniel qui se tient le bas du dos. Nom d'un chien, je crois que je me suis chopé un lumbago.

– Va t'allonger, on se retrouve après de toute façon, répond Mélanie, avant de se tourner de nouveau vers les deux femmes. Donc, on fait comme prévu : tous à la douche, et ensuite on se retrouve devant les tentes.

– Il est tard, dit l'une des femmes. On pourrait commencer par les faire manger.

– La douche, ce sera plus pratique demain, quand il fera jour, poursuit l'autre.

Mélanie observe les enfants, leurs vêtements sales, leurs pieds terreux, les sillons que les larmes ont tracés sur leurs joues poussiéreuses. Elle aurait préféré qu'ils n'aient pas à attendre le lendemain, mais les femmes ont raison : les enfants sont épuisés, et probablement affamés. À quand remonte leur dernier vrai repas ?

– C'est d'accord, alors en route pour le dîner ! dit-elle avec un enthousiasme excessif, en se frottant le ventre pour amuser les enfants.

Tous la dévisagent sans sourire. Inaya remonte Issa sur sa hanche. La voyant faire, une des femmes tend la main vers le petit, mais Inaya recule d'un pas. Elle se hisse sur la pointe des pieds, aperçoit autour des jeeps d'autres enfants du village. En revanche, aucune trace du doyen.

– Il est où, le doyen ? demande-t-elle en regardant tour à tour Mélanie et les deux femmes.

– Qu'est-ce qu'elle raconte ?

La femme la plus âgée, qui semble être aussi la plus assurée face à Mélanie, lui traduit les paroles d'Inaya.

– Dis-lui qu'il est avec les autres chefs de village. On va passer devant eux, de toute façon. Allez, en route !

Mené par Mélanie et encadré par les deux femmes, le groupe se met en marche, contournant un grand bâtiment en béton construit au milieu de la cour. Inaya serre de sa main libre le petit pied d'Issa qui bat contre sa hanche, et ne quitte pas des yeux Sekou, Kadiatou et Kosso. Quelques mètres plus loin, elle reconnaît Jalil et Aïssata dans un autre groupe, conduit par Sarah. Tous avancent en silence, leurs visages fermés contrastant avec les sourires radieux des Blancs.

Le vacarme des groupes électrogènes couvre les voix des adultes, qui guident les enfants le long d'une allée éclairée par un projecteur. Sur sa gauche, Inaya distingue le toit en tôle d'une petite maison rectangulaire. Située en retrait de l'allée principale, la maison est presque entièrement dissimulée par des arbustes dont les longues branches retombent sur un muret en terre. Même en se contorsionnant, Inaya ne parvient à apercevoir que le toit et la partie supérieure des murs.

– Si tu cherches le doyen, ce n'est pas par ici.

Inaya se fige. Elle n'a pas compris les mots, mais a reconnu la voix de Mélanie dans son dos. Comment cette femme, qui ouvrait la marche il y a un instant, s'est-elle retrouvée derrière elle ? Souriant de toutes ses dents, Mélanie pose une main sur l'épaule d'Inaya et l'encourage à avancer. Elle caresse du bout des doigts la joue d'Issa. Le petit garçon, incapable de lutter plus longtemps contre le sommeil, s'est endormi sur l'épaule d'Inaya, qui presse le pas pour rejoindre ses amis.

Parvenus au bout de l'allée, ils découvrent une grande place quadrillée par des tentes. Chacune d'entre elles est assez vaste pour accueillir une dizaine d'enfants. Kadiatou, impressionnée, glisse sa main dans celle d'Inaya, dont les yeux balaient le camp en tous sens. Ce qui intimide Inaya, ce ne sont pas les tentes, semblables à celles qu'elle a vues lorsqu'elle est allée chercher des provisions avec Ma'. Non, ce qui la surprend, c'est le nombre d'enfants présents sur la grande place. Elle avait bien entendu dire que les Blancs s'étaient rendus dans d'autres villages, mais elle n'imaginait pas qu'il y aurait autant d'enfants à vouloir aller à l'école. Est-ce que la salle de classe qu'elle a vue sur les photos sera assez grande pour tous ?

– Les Mamas, on vous les laisse, d'accord ? On se retrouve après le dîner, dit Mélanie avant de s'éloigner en compagnie de Sarah.

Inaya les suit du regard. Elles remontent l'allée en sens inverse et se dirigent vers la petite maison au toit de tôle. Sentant quelqu'un tirer sur la manche de sa robe, Inaya se retourne brusquement. Sekou trépigne, pointe du doigt un groupe d'hommes.

– Le doyen ! Il est là !

Assis sur une chaise en plastique, il semble plus petit que d'habitude. Il forme un cercle avec d'autres hommes. Inaya reconnaît le jeune chef du village voisin, celui qui leur a prêté son téléphone le jour où il a fallu faire venir Ibrahim. Elle n'a jamais vu les autres, mais tous affichent le même air solennel que le doyen.

– Ce sont les chefs de village, tous ceux qui ont accepté que les enfants aillent à l'école, leur explique une des deux femmes. Certains viennent de très loin.

– C'est quoi, ton nom ? lui demande Sekou.

– Bintou. Et elle, dit-elle en indiquant sa collègue, c'est Malia. Venez, on va aller manger.

Les enfants avancent en direction des tentes, passent devant les chefs de village. Inaya croise le regard du doyen, qui la salue d'un mouvement de tête presque imperceptible. Elle aurait aimé lui parler, lui demander combien de temps il avait prévu de rester, mais elle sait qu'elle n'est pas autorisée à faire irruption dans une telle assemblée. Sekou aurait dû poser les bonnes questions à Bintou, plutôt que de s'intéresser à son prénom.

Petit à petit, les enfants déjà présents sur le camp viennent à la rencontre des nouveaux venus. Ils ne sont, pour beaucoup, pas plus grands qu'Aïssata, qui n'a pas lâché la main de son frère depuis qu'elle est descendue de la jeep. Aucun mot ne sort de la bouche de Jalil, habituellement si bavard.

– C'est presque tous des garçons, murmure Kadiatou.

– Pourquoi ils ont des maillots de foot ? demande Kosso.

Kadiatou et Inaya haussent les épaules. Elles repèrent quelques filles et des grands qui semblent avoir à peu près le même âge qu'elles. Sans s'en apercevoir, Inaya, Issa, Kosso, Kadiatou, Jalil, Sekou et Aïssata se sont rapprochés les uns des autres, formant une petite cellule compacte au milieu de cette grande place, qui ne ressemble en rien à celle de leur village. De l'extérieur, on pourrait pourtant leur trouver des similitudes, avec tous ces enfants, quelques arbres et toujours cette poussière rouge. Mais il y a les tentes, et surtout, il y a le silence que ne parviennent pas à couvrir les moteurs des groupes électrogènes. Qu'ils soient arrivés la veille, quelques heures ou quelques instants plus tôt, les enfants ne font pas de bruit, ne crient pas, ne courent pas, intimidés par cet environnement inconnu.

Bintou, qui s'affairait avec Malia à l'intérieur d'une tente, s'approche du petit groupe :

– Eh bien, vous en faites une tête ! Le repas est prêt. Vous me suivez ?

Tous lui emboîtent le pas, en prenant garde de ne pas s'éloigner les uns des autres.

30

Assis en cercle sur des tapis, les enfants ne parviennent pas à quitter des yeux le grand plat que Bintou vient de déposer à leurs pieds. Sur le riz encore fumant, la vue de la viande de bœuf baignant dans la sauce épicée les fait saliver. Malia leur tend à chacun une galette de maïs, dont Jalil s'empresse de détacher un morceau pour le plonger dans le ragoût. Se servant du pain comme d'une cuillère, il pioche quelques bouts de viande et les engloutit presque sans mâcher. Son soupir de plaisir donne le signal aux autres enfants, qui s'empressent de l'imiter. Parmi eux, seuls les plus âgés ont encore le souvenir de la texture de la viande qui fond dans la bouche. Les plus jeunes n'en ont jamais mangé et découvrent timidement ces nouvelles saveurs. Inaya ne se rappelle pas quand elle a mangé ce plat pour la dernière fois, mais elle a gardé en mémoire son goût si particulier. À genoux, les fesses en appui sur ses talons, elle pioche avec sa galette de maïs de petites bouchées, dont une sur deux finit dans l'estomac d'Issa. Malia lui a proposé de s'occuper du petit pour qu'elle puisse dîner tranquillement, mais la fillette ne lui fait pas encore confiance. À sa gauche, Sekou engloutit son repas en gardant un œil sur Issa, s'assurant qu'il mange à sa faim. Les bruits de mastication, de doigts léchés, de langues qui sifflent contre les dents pour déloger un bout de viande ont envahi la tente. À quelques dizaines de mètres de là, tous les Français sont assis du même côté d'une longue table, faisant face aux doyens. En bout de table, Ibrahim se charge de la traduction. Laurence gravite autour des convives, caméra au poing, multipliant les gros plans sur ces visages qu'elle trouve particulièrement photogéniques. Le chef du village d'Inaya demande à Ibrahim pourquoi cette femme passe son temps à tout filmer. Elle n'a quasiment pas posé sa caméra depuis leur départ pour le camp. Ne sachant quelle explication lui fournir, Ibrahim se tourne vers Pierre et lui traduit la question. Pierre prend le temps d'avaler une gorgée d'eau, puis, sans se tourner vers Ibrahim, répond en regardant le vieil homme dans les yeux :

– On s'est dit que ce film ferait un beau souvenir pour les enfants. Et quand ils reviendront au village pour les vacances, ce sera l'occasion de montrer à tout le monde comment ils vivent ici, leurs journées à l'école… Qu'est-ce que vous en dites ?

Le doyen regarde tour à tour Ibrahim et Pierre, prend un moment pour marquer sa réflexion.

– Et comment vous comptez vous y prendre pour nous montrer ce film ? demande-t-il. On n'a pas la télévision, au village.

Pierre sourit :

– Ne vous inquiétez pas pour ça. On apportera le matériel nécessaire quand on raccompagnera les enfants. On a tout ce qu'il faut ici.

– D'ailleurs, en parlant des enfants, si on allait leur rendre visite ? suggère Mélanie sans laisser au doyen le temps de répondre. Je suis sûre qu'ils seront heureux de vous voir.

Lentement, tous se lèvent. Les pieds des chaises en plastique raclent la poussière. Les hommes, pour la plupart âgés, sont arrivés les uns après les autres, la veille ou le matin même. Ils parlent peu, observent beaucoup, attentifs aux moindres détails. Ils savent qu'ils seront les premiers à être tenus pour responsables par les familles en cas de problème. Ils se sont arrangés à leur manière pour que tous les enfants soient officiellement orphelins, sans l'avouer aux autres doyens, mais sans ignorer non plus qu'aucun d'entre eux n'est dupe. Après tout, quel mal y a-t-il à vouloir offrir une vie meilleure à tous ces petits, même si leurs parents sont encore en vie ? Les Blancs leur ont promis à chacun une somme d'argent en échange de leur confiance, pas assez pour bouleverser leur quotidien, mais suffisamment pour l'améliorer, du moins temporairement. Si cette promesse n'a pas été, à elle seule, suffisante pour les convaincre, elle a tout de même eu son importance quand il leur a fallu prendre une décision.

Lorsqu'Inaya relève la tête après avoir fini de manger, elle constate que plusieurs Blancs se sont regroupés devant la tente. Elle reconnaît Mickaël, Daniel et son tee-shirt tendu sur son ventre rond, Laurence et sa caméra. Elle entend Daniel crier « Doc ! » à l'intention d'un homme qu'elle n'a encore jamais vu. Celui-ci se dirige tranquillement vers la tente, le dos légèrement voûté, les cheveux en bataille. Pierre et Mélanie ferment la marche, accompagnés du doyen. Tête haute, le vieil homme avance en s'appuyant d'une main sur sa canne, l'autre main derrière le dos. Il adresse un rapide signe de tête aux enfants et se poste légèrement en retrait, à ce qui lui semble être la juste distance pour montrer aux Blancs qu'il est attentif, sans pour autant que l'autorité de sa fonction soit remise en cause. À la vue de ces étrangers qui pénètrent tous dans la tente, les enfants reculent et, instinctivement, se rapprochent les uns des autres.

– Ben alors les marmots, on fait si peur que ça ? s'amuse Daniel.

Mickaël rit et s'accroupit à côté d'Aïssata, qui glisse sa main dans celle de Jalil.

– Alors, c'était bon ? Ça fait du bien, un vrai repas, hein ? Moi, c'est Mickaël, et toi ?

Aïssata comprend que l'homme lui pose une question, mais elle ignore pourquoi il lui tend la main. Elle s'agrippe plus fort à celle de Jalil.

–Tu ne veux pas me serrer la main ?

–Il faut croire que non, lui répond Sylvain, le médecin, assis un peu à l'écart.

–Hé Doc, je rêve ou tu nous fais la leçon alors que t'as décidé de pas te mouiller et de rester dans ton coin ? raille Daniel.

Inaya et Sekou, sans se concerter, se sont placés devant Issa. Collés l'un contre l'autre, ils font bloc pour que personne ne puisse s'approcher de lui. Inaya observe attentivement ces Blancs qui parlent une langue étrange. Ils ont l'air heureux, et impatients aussi, comme s'ils attendaient quelque chose qu'aucun enfant présent ne parvient à leur donner, faute de comprendre de quoi il s'agit. Ils tendent leurs mains, s'approchent des corps, distribuent quelques caresses sur les joues, quelques chatouilles sous les bras. Chacun de leurs gestes est scruté par le doyen, qui affiche la même vigilance qu'Inaya, et filmé par Laurence, en quête de la moindre interaction.

–Il est presque minuit, je crois qu'ils seraient mieux au lit, suggère Mélanie après un moment.

Malia et Bintou, restées jusqu'ici silencieuses, se lèvent et demandent aux enfants de les suivre. En sortant de la tente, Inaya sent son ventre se nouer, comme si une colonne d'air froid se formait derrière son nombril et remontait jusqu'à sa poitrine. Elle connaît cette sensation désagréable que la peur provoque dans son corps, elle la repousse de toutes ses forces pour ne pas se laisser envahir. Pour tous, l'heure du coucher attise les craintes. Où vont-ils dormir ? Seront-ils ensemble ? Qui les rassurera s'ils se réveillent en pleine nuit ? L'inquiétude d'Inaya gagne Issa qui, posé sur sa hanche, commence à sangloter. Elle se retourne et constate que Pierre, Mélanie et le doyen leur ont emboîté le pas. Enfants et adultes traversent les rangées de tentes, jusqu'à ce que Malia et Bintou leur fassent signe de s'arrêter. Un à un, les enfants se faufilent à l'intérieur de la tente qu'on leur indique, sous le regard du chef de village et des deux Français, qui s'arrêtent à l'entrée. Visiblement satisfait à la vue des couvertures et des matelas disposés au sol, le vieil homme hoche la tête et tourne les talons en compagnie de Pierre et Mélanie.

Malia tire la fermeture de la moustiquaire qui fait office de porte, tandis que Bintou s'assure que chaque enfant a trouvé une place pour la nuit. Sekou, qui a peur du noir, a choisi le matelas le plus proche de la moustiquaire pour apercevoir un coin de ciel. Il n'a pas voulu confier Issa aux deux femmes, préférant se faire tout petit pour partager son lit avec son frère. Inaya s'est installée sur le matelas voisin, à côté de Kadiatou et de Kosso, dont les supposés petits frères ont été pris en charge par Malia et Bintou. Aïssata s'est blottie contre Jalil, qui n'a pas prononcé un mot depuis des heures. Chaque fois qu'Inaya ferme les yeux, c'est le visage de Ma' qui apparaît, alors elle se force à les garder ouverts pour ne pas se laisser gagner par la tristesse. Elle repousse les souvenirs, chasse les absents, se concentre sur la respiration de ceux qui s'endorment et qui seront, pour cette nuit et les suivantes, sa seule famille. En se concentrant bien, elle peut visualiser la salle de classe qu'elle a découverte quelques jours plus tôt sur les photographies. Demain, elle ira voir de ses propres yeux à quoi ressemble cette école.

31

Inaya est à peine réveillée, les yeux encore fermés, que déjà ses mains commencent à explorer ce qui se trouve autour d'elle. Elles tâtent le matelas, avancent à l'aveugle, s'attendant à rencontrer les cheveux d'Asma, la peau de Fatou. Mais ce matin, pour la première fois depuis des années, elle ne s'éveille pas aux côtés de ses cousines, elle ne sent pas leur chaleur, ne reconnaît pas leur souffle. La journée de la veille lui revient par fragments, qu'elle assemble aussi vite qu'elle le peut. Lorsqu'elle comprend enfin où elle se trouve, elle ouvre les yeux et se redresse sur son matelas. Elle n'a aucune idée de l'heure, mais il y a trop de choses à découvrir pour qu'elle reste allongée plus longtemps. À l'intérieur de la tente, on distingue à peine les contours des silhouettes endormies. À quatre pattes pour ne pas tomber, Inaya s'approche du matelas voisin, sur lequel elle aperçoit Sekou et Issa, blottis l'un contre l'autre. Elle les contourne, se dirige lentement vers la moustiquaire qui ferme la tente, tâtonne pour trouver l'extrémité de la fermeture éclair. Alors qu'elle s'apprête à sortir, elle entend une petite voix chuchoter son prénom. Kadiatou vient à son tour de se réveiller :

– Tu vas où ? murmure-t-elle.

Malia se retourne dans son sommeil, marmonne quelques mots incompréhensibles. Inaya pose son index sur ses lèvres et fait signe à Kadiatou de la suivre à l'extérieur. Elle remonte tout doucement la fermeture éclair de la moustiquaire, sort de la tente, se redresse, regarde le ciel. Le soleil n'est pas encore levé, mais la lune éclaire le camp endormi. Aucun enfant, aucune femme, aucun homme n'arpente ses allées. Les groupes électrogènes se sont tus, laissant place au chant des oiseaux nocturnes. Ici, comme au village, Inaya aime ces moments où elle est la première éveillée. Elle se sent privilégiée, libre d'aller où elle veut sans personne pour la surveiller, comme un secret qu'elle partagerait avec la terre, la nuit, le vent et les animaux. Elle entend le zip de la moustiquaire que Kadiatou referme le plus discrètement possible derrière elle.

– On va chercher l'école ? suggère Inaya.

Kadiatou se contente de sourire, sans prononcer un mot. Son cœur bat si fort qu'elle craint de réveiller le camp. Main dans la main, les deux fillettes traversent les rangées de tentes en direction du bâtiment central. Une légère brise caresse leur dos, faisant bruisser les feuilles des arbres. La nuit est chaude, et le vent a la tiédeur d'un souffle humain qui leur chatouille la peau. Elles parviennent à une première porte, qu'elles tentent d'ouvrir, en vain. Inaya jette un œil derrière elle pour vérifier que personne ne s'est levé, puis toutes deux longent le bâtiment jusqu'à la prochaine porte. Celle-ci s'ouvre sur une pièce dont le sol en ciment est recouvert de tapis aux couleurs vives. À chaque coin de la salle, de grandes caisses transparentes débordent de jouets en plastique. Inaya s'accroupit à côté d'une des caisses, plonge ses deux bras jusqu'au coude au milieu des jouets. Elle en ressort avec un camion de pompiers dans la main gauche et un cube multicolore dans la main droite. Elle repose le camion de pompiers, observe le cube de plus près. Il est composé de dizaines de petits carrés qui pivotent par rangées entières, laissant apparaître de nouvelles couleurs. Inaya manipule le cube pendant quelques minutes, tandis que Kadiatou fouille une autre caisse. Elle y trouve des petites voitures, d'autres cubes qui, cette fois, s'assemblent les uns aux autres, des figurines et des Barbie toutes nues aux longs cheveux blonds. Elle touche leur poitrine, puis plaque sa main sur sa bouche pour étouffer un rire.

Elles ne savent pas combien de temps elles ont passé dans cette pièce, mais lorsqu'elles en ressortent, le jour commence à se lever. Tout le monde semble encore dormir, alors elles poursuivent leur exploration, se heurtent à d'autres portes fermées, jusqu'à ce que l'une d'elles s'ouvre sur ce dont les deux amies rêvent depuis si longtemps : la salle de classe. Tout est comme sur les photos que Sarah et Mélanie ont apportées au village, si ce n'est que la pièce semble bien trop petite à Inaya pour accueillir tous les enfants. Peut-être que les Blancs ont prévu de les séparer en plusieurs groupes ? Kadiatou, bouche bée, marche dans la salle en observant le sol, les murs, le plafond, chaque recoin et chaque détail, comme si elle visitait un musée. Elle mémorise l'emplacement des bureaux et des chaises, les compte à voix haute, faisant l'inventaire de ce petit univers qui abrite à lui seul tous ses espoirs. Inaya, tout aussi impressionnée, s'approche du tableau noir, prend un morceau de craie et, timidement, trace quelques traits dans un coin. Elle ne veut rien abîmer, rien salir, rien gâcher. Il y a de la magie dans cette pièce pourtant banale, de la magie et des promesses si grandes qu'Inaya sent à nouveau son ventre se nouer. Elle tourne le dos au tableau et, debout sur l'estrade, fait face à cette classe qu'elle a imaginée tant de fois. La voir vide la rend encore plus impressionnante, l'espace inoccupé laissant à la peur le champ libre, la possibilité de se déployer et de prendre différentes formes. Et si Inaya n'était pas à la hauteur ? Si elle n'arrivait pas à comprendre ce que les adultes ont prévu de leur enseigner ? Coupant court à ses inquiétudes, Kadiatou la rejoint sur l'estrade. Elle brûle d'envie de s'asseoir à la place qu'elle convoite tant, derrière ce grand bureau qui surplombe tous les autres.

–Apprends-moi quelque chose! lui demande Inaya avant de filer au premier rang.

Solennellement, Kadiatou s'installe derrière le bureau du professeur. Elle est si petite sur cette grande chaise qu'Inaya aperçoit seulement son visage et, plus bas, ses pieds qui battent l'air. Kadiatou prend une règle posée sur le bureau et la pointe vers Inaya, la mine sévère.

–Tu vas compter jusqu'à deux millions quatre mille dix-huit, lance-t-elle.

Inaya éclate de rire, sous le regard imperturbable de Kadiatou.

–Je peux savoir ce qui t'amuse?

–N'importe quoi.

–Quoi, n'importe quoi?

–Ton chiffre, là, il n'existe pas.

–Ah oui? Et combien tu crois qu'on est sur Terre?

Alors qu'elle s'apprête à répondre à Kadiatou, Inaya entend un bruit qui la fait sursauter. Elle se précipite vers la porte et passe la tête à l'extérieur, tandis que Kadiatou se cache derrière elle. La fillette n'a ni le courage, ni l'entêtement d'Inaya lorsqu'il s'agit de braver un interdit. Inaya ne voit rien, pourtant elle est certaine d'avoir entendu quelque chose. Il lui semble que le bruit vient de l'arrière du bâtiment. Ignorant les protestations de Kadiatou, qui préférerait rester cachée ou, du moins, ne pas courir tout droit vers le danger, elle sort de la salle de classe. Kadiatou se résigne à la suivre. Les deux amies longent la façade en béton. De nouveau, le même bruit, comme un raclement métallique. Elles aperçoivent une silhouette entrer et sortir d'une pièce située sur le côté gauche du bâtiment central. Les fillettes se faufilent jusqu'à un petit massif d'épineux derrière lequel elles se cachent pour observer. C'est un homme noir. Il traîne sur le carrelage de cette pièce vide et sombre de grands seaux en fer emplis d'eau, dont il asperge le sol avant de le nettoyer avec une raclette. Lui aussi porte le tee-shirt de l'association, qu'il relève parfois pour s'éponger le visage. Inaya se demande combien de personnes travaillent pour les Blancs, et surtout à quoi ces derniers occupent leurs journées s'ils ne font ni à manger, ni le ménage. Est-ce qu'au moins ils lavent eux-mêmes leurs vêtements ? Immédiatement, une idée germe dans sa tête : elle veut voir où dorment les Blancs. Il fait à peine jour et, à part cet homme, tout le monde semble encore endormi sur le camp. Elle n'a pas oublié la petite maison au toit de tôle, dissimulée derrière les arbustes, dont Mélanie a essayé de la détourner la veille. Saisissant Kadiatou par le bras sans lui demander son avis, elle bondit de sa cachette dès que l'homme a le dos tourné.

Elles atteignent la petite cour, séparée des tentes par le bâtiment central. C'est ici que tous les enfants de leur village sont arrivés en voiture la veille. Les fillettes slaloment entre les jeeps garées au milieu de la cour, longent l'immense portail bleu et empruntent la grande allée qui mène au camp. Un portillon, qu'Inaya n'avait pas remarqué la veille, permet d'accéder au jardin qui entoure la petite maison rectangulaire. Elle attrape le loquet, tire de toutes ses forces, mais renonce lorsqu'elle aperçoit le cadenas qui verrouille le mécanisme.

– Ça suffit maintenant, il faut qu'on y retourne ! la supplie Kadiatou en la tirant par le bras.

– Ne t'inquiète pas, tout le monde dort encore. On regarde vite fait et on part, d'accord ?

Inaya grimpe sur le muret en terre sans attendre la réponse de son amie, et lui tend la main. Kadiatou, tiraillée entre la peur et la curiosité, finit par céder après s'être assurée que l'allée était vide. Elles atterrissent à l'intérieur du jardin, se fraient un passage à travers la végétation, soulèvent les branches d'arbustes pour mieux voir. Une allée étroite les conduit dans une petite cour. Une grande table en plastique et une dizaine de chaises sont installées dehors. Quelques bouteilles de bière vides semblent avoir passé la nuit sur la table, à côté d'un grand cendrier dont les relents dissuadent les deux amies de s'approcher davantage. La cour est accolée à la maison au toit de tôle, dont l'entrée se trouve sur la droite, sous un porche lui aussi recouvert d'une plaque métallique. Des bassines vides et plusieurs paires de claquettes jonchent le sol en ciment. Une spirale anti-moustiques finit de se consumer sur son support.

La porte est entrouverte. Inaya et Kadiatou savent qu'elles ne devraient pas entrer, mais la curiosité l'emporte. C'est la première fois qu'elles ont l'occasion de voir comment vivent les Blancs. L'intérieur de la maison est spartiate : mêmes murs nus et lézardés que dans le bâtiment central, même sol en ciment. Le couloir dessert plusieurs pièces dont les portes sont, pour la plupart, fermées. Les fillettes marchent à pas de loup, se dirigent vers la première pièce ouverte, d'où s'échappent des ronflements si puissants qu'Inaya se demande si elle a déjà entendu un tel bruit. La vieille Coumba ronflait parfois, mais rien de semblable. Elle glisse la tête à l'intérieur de la chambre et se cache immédiatement les yeux lorsqu'elle voit, allongé sur un lit, Daniel torse nu, bouche ouverte, avec pour seul vêtement un slip rouge. Kadiatou voudrait partir, mais Inaya, les yeux toujours cachés entre ses doigts désormais écartés, regarde de nouveau et distingue, au fond de la pièce, un deuxième lit sur lequel un homme, en caleçon et tee-shirt, est couché sur le côté. À ses épaules carrées, elle reconnaît Mickaël. Dans un troisième lit, elle aperçoit celui que Daniel appelle « Doc ». Inaya sent Kadiatou tirer son bras de plus en plus fort. À contrecœur, elle détourne les yeux et les pose sur son amie. Celle-ci est figée, tournée vers le fond du couloir. Inaya suit son regard, et croise celui du doyen, sourcils froncés, visage fermé, les deux mains jointes sur le pommeau de sa canne.

– Fichez-moi le camp d'ici ! marmonne-t-il pour ne pas éveiller toute la maison.

Puis il soulève sa canne et l'agite en direction des fillettes, qui détalent sans demander leur reste.

32

– Qu'est-ce que vous faites dehors ? demande Bintou.

Assises devant la tente, Inaya et Kadiatou ont à peine eu le temps de reprendre leur souffle avant que Bintou ne se réveille. Les mains sur les hanches, elle attend une réponse.

– J'ai fait un cauchemar, répond Kadiatou.

– Et toi, Inaya ?

– Je suis venue la rassurer.

– Depuis combien de temps vous êtes assises là ?

Les deux amies, les yeux rivés au sol, haussent les épaules. Bintou se radoucit :

– Bon. Ça va être l'heure de la douche. Et la prochaine fois que tu fais un cauchemar, tu me réveilles au lieu de sortir, c'est compris ?

Kadiatou hoche la tête. Elle craint bien plus les représailles du doyen que celles de Bintou. Inaya, elle, semble être déjà passée à autre chose. Pourtant, les questions se bousculent dans sa tête. Que font les Blancs et les chefs de village de leurs soirées ? Est-ce que le doyen dort avec tous les autres chefs, ou est-ce qu'il a sa propre chambre ? Elle est trop curieuse pour redouter la colère du vieil homme, qu'elle a déjà affrontée plusieurs fois.

Un à un, les enfants commencent à sortir de la tente. Kosso, encore ensommeillé, n'a pas remarqué l'absence de sa sœur, pas plus que Sekou et Issa ne se sont aperçus de celle d'Inaya. Jalil et Aïssata, qui semblent ne pas s'être lâché la main depuis la veille, attendent les consignes de Malia et Bintou pour cette nouvelle journée. Le camp entier s'éveille doucement. Les tentes recrachent les enfants qu'elles ont engloutis quelques heures plus tôt, des enfants auxquels la nuit semble avoir redonné des forces. Des rires et des cris, encore timides, parviennent aux oreilles d'Inaya. Les autres enfants de son village ont dormi dans les tentes voisines. Accompagnés de plusieurs femmes portant les plus jeunes dans leurs bras, tous semblent prendre la même direction. Bintou et Malia, qui portent elles aussi les trois petits censés être les frères de Kosso, leur font signe de les suivre. Kosso s'en désintéresse tant qu'Inaya se demande si Bintou et Malia croient vraiment à cette histoire. En tout cas, elles n'ont posé aucune question.

Les enfants passent devant les tentes dans lesquelles ils ont dîné la veille. Elles forment la première rangée, la plus proche du bâtiment central, qu'ils longent désormais par la gauche. Le bruit des groupes électrogènes a repris, un bourdonnement assourdissant lorsqu'on se trouve à proximité, mais qu'on finit pourtant par oublier. Inaya commence à comprendre que leur destination est la pièce sombre et vide qu'elle a aperçue tôt ce matin, cachée derrière le buisson avec Kadiatou. Elle n'a pas très envie d'y entrer, et elle sent de nouveau cette colonne d'air froid se former dans son ventre. Elle se place derrière Sekou et Issa, qui avancent très lentement. Issa n'a pas voulu qu'elle le prenne dans ses bras : il a tenu à traverser tout le camp sur ses deux pieds, acceptant comme seule aide la main de son frère.

Tous trois finissent par arriver à l'entrée de ce que les femmes appellent « la salle de douche ». La pièce n'est plus obscure et vide comme ce matin. Éclairée par des néons, elle est baignée d'une lumière froide et remplie d'enfants que les femmes, toutes vêtues du tee-shirt de l'association, aident à se déshabiller. Un carrelage beige recouvre le sol et les murs, et de nombreuses bassines remplies d'eau chaude sont disposées aux quatre coins de la pièce. Tout au fond, un groupe de femmes s'occupe exclusivement des plus jeunes. Bintou s'absente un instant pour confier les deux petits qu'elle avait dans les bras à l'une d'elles, tandis que Malia arrive avec le troisième. Perdu dans ses pensées, Kosso ne réagit même pas lorsqu'on les emmène loin de lui. Ces trois-là pourraient disparaître qu'il ne s'en apercevrait pas. Bintou revient et s'approche d'Issa, qui se cramponne à la jambe de Sekou. Immédiatement, Inaya s'avance d'un pas et se place entre Bintou et Issa.

– Ne t'inquiète pas, je vais te le ramener, ton frère.

– Il reste avec moi.

– Il reste avec nous, répond Sekou presque en même temps.

– On ne vole pas les enfants ici, vous savez ? s'exclame Bintou en éclatant de rire. Dans ce cas, il se lavera avec les grands, voilà tout ! Suivez-moi.

Bintou désigne deux grandes bassines posées sur le carrelage froid.

– Maintenant, tout le monde enlève ses vêtements. Vous les mettez par terre et vous frottez bien partout, compris ?

Elle tend à chacun des enfants un petit morceau de savon. Inaya s'accroupit à la hauteur d'Issa et le déshabille, puis enlève à son tour sa robe bleue. Elle aimerait pouvoir enfiler la jaune, sentir la douceur du tissu usé sur sa peau. Sekou, Kosso, Kadiatou, Jalil et Aïssata se sont eux aussi déshabillés. Leurs vêtements posés au sol forment un petit tas poussiéreux, que Bintou ramasse et enfouit dans un grand sac poubelle. Après avoir lavé et confié Issa à son frère, Inaya s'asperge d'eau. Elle passe le morceau de savon sur son corps, frottant fort sa peau comme pour la débarrasser de toute la peur et de toute la tristesse qui semblent s'y être déposées, par couches successives, depuis son départ du village. Puis, sans rien dire, elle s'approche de Kadiatou et lui frotte le dos avec son morceau de savon. Elle s'en veut un peu de l'avoir entraînée avec elle tout à l'heure. Elle sait que Kadiatou redoute la colère du doyen, elle ne voulait pas l'y exposer. C'est souvent comme ça, avec Inaya : une idée en engendre une autre, et l'envie qu'elle a de toujours aller voir plus loin, de toujours en savoir davantage, pousse ceux qui la suivent à dépasser leurs propres limites pour ne pas rester sur la touche. Elle ne le fait pas exprès, n'exige rien des autres. Elle est simplement trop têtue pour accepter de faire demi-tour lorsqu'on le lui demande.

Quelques rires commencent à fuser dans la pièce, jusqu'ici silencieuse. Les enfants s'observent, se taquinent, jouent avec la mousse des savons. Leurs corps se détendent au contact de l'eau chaude. Même Jalil semble avoir retrouvé sa langue et se lance dans une de ces longues explications dont il a le secret, et dont personne ne connaîtra jamais la fin. Pourtant, cette fois, ce n'est pas le manque de temps qui pousse Jalil à s'interrompre, mais l'irruption de Mélanie et de Laurence à l'intérieur de la pièce. Peu à peu, le silence envahit de nouveau la salle de douche. Laurence, caméra à la main, s'agenouille à la hauteur des enfants, qui se sont immobilisés. Ne sachant comment réagir, ils cherchent une réponse dans le regard des femmes qui prennent soin d'eux depuis la veille. Bintou fronce les sourcils et fait ostensiblement claquer sa langue contre son palais, en signe de désapprobation.

– Qu'est-ce qui se passe ? lui demande Mélanie, souriante.

– Je ne trouve pas ça correct de filmer les enfants comme ça.

– Tu veux dire nus ?

– C'est ça.

– Pourtant, c'est un moment important.

Laurence, qui a perçu une certaine tension dans la voix de Mélanie, se redresse, prête à éteindre sa caméra, mais celle-ci lui fait signe de continuer à filmer. Bintou a beau être en désaccord, elle sait que son poste est convoité par beaucoup d'autres femmes des environs. Elle se contente donc d'aider les enfants à se rincer et à se sécher. Plusieurs femmes s'éclipsent et reviennent quelques instants plus tard, serrant contre leurs poitrines des paquets de vêtements neufs, pliés et repassés. Bintou récupère un de ces paquets, et fait signe aux enfants de s'approcher. Kosso est le premier à s'exécuter : il récupère un short, un tee-shirt de footballeur, un slip et une paire de tongs. Tout est beaucoup trop grand pour lui, ce qui ne manque pas de déclencher un fou rire chez les autres enfants. C'est ensuite au tour d'Inaya. Elle hérite d'une robe en coton vert, d'une culotte blanche et, elle aussi, d'une paire de claquettes. Comme Kosso et tous les garçons du camp, qui s'amuseront les jours suivants à comparer les numéros inscrits dans leur dos, Sekou a droit à un maillot de foot trop grand. Celui d'Issa est si long qu'il lui couvre les chevilles. Kadiatou, quant à elle, reçoit une robe blanche toute simple qui semblait n'attendre qu'elle tant elle lui va bien.

Propres, habillés et chaussés, les enfants quittent la pièce carrelée, toujours accompagnés de Bintou, rejointe par Malia et les trois petits. Ils regagnent la cour, où ils croisent le groupe de doyens, mené par Pierre et Ibrahim, en pleine visite du camp. Tandis que les enfants sont conduits vers les tentes pour y prendre leur petit déjeuner, les chefs de village découvrent les salles de classe, de jeux, de douche et le dispensaire géré par Sylvain.

– On attendait que vous soyez tous arrivés pour vous faire la visite complète, explique Pierre.

Tous affichent le même air solennel, et écoutent avec attention les propos de Pierre, traduits par Ibrahim. Les informations qui leur sont fournies sont nombreuses, précises et détaillées. Des photos circulent de main en main : on y voit l'état du bâtiment central et de l'ensemble du camp avant l'arrivée des Français. Les pièces entièrement vides étaient jonchées de détritus et la poussière rouge avait pris possession des lieux. Les deux cours, celle qui sert désormais de parking aux jeeps et celle qui accueille les tentes, étaient envahies de mauvaises herbes. Quant au petit jardin entourant la maison au toit de tôle, il avait des allures de terrain vague. Remarquant que tous les chefs de village semblent répéter la même phrase, Pierre interroge Ibrahim du regard.

– Ils disent que vous avez fait du bon travail, traduit-il. Du très bon travail.

Une main sur le torse, Pierre s'incline, remercie les doyens et propose de les raccompagner vers la petite maison.

33

Le lendemain matin, les rires et les jeux sont plus présents encore sur le camp. Peu à peu, les enfants se détendent et trouvent de nouveaux repères, prennent de nouvelles habitudes grâce à l'attention des femmes qui partagent, nuit et jour, leur quotidien. Assise sous la tente dans laquelle elle prend tous ses repas depuis deux jours, Inaya dévore son petit déjeuner. Elle ne lève la tête de son bol que pour engloutir une bouchée de pain frais, recouverte d'une épaisse couche de beurre. Ses moustaches de lait chocolaté font éclater de rire Issa, qui semble apprécier ce nouveau menu tout autant que les autres. La veille, ils ont passé plusieurs heures dans la salle de jeux, découvrant des objets dont ils ne soupçonnaient même pas l'existence. Kosso, l'inventeur de la bande, ne savait plus où donner de la tête, tant ces jouets jusqu'ici inconnus lui ouvraient de nouveaux horizons. Il voyait déjà comment les reproduire, les améliorer, les détourner. Il a eu le droit d'en garder quelques-uns avec lui, qu'il regarde avec intensité en avalant son bol de chocolat chaud.

Quelques mètres plus loin, Sylvain et Daniel observent les enfants, souriants. Les voir manger à leur faim est la plus belle des récompenses.

– Bon, Doc, je t'amène lesquels en premier ?

– Les plus jeunes, si tu peux.

– Tu vas tous les voir ?

– Tous ceux qui sont arrivés avant-hier soir.

– C'est parti !

Tandis que Sylvain se dirige vers le bâtiment en béton, Daniel s'approche de la tente. Il fait quelques grimaces aux enfants, qui l'observent fixement.

– Bon, je vois que ça rigole pas quand ça mange !

Puis, se tournant vers Malia, Bintou et les autres femmes :

– Les Mamas, vous me passez un des plus petits ? Le Doc va commencer les visites. Mais tiens tiens, qui je vois là ?

Avant même d'avoir obtenu une réponse, il se dirige vers Issa, qui mâchonne tranquillement un morceau de pain. Il le soulève dans ses bras. Inaya et Sekou bondissent en même temps et se précipitent vers Daniel.

– Repose-le ! crie Inaya, repose-le tout de suite !

Sur la pointe des pieds, elle tente d'atteindre le bras de Daniel pour le forcer à lâcher prise, sans comprendre pourquoi il semble trouver ça drôle.

–Wow wow wow, les deux énervés, je vais pas vous le voler! s'exclame-t-il en éclatant de rire. Je l'emmène deux minutes chez le toubib et je vous le ramène. Traduis-leur, ordonne-t-il à Malia.

Daniel observe Malia, Sekou et Inaya échanger quelques mots sur un ton vif.

–La fille veut passer la première. Si ça va, alors son frère pourra venir.

–C'est ridicule. Il va lui regarder les oreilles et le tarin, et on n'en parle plus.

Dans les bras de Daniel, Issa pleure et se contorsionne en tendant la main vers Inaya, puis vers Sekou.

–Lâche-le! crie la fillette en lui lançant un coup de pied dans le tibia.

Daniel se fige, moins à cause de la douleur que de la surprise. Il repose Issa, qui se réfugie entre les jambes de Sekou, puis s'accroupit devant Inaya.

–Toi, tu ne refais plus jamais ça. Je suis pas un type méchant, mais c'est pas une gamine comme toi qui vas me donner des ordres. Et encore moins me frapper. Traduis-lui, Mama!

Malia, qui en déduit que cet ordre lui est adressé, se contente de dire à Inaya de ne pas recommencer.

–Allez, tu avances maintenant, mademoiselle je-veux-être-la-première, dit Daniel en poussant Inaya dans le dos.

Arrivée devant le dispensaire, une petite pièce accolée à la salle de douche, Inaya décide qu'elle ne fera pas un pas de plus. Ses pieds nus pointent l'un vers l'autre, formant une flèche. Ils sont presque gris sous la couche de poussière qui les recouvre, et refusent obstinément d'avancer. Les orteils recroquevillés comme pour mieux assurer leur prise sur le sol en ciment, les muscles contractés, elle reste figée sur le pas de la porte, immobile dans sa robe verte. Elle sent dans son dos la main de Daniel qui la pousse, entend des mots dont elle ne comprend pas le sens.

– Doc, changement de programme. Elle veut pas que son petit frère passe le premier. Bon courage avec elle, c'est une vraie tête de mule !

La main accentue sa pression, mais les pieds d'Inaya ne bougent pas. Au fond de cette grande pièce sans fenêtre, qu'éclaire seulement la lumière blafarde des néons, elle aperçoit Sylvain. Il porte une blouse blanche, et se dirige vers elle en souriant. Son visage est doux, ses cheveux toujours aussi décoiffés.

– C'est bon Daniel, je m'en charge.

La main de Daniel s'éloigne enfin du dos d'Inaya.

– Tu nous rejoins quand t'as fini ? Y a un point prévu sur les arrivées.

Sylvain acquiesce distraitement, sans quitter la fillette des yeux. Elle le fixe avec une intensité et un aplomb qu'il n'a vu chez aucun des enfants dont il s'est occupé en France. Il sait qu'elle a peur. Ce qui l'impressionne, c'est le courage qu'elle semble puiser en elle pour ne rien laisser paraître. Il avance prudemment, comme on s'approche d'un animal blessé. Elle se force à ne pas détourner le regard, comme elle le ferait face à un animal sauvage. Surtout, ne jamais baisser les yeux, ne pas tourner le dos. Convaincre la bête de sa puissance, faute d'en être elle-même convaincue.

Le médecin s'arrête à quelques pas d'Inaya, puis repart rapidement vers le fond de la pièce. Elle se félicite en silence, étonnée d'avoir gagné la partie si facilement. Il fouille dans un tiroir, récupère un objet et revient vers elle. Moins effrayée, elle plante tout de même à nouveau les yeux dans les siens. Il tient à la main un long cordon en plastique. En haut, le cordon se sépare en deux branches et, en bas, pend un petit cercle métallique. Sylvain place les extrémités des deux branches dans ses oreilles. D'une main, il promène le cercle de métal sur sa blouse blanche, au niveau de son torse.

– Tu veux essayer ? dit-il en tendant le stéthoscope en direction d'Inaya.

Elle ne bouge pas, mais ses yeux, fixés sur cet objet qu'elle n'a encore jamais vu, la trahissent. La curiosité est sur le point de l'emporter, elle a tant de questions à lui poser. Pourtant, elle se tait, trop fière pour laisser voir son intérêt.

– Je le pose juste là, dit Sylvain en faisant semblant de s'affairer un peu plus loin.

Ce sont d'abord ses orteils qui se relâchent et s'agitent un peu pour faire circuler le sang. La flèche formée par ses pieds se défait, ils s'alignent et, avec précaution, avancent l'un après l'autre. Parvenus à hauteur du stéthoscope, ils s'immobilisent de nouveau. Se placent cette fois l'un sur l'autre. En équilibre sur la jambe droite, Inaya attrape l'instrument. Elle observe, touche le plastique souple et le métal froid.

–Tu veux écouter ton cœur ?

Elle ne l'a pas entendu arriver. Doucement, il glisse les embouts dans ses oreilles. Elle ne proteste pas. Il pose le pavillon métallique sur sa poitrine étroite, prend sa petite main et la referme autour. Inaya sursaute. Dans son regard, la défiance a laissé place à l'émerveillement.

–Ton cœur à toi, il fait du bruit aussi ?

Les battements résonnent si fort dans ses oreilles qu'elle crie presque. Sylvain sourit sans répondre.

–Est-ce qu'il fait le même bruit que le mien ? insiste-t-elle.

Voyant qu'il ne comprend pas, elle s'approche de lui et place elle-même le pavillon du stéthoscope sur son torse. Il éclate de rire, tandis qu'elle pose son index sur ses lèvres pour lui demander d'être plus silencieux.

Lorsqu'elle semble en avoir assez entendu, il se lève et lui fait signe de le suivre. Désormais en confiance, elle se laisse peser et mesurer, examiner et palper, sans cesser de poser des questions dont il devine parfois le sens. Elle veut tout saisir, tout mémoriser, dans une sorte d'urgence que Sylvain ne parvient pas vraiment à s'expliquer. Elle scrute ses gestes, observe le matériel et les planches anatomiques jaunies punaisées aux murs.

– Prête pour une prise de sang ? demande-t-il. Tu vas certainement me détester après ça, mais j'ai l'habitude.

Inaya s'installe sur un lit de camp recouvert d'une couverture marron. Il y en a douze dans la pièce, alignés sur deux rangées de part et d'autre de la porte d'entrée. Tout au fond, sur un grand bureau en bois, sont empilés des dossiers qui portent les prénoms des enfants présents sur le camp. Le bureau est encadré par trois chaises dont l'assise et le dossier sont faits de fils de plastique coloré.

C'est la première fois que Sylvain exerce ailleurs que dans son cabinet de campagne, situé à une trentaine de kilomètres d'Angers. Il a fait de son mieux pour aménager ce dispensaire perdu au milieu de la brousse. Derrière son bureau, il a scotché au mur les dessins des enfants de son village, et disposé sur une petite table quelques feutres et des feuilles de papier. Pour l'instant, aucun de ses petits patients ne s'y est intéressé. Peut-être ne savent-ils pas dessiner, s'est-il dit il y a quelques jours. La vie est si différente ici, après tout.

Il place le garrot autour du bras menu d'Inaya, à qui il décrit une planche anatomique pour détourner son attention, mais aussi parce qu'il l'a sentie fascinée par son univers, elle qui met probablement les pieds chez un médecin pour la première fois de sa vie. Il repère la veine et pique. La fillette a un léger mouvement de recul. Elle fixe l'aiguille au creux de son coude sans paniquer, regarde le premier, le deuxième puis le troisième tube prendre une teinte rouge foncé, sent le garrot desserrer son étreinte. L'aiguille quitte sa veine, immédiatement remplacée par une compresse sur laquelle Sylvain appuie, lui faisant signe de prendre le relais. Et, pour la première fois, un sparadrap blanc vient zébrer sa peau noire.

34

Inaya est encore dans le dispensaire, assise en silence sur un lit de camp, quand Sylvain raccompagne vers la sortie son dernier petit patient de la matinée. Le doyen a assisté à quelques visites, rejoignant ensuite les autres chefs de village en compagnie d'Ibrahim pour découvrir les abords du camp. Inaya est restée durant l'auscultation d'Issa et de Sekou, mais aussi celle d'Aïssata, de Kosso, de Jalil, de Kadiatou et de tous les autres. Fascinée par les gestes de Sylvain, elle n'a pas perdu une miette du spectacle. Mieux, elle l'a même assisté, lui tendant une boîte de compresses ou un flacon de désinfectant lorsqu'il le lui demandait en montrant les objets du doigt. Il s'est amusé à observer cette fillette passionnée par son métier, et aurait aimé pouvoir communiquer autrement qu'avec des gestes pour comprendre ce qui l'animait ce matin-là. Il faudrait qu'il passe un moment avec elle et Malia ou Bintou tout à l'heure, après la réunion avec les autres bénévoles.

Sylvain se tourne vers Inaya, se baisse à sa hauteur et lui serre la main en inclinant un chapeau imaginaire. Elle sourit, lui dit qu'elle aussi veut être docteure.

– Comme toi, insiste-t-elle en pointant son index sur la poitrine de Sylvain.

Il referme sa main autour du petit doigt, sent une vague de tendresse déferler à l'endroit précis où elle appuie. Lui qui s'était juré de garder une distance émotionnelle, de cloisonner le professionnel et l'affectif, pressent que les choses vont être plus compliquées que prévu. Il s'éloigne brusquement, commence à ranger son cabinet de bric et de broc. Il est onze heures, et il fait déjà si chaud que chaque centimètre carré de sa peau est moite, jusque dans le pli des coudes et le creux des genoux. C'est pour lui, bien loin du climat tempéré de son Anjou natal, la plus grande difficulté de ce début de mission. Dès qu'il a posé le pied à l'extérieur de l'avion, la chaleur l'a enveloppé, enserré comme une camisole dont il n'arrive à se défaire que quelques minutes par jour, sous la douche qui, quand elle accepte de fonctionner, se contente de cracher de grosses gouttes sans pression. Certains bénévoles sont plus à l'aise que lui dans la fournaise. Pierre et Daniel ne s'en plaignent pas, mais ces deux-là ne se plaignent jamais de rien, à croire que leurs précédentes missions humanitaires les ont rendus indestructibles. L'adaptation est un peu plus dure pour Laurence, davantage habituée aux salles de rédaction climatisées de la capitale qu'aux températures extrêmes de la région. Sylvain n'a que peu échangé avec elle. On ne peut pas dire qu'elle soit d'un abord facile, avec son allure guindée et son sourire pincé. Il se demande comment elle s'est retrouvée là, ce qui a bien pu convaincre Pierre et Mélanie de l'embarquer dans cette aventure. Hormis son carnet d'adresses, rien ne penche en sa faveur. Mais vingt ans de carrière dans la presse nationale ont permis à Laurence de se construire un réseau de journalistes et d'attachés de presse qui pourrait être fort utile à l'association en temps voulu. Pierre et Mélanie leur ont expliqué à tous, dès le début, que Laurence couvrait l'opération en tant que journaliste, et que par conséquent elle resterait extérieure aux décisions pour conserver une certaine neutralité. Sylvain se demande comment cette position va être tenable dans la durée : avec une telle charge émotionnelle, est-il réellement possible de rester impartial ? Le fait même d'accepter de documenter l'action de l'association et de la médiatiser implique déjà, lui semble-t-il, un positionnement à cent lieues de la neutralité invoquée.

Perdu dans ses réflexions, il ferme la porte du dispensaire derrière lui, Inaya à ses côtés, et se dirige vers les tentes. Il aperçoit Sarah, assise en tailleur au milieu des enfants, un sourire immense éclairant son visage. Cette femme est solaire, la plus optimiste de tous, la plus conciliante aussi lorsque des désaccords émergent. Les enfants l'ont visiblement senti : Sylvain aperçoit des sourires timides, quelques rires même, dissimulés derrière la paume d'une main ou dans le col d'un maillot de foot. Presque tous ces tee-shirts sont trop grands, donnant au campement un aspect clownesque, plus proche du cirque que des centres d'entraînement où évoluent les joueurs dont les enfants portent le nom et le numéro dans le dos. Les plus petits passent leur temps à trébucher sur leurs maillots, si longs qu'ils traînent dans la poussière. Il va falloir demander aux femmes du camp de faire un peu de couture, note mentalement Sylvain, qui a remarqué, durant sa matinée de consultations, que les enfants étaient pour la plupart bien au-dessous des courbes de poids et de taille attendues pour leur âge. Alors qu'il s'apprête à rejoindre Sarah, il reconnaît la voix de Mélanie, qui se dirige vers lui d'un pas aussi déterminé que chacun de ces gestes. La femme de Pierre n'a pas un caractère facile, et mieux vaut l'avoir en amie qu'en rivale. Pourtant, Sylvain admire sa détermination sans faille, sa force de caractère et sa ténacité. C'est en grande partie grâce à elle qu'ils sont tous réunis aujourd'hui, les bénévoles comme les enfants. Quand on connaît Pierre, son acharnement à défendre ses idéaux, son goût pour l'action et son impatience, on comprend encore mieux ce qui unit ces deux-là.

–Alors, ces consults ? demande Mélanie à Sylvain.

Sans même attendre sa réponse, elle place ses mains en porte-voix et hurle « Réunion ! » en direction de la maison où sont hébergés les bénévoles.

– Aide-moi, on va installer cette table à l'ombre, dit-elle.

– On fait la réunion ici ?

– Oui, ce sera plus simple d'avoir les gamins sous les yeux. On saura de qui on parle.

Sylvain aide Mélanie à déplacer la table, puis fait quelques allers-retours entre l'ombre du grand arbre et la fournaise pour apporter suffisamment de chaises. Une grande claque dans le dos le fait sursauter. Daniel. Il n'a même pas besoin de se retourner pour savoir que c'est lui, les claques dans le dos étant le moyen privilégié par ce type un peu rustre pour entrer en communication avec les hommes. Avec les femmes, il a appris à éviter les contacts physiques, mais retient difficilement quelques blagues graveleuses qui sont, au mieux, accueillies avec une certaine politesse. Daniel n'est pas un mauvais bougre. S'il est évident que la délicatesse n'est pas son fort, il fait preuve d'une grande générosité, que Sylvain apprécie encore plus depuis qu'il connaît son histoire. Daniel n'est pas seulement l'ami de Pierre, un logisticien hors pair et un habitué des opérations humanitaires. C'est aussi le père de six enfants, dont quatre adoptés en Asie et en Afrique, dans des zones de guerre semblables à celle près de laquelle le camp est établi depuis quelques semaines. Ses manières un peu rugueuses ne sont, aux yeux de Sylvain, qu'un bien maigre défaut au regard de tout ce qu'il est susceptible d'apporter, humainement et techniquement, à une telle mission.

Tous prennent place autour de la table de réunion, à quelques mètres seulement des enfants qui les observent avec curiosité. Sarah les quitte, caressant au passage quelques têtes, et se glisse entre Mickaël et Pierre. Les deux hommes ont tant de points communs, malgré les vingt années qui les séparent, que l'un pourrait très bien être le fils de l'autre. Ils aiment peu les bavardages, préférant de loin l'action, les problèmes à résoudre, les solutions à inventer. Leurs genoux tressautent sous la table sans qu'ils s'en aperçoivent, tout occupés qu'ils sont à attendre la fin de la réunion avant même qu'elle n'ait commencé. Mickaël a la naïveté que Pierre a perdue au fil des années, ce qui est à la fois un atout et un risque. Sylvain, sans se l'avouer, envie un peu leur témérité, lui qui se laisse facilement rattraper par ses craintes et ses doutes. C'est en apercevant Mélanie agiter la main dans sa direction qu'il revient au moment présent, dont il a trop souvent tendance à s'échapper.

–Tu nous fais un point sur les consultations ? demande-t-elle.

Sylvain acquiesce, et commence.

–Globalement, et je dirais presque étrangement, l'état de santé des gamins n'est pas catastrophique. Bien sûr, ils sont pour la plupart plus maigres et plus petits que des Français de leur âge, mais on ne peut pas vraiment dire que ce soit une surprise. Il va falloir les peser chaque semaine pour s'assurer que ça évolue dans le bon sens, mais je suis plutôt optimiste. Je pense qu'on doit aussi se préparer à quelques crises de paludisme. En tout cas, pour l'instant, RAS à ce niveau. Bon, par contre, des bobos ici et là, plaies, otites, diarrhées à traiter et à surveiller.

–Tu as fait les prises de sang pour le VIH ? demande Pierre.

–C'est fait, mais il faudra une bonne semaine avant d'avoir les résultats. Je pars après le déjeuner avec Daniel pour remettre les échantillons aux gars de Médecins sans frontières, ils ont un contact qui assurera le transfert vers le labo avec lequel ils bossent.

–Ok, quelque chose de particulier à signaler ? demande Mélanie.

–Non. Enfin si, j'ai une assistante, ajoute Sylvain en riant. La petite, là-bas.

Il pointe du doigt Inaya qui les observe, Issa calé sur sa hanche droite, la main gauche dans celle de Kadiatou.

–C'est cette bourrique qui t'a assisté ? s'exclame Daniel. Elle m'a flanqué un coup de pied dans le tibia, la peste !

Sarah baisse la tête pour tenter de dissimuler son malaise. Elle n'aime pas les mots employés par Daniel.

–Vous pensez vraiment qu'ils sont tous orphelins ?

La question que beaucoup avaient en tête sans oser la poser est sortie de la bouche de Laurence. La caméra enregistre, posée sur un trépied au bout de la table. Un silence s'abat sur la petite assemblée. Les enfants ne ratent pas une miette de cet étrange spectacle que jouent les Blancs devant eux.

– Je pense surtout que c'est impossible à vérifier, rétorque Mélanie.

– Il doit pourtant bien y avoir un moyen, insiste Laurence. Ou alors, vous pourriez décider qu'au moindre doute vous ne prenez pas le risque de séparer un enfant de ses parents.

– Sauf si tu considères, comme nous, que le risque est plutôt de les laisser crever de faim ici.

En les écoutant, Sylvain et Sarah ont l'impression qu'elles verbalisent le conflit intérieur qui les agite tous les deux. Aucun d'entre eux n'est dupe, et tous savent bien que les certificats fournis par les chefs de village n'ont pas grande valeur. Sarah, tout comme Sylvain, a du mal à mettre de côté la morale et à ne prendre en compte que l'intérêt matériel des enfants. Avant le début de la mission, ils avaient évoqué ensemble cette possibilité, et Daniel, Mickaël, Mélanie et Pierre s'étaient positionnés très clairement : pour garder le cap, il fallait que l'avenir des enfants prime sur tout le reste. Daniel leur avait parlé de son expérience avec ses filles adoptives, affirmant que la seule question qu'il s'était posée, lorsqu'il lui avait fallu prendre une décision, était de savoir où elles auraient la possibilité de réaliser leurs rêves. Sylvain aimerait avoir les mêmes certitudes, mais il partage aussi, du moins en partie, le point de vue de Laurence.

– Pour l'école, on en est où ? demande Pierre, qui aimerait bien que les tensions entre Laurence et sa femme ne montent pas d'un cran.

– On a un problème, répond Mélanie. Ibrahim avait trouvé une femme, dans un village du coin, une vraie enseignante, mais il a appris hier soir qu'elle était tombée malade.

– Eh merde. C'est quoi, le plan B ? lance Daniel.

– Ibrahim est sur le coup, je ne suis pas inquiète, dit Mélanie. Il va faire fonctionner le bouche-à-oreille. Il en a parlé aussi à Ali et Boubacar, les deux gars de l'entretien. À eux trois, ils connaissent tous les habitants des villages à trente kilomètres à la ronde. On va trouver quelqu'un.

Laurence demande combien de temps les doyens vont rester sur le camp.

– Justement, je leur ai promis qu'ils assisteraient à une journée de classe avant de partir, répond Pierre.

– Je ne sais pas vous, mais moi je ne peux pas faire un pas sans qu'ils m'observent ! s'exclame Mélanie.

Tous confirment, mi-amusés, mi-agacés : les chefs de village ont des yeux partout. Les Français pensaient que la partie serait facile avec une bande de vieillards, qu'il suffirait de les nourrir et de les distraire un peu, mais la tâche s'avère plus ardue que prévu. Plus vite ils en seront débarrassés, plus vite ils pourront se concentrer sur la deuxième partie de la mission.

35

–Les plus grosses ONG sont sur place depuis des mois, voire des années. Concrètement, qu'est-ce qui a changé pour ces gosses ?

Pierre est assis en tailleur à l'intérieur d'une tente, entouré d'enfants. Face caméra, il répond aux questions de Laurence tout en agitant dans leur direction les doigts de sa main droite, sur lesquels il a enfilé cinq marionnettes en peluche.

–Nous, on est une petite structure, poursuit Pierre face à la caméra de Laurence. On n'a pas les moyens de ces mastodontes de l'humanitaire. Mais on n'a pas non plus leur force d'inertie.

Il s'interrompt, chatouille la nuque d'Issa, assis à côté de lui. L'enfant sourit timidement. Inaya et Sekou observent Pierre avec attention. Il émane de lui une assurance qui les apaise, une force calme qui, en ce troisième jour sur le camp, les incite à se détendre peu à peu.

– La France doit faire face à ses responsabilités. Et ce n'est pas en appelant aux dons dans des campagnes de com' qui disparaissent des écrans au bout de deux semaines que l'État pourra estimer avoir fait sa part du boulot. Il faut mettre les mains dans la merde pour laver sa conscience. Il faut s'occuper de ces gosses, qui se foutent pas mal des belles intentions.

– Et comment vous comptez alerter la France ? demande Laurence.

Pierre la regarde avec insistance, fait non de la tête puis lui demande d'arrêter l'enregistrement. Il se redresse et lui glisse discrètement à l'oreille :

– Pas quand les Mamas sont dans les parages. Jamais.

Puis, sourire aux lèvres, il se tourne vers les enfants.

– Ça vous dit une partie de foot ? lance-t-il.

Laurence range le trépied sur lequel elle avait fixé sa caméra. Pour les détails, elle devra attendre. Pourtant, il va falloir qu'un des bénévoles accepte, un jour ou l'autre, d'expliquer devant la caméra la suite du plan, s'ils veulent que ce film parvienne à convaincre les médias et l'opinion publique du bien-fondé de leur action.

Inaya regarde Pierre quitter la tente. Il rejoint Daniel, Mickaël, Sylvain et Sarah, qui l'attendent à quelques mètres. Tous ont troqué leur tee-shirt aux couleurs de l'association contre un maillot de foot. Sarah et Sylvain en portent un rouge, Mickaël et Daniel un bleu. Kosso, assis derrière Sekou et Inaya, ne quitte pas des yeux le ballon que Daniel vient de tendre à Pierre.

– La vache, c'est un vrai, souffle-t-il.

Du bout de ses rangers, Pierre trace un grand rectangle dans la poussière, entre les tentes et le bâtiment en béton. Il délimite les buts, la ligne du milieu de terrain, glisse quelques consignes aux deux hommes qui viennent d'arriver. Inaya reconnaît l'un d'eux : c'est lui qu'elle a vu nettoyer la salle de douche le lendemain de son arrivée. Les deux hommes s'approchent des enfants :

– Alors, qui a envie de jouer ?

Personne n'ose lever la main, pas même Kosso qui en meurt d'envie.

– Je vois, dit celui qu'Inaya a déjà croisé. Vous faites les timides ? Bon, les règles sont simples : on va faire plusieurs équipes, et celle qui obtiendra le meilleur score pourra passer le reste de la journée dans la salle de jeux !

Les enfants se lancent des regards interrogateurs, sans vraiment comprendre ce qu'on attend d'eux.

– C'est parti. Moi, c'est Ali. Lui, c'est Boubacar, dit l'homme en désignant son collègue. On va faire la première équipe. Toi, viens me rejoindre.

Ali a pointé du doigt Kosso, qui s'approche lentement de lui. Il demande à une dizaine d'enfants de le rejoindre, filles et garçons, de tous âges. Boubacar fait de même. Rapidement, deux équipes sont ainsi constituées et amenées jusqu'au terrain improvisé.

La première équipe, dont font partie Inaya, Sekou et Aïssata, prend place aux côtés de Sylvain et de Sarah. La deuxième équipe, dans laquelle sont Jalil, Kadiatou et Kosso, gagne l'autre partie du terrain, où les attendent Mickaël et Daniel. Ali et Boubacar se greffent chacun à un camp, pour faciliter les échanges entre les deux langues. Quant à Pierre, il s'installe sur une chaise au bord du terrain, casquette sur la tête et sifflet à la bouche. À quelques mètres, les chefs de village ont aligné les chaises en plastique sous un grand arbre. Assis et silencieux, ils gardent les yeux rivés sur le terrain improvisé tout en sirotant une tasse de thé. Laurence ne lâche pas sa caméra. Le match de football avec les gamins pieds nus, les tourbillons rouges de latérite, les sourires échangés entre Blancs et Noirs : toutes ces images qu'elle enregistre valent bien les campagnes publicitaires des ONG mentionnées tout à l'heure par Pierre. Il veut émouvoir la France ? Elle va lui donner de la matière.

Inaya se prête au jeu, veillant d'un œil sur Issa, resté auprès de Bintou et Malia, et de l'autre sur Sekou, dont la jambe risque de ne pas supporter longtemps d'être ainsi mise à l'épreuve. Kosso semble heureux comme il ne l'a jamais été depuis son arrivée sur le camp. Entre la joie de taper dans un vrai ballon et la perspective de passer quelques heures à démonter, observer et bricoler les jouets qui l'attendent dans la salle de jeux, il retrouve une énergie qu'il met entièrement au service du match, dans la ferme intention de le gagner. Sekou, lui aussi, se laisse aller au plaisir de ce moment partagé avec les Blancs. De la légèreté, c'est tout ce dont il a besoin en ce moment, lui qui se réveille chaque matin en sursaut, le dos trempé de sueur, sans se rappeler où il est. Il s'est bien gardé d'en parler à Inaya, persuadé qu'elle n'a rien vu de ses angoisses. Il devrait pourtant savoir qu'aucun détail n'échappe à son amie. Elle a beau être âgée de quelques siècles de moins que le doyen, elle partage son sens de l'observation. Bien sûr qu'elle voit l'angoisse, chaque matin, dans les yeux de Sekou. Elle sait aussi qu'Aïssata fait des cauchemars et que Jalil, la première nuit, a souillé son matelas. Kadiatou, elle, semble plus sereine de jour en jour, à mesure que la crainte d'une réprimande du doyen s'atténue. Aux yeux de tous, Inaya est celle qui n'a peur de rien, ni du doyen, ni des Blancs, pas plus que des rebelles, du noir ou des esprits. Seule Ma', qui parvient mieux que personne à deviner les émotions qui la traversent, sait bien qu'en réalité, plus Inaya se tient droite, tête haute, plus elle est effrayée.

L'équipe de Kosso remporte le match 7 à 2, pour le plus grand plaisir de celui qui n'avait jusqu'ici joué qu'avec des ballons de fortune. Inaya aperçoit Mickaël prendre Aïssata dans ses bras, la soulever et la lancer dans les airs pour la faire rire. Dans les grandes mains du Français, la fillette ne semble pas plus lourde qu'une plume. Inaya voit la joie sur les visages de ses amis, elle aimerait vivre cet instant avec la même intensité qu'eux, pourtant quelque chose l'obsède, quelque chose qui n'a rien à voir avec le foot. Ils sont ici depuis trois jours maintenant, et personne n'a encore mentionné l'école. Ni les femmes qui s'occupent d'eux, ni les Blancs. Aucun adulte n'a fait visiter aux enfants la salle de classe, qui ne semble pourtant attendre qu'eux.

Inaya profite du flottement entre la fin de leur match et le début du suivant pour interroger Sarah. Elle sait que celle-ci ne comprend pas ses mots, mais qu'importe : Inaya a gardé en elle tant de questions depuis plusieurs jours qu'elle a l'impression d'être au bord de l'implosion. Elle attrape la main de Sarah, plante ses yeux dans les siens et lui demande :

– L'école, ça commence quand ?

Sarah se contente de sourire, en haussant les épaules comme pour s'excuser de n'avoir pas saisi le sens de sa question. Inaya insiste :

– C'est quand, le premier jour de classe ?

Elle veut une réponse, alors elle entraîne Sarah vers Ali et lui demande de traduire.

– Eh bien, je… je vais poser la question à Pierre et Mélanie ce soir, mais bientôt, très bientôt, bafouille Sarah avant de s'éloigner rapidement.

– Bientôt, se contente de traduire Ali.

Inaya ne sait pas vraiment, même dans sa langue, ce que signifie ce mot.

36

Il n'a fallu que deux jours à Ibrahim, Ali et Boubacar pour trouver un professeur. Il leur a suffi de déposer leur requête au creux de quelques oreilles, et de la laisser circuler de porte en porte. Rapidement, un villageois nommé Abdou, vivant à une quinzaine de kilomètres du camp, a accepté contre une modeste rémunération de faire la classe aux enfants. Abdou n'a pas quarante ans, pourtant il ressemble déjà à un vieillard. Barbe blanche, lunettes de vue rafistolées par un morceau de sparadrap, il se déplace légèrement voûté, les bras croisés dans le dos. On peut dire qu'il a le physique de l'emploi, à défaut d'en avoir les compétences. Si tous ont pensé à lui quand ils ont su que les Blancs cherchaient un professeur, c'est parce qu'il a grandi en ville et passé quelques années sur les bancs d'une école française. Après la mort de son père, fonctionnaire, il est revenu vivre dans le village de sa mère pour cultiver ses terres. Trente ans plus tard, il ne se souvient que des rudiments de la grammaire française, mais à des kilomètres à la ronde, on continue de le considérer comme un intellectuel. Abdou n'a pas réfléchi longtemps avant d'accepter. Il n'a aucune patience avec les enfants et pas la moindre envie de transmettre, mais ce petit pécule, si maigre soit-il, lui assurera quelques mois de tranquillité sans avoir à fournir d'effort considérable. Il n'a pas eu à passer d'entretien d'embauche, aucun diplôme ne lui a été demandé. Pour Abdou, cet emploi est aussi le moyen de profiter, pendant quelque temps, d'un statut social plus gratifiant à ses yeux que celui que lui confère le travail dans les champs. L'occasion de retrouver dans le regard de ces enfants le respect que l'on accordait à son propre père lorsqu'il avait leur âge.

C'est donc sans qualification mais avec beaucoup d'assurance qu'il ouvre, ce matin-là, la porte de la classe du camp des Blancs. Des dizaines de paires d'yeux le fixent avec un mélange de crainte et d'admiration. Assise au fond de la salle aux côtés de Mickaël, Laurence filme la scène, qui constituera un des moments clés de son reportage. L'association doit pouvoir montrer les efforts fournis pour sortir ces enfants de la misère, être prête à contrer les attaques en y opposant les preuves des moyens déployés. Des enfants bien nourris, propres, une bonne prise en charge et un enseignement de qualité : voilà ce que doit enregistrer Laurence pour convaincre les médias.

Au même moment, dans la petite maison des Blancs, Pierre et Mélanie ont réuni les chefs de village pour leur présenter l'aspect administratif de leur mission. Sylvain et Sarah ont sorti un grand tableau, sur lequel ils notent à tour de rôle les informations fournies par les deux fondateurs de l'association. Ils ajoutent des courbes, des graphiques, pour illustrer les propos de Pierre et impressionner les doyens. « Ils veulent des informations ? Ils vont être servis », a annoncé Mélanie la veille, bien décidée à les voir quitter le camp à la fin de la journée. Lors de cette réunion, les Français détaillent, point par point, le programme des enfants au cours des mois à venir. Le nombre d'heures consacrées à chaque matière, les activités physiques, les apprentissages extrascolaires, les soins médicaux, l'évolution attendue pour chaque tranche d'âge quant aux courbes de taille et de poids, les vaccins administrés : tout est passé en revue, chiffré, minutieusement expliqué. Ibrahim, comme toujours, est chargé de la traduction. Pierre a demandé à Mickaël de venir lui faire signe quand le cours aura débuté. Les doyens savent qu'il s'agit de la première journée d'école, et entendent bien y assister avant de regagner leurs villages.

– *Levez-vous !* ordonne Abdou, le professeur, en s'adressant en français aux enfants.

Tous restent assis. Inaya est installée au premier rang, le dos droit, les mains posées à plat sur son pupitre, de chaque côté du cahier que les Blancs lui ont donné la veille, comme à tous les enfants. Elle a attendu de voir arriver le professeur pour commencer à y croire vraiment. Les yeux plissés derrière ses verres épais, Abdou passe en revue les élèves. Inaya baisse la tête dès qu'elle croise son regard. Tout le monde s'est tu, à l'exception de Jalil, qui peste contre le stylo qu'il vient de faire tomber. Le garçon s'accroupit pour le ramasser, n'arrive pas à l'atteindre, se met à quatre pattes en râlant à voix haute, sans s'apercevoir que le professeur s'est immobilisé à quelques centimètres de lui.

– Debout !

Jalil sursaute, se cogne la tête contre le pupitre sous lequel il s'était faufilé. Abdou se souvient de la conjugaison des verbes s'asseoir et se lever, apprise sous les coups de règle lorsqu'il était écolier. Il entend bien transmettre à son tour la leçon si durement retenue, d'autant qu'il n'a aucune autre idée de ce qu'il pourrait enseigner aux enfants. Jalil le regarde, tapi sous le bureau. Abdou soupire, crie « Je me lève », toujours en français, et lui fait signe de se lever. Le garçon s'extirpe de sa cachette, se redresse maladroitement.

– Assis !

Jalil ne comprend pas ce que lui ordonne cet homme. Il devine seulement qu'il attend quelque chose de lui, et qu'il semble peu disposé à patienter. Soudain, Abdou le pousse. Le professeur sait que son geste, masqué par le corps de l'enfant, n'est pas visible depuis les chaises qu'occupent les deux Blancs. Jalil tombe sur sa chaise, se raccroche à l'angle du pupitre pour ne pas glisser.

– Voilà, ça c'est *assis*. Maintenant, *debout. Debout!*

À côté de lui, Kosso, qui a compris le mot, le traduit à Jalil. Celui-ci se lève. Abdou hoche la tête d'un air satisfait. Il se dirige vers le tableau noir, trace deux colonnes à la craie, en haut desquelles il écrit d'un côté *Assis*, de l'autre *Debout*. Inaya le regarde faire, mal à l'aise. Elle remarque sa main tremblante lorsqu'il manie la craie, les lettres sur lesquelles il repasse plusieurs fois, comme s'il n'était pas sûr de lui. Pendant les quinze minutes suivantes, Abdou se contente de répéter *assis* et *debout*, imposant à la classe entière d'exécuter en temps réel chacune de ces actions. Les enfants sont fatigués, désorientés. Combien de temps encore vont-ils devoir s'asseoir pour se relever quelques secondes plus tard? Laurence et Mickaël échangent des regards inquiets. Abdou, quant à lui, semble très heureux de voir ses élèves lui obéir au doigt et à l'œil. Il introduit une petite variation. Dans la colonne *Assis*, il écrit, non sans mal: *Je m'assiet.* Il a eu quelques hésitations sur l'orthographe, mais après réflexion, il est convaincu de ne pas avoir fait de faute. *Je me leve* lui pose moins de difficulté. Ne sachant plus s'il s'agit d'un accent grave ou d'un accent aigu, il décide de ne pas en mettre. Puis il pointe du doigt Inaya:

– Toi. Répète après moi. *Je m'assieds.*

– *Je m'assieds.*

– Eh bien qu'est-ce que tu attends, *assis !*

Inaya regarde derrière elle, un peu perdue. Qu'est-ce qu'il veut ? Elle croise le regard de Sekou, qui lui fait signe de se rasseoir.

– Enfin ! Maintenant répète : *je me lève.*

Laurence, prenant sur elle pour ne pas intervenir, coupe sa caméra et chuchote à Mickaël :

– Va prévenir Pierre. Où est-ce qu'ils ont dégoté ce type ?

Mickaël hausse les épaules et se lève le plus discrètement possible. Dès qu'il a refermé la porte derrière lui, il se précipite, et c'est en courant qu'il arrive devant le portillon de la petite maison. S'efforçant de paraître calme, il pénètre dans le jardin et fait signe à Pierre de le rejoindre. Tous les doyens se retournent, intrigués. Mélanie s'efforce de conserver leur attention, reprenant l'exposé qu'elle vient brièvement d'interrompre.

– Tu dois les retenir, dit Mickaël en désignant d'un rapide coup de tête les chefs de village. Le type qu'ils ont trouvé pour l'école, il est, comment dire…

– Il est quoi ?

– Il est à chier, voilà !

– Comment ça ?

– Depuis tout à l'heure, il répète aux gosses « Assis », « Debout », il sait à peine écrire.

– Nom d'un chien, Ibrahim m'a pourtant assuré qu'il était bon, marmonne Pierre, furieux.

– On fait quoi ?

– Toi, tu retournes là-bas, je t'envoie Mélanie dès que je peux. Moi, je vais essayer de faire durer la réunion jusqu'à midi, et après, on improvisera.

De retour dans la classe, Mickaël explique à voix basse la situation à Laurence. Elle est furieuse, tant pour son film que pour les enfants, qui semblent complètement perdus. Sans prévenir, elle ramasse son matériel et quitte la classe, suivie de Mickaël. Abdou, dos aux élèves, imperturbable, s'efforce de se souvenir de la première personne du pluriel. Il écrit *Nous assiet* au tableau puis, pris d'un doute, choisit de faire une pause. Il distribue une feuille blanche à chaque enfant, avec pour seule consigne de recopier ce qui est inscrit au tableau. Constatant que les deux Blancs sont partis, et fatigué par cette heure de représentation, il s'installe sur une chaise dont il cale le dossier contre le mur, pose ses pieds sur le bureau, croise les bras derrière sa tête, et s'endort.

C'est dans cette position que le surprend Mélanie, quinze minutes plus tard. Les enfants n'ont pas bougé, trop intimidés pour savoir comment se comporter. Elle ressort de la classe et demande à Mickaël d'aller chercher Ibrahim.

– Il va se débrouiller avec lui, après tout, c'est lui le responsable de ce cirque.

– Mais il faut qu'il reste avec Pierre, pour les doyens, non ?

– Oh, mais ils commencent à me gonfler aussi, ceux-là ! peste Mélanie. Un problème après l'autre, commence par me ramener Ibrahim.

37

Quelques minutes plus tard, Ibrahim arrive en compagnie de Mickaël et pénètre dans la salle de classe. Tandis que Laurence fait sortir les enfants, qui ont bien du mal à comprendre ce qui se passe, Ibrahim frappe le bureau du professeur du plat de la main. Réveillé en sursaut par le bruit, Abdou se redresse brusquement.

– Dis-lui qu'il est viré, qu'on en finisse, demande Mélanie.

Le ton monte rapidement entre les deux hommes, et Mickaël est obligé de s'interposer pour éviter qu'ils n'en viennent aux mains. Les éclats de voix parviennent aux enfants. Inaya tend l'oreille, mais elle est trop loin pour comprendre ce qu'ils se disent. Elle observe les allées et venues, Sarah qui arrive et repart, le professeur qui quitte la classe, Ibrahim qui se dispute avec Mélanie, Mickaël qui le raccompagne jusqu'à la petite maison au toit en tôle.

Sur la terrasse, les chefs de village, toujours assis, regardent avec la même curiosité le ballet des Blancs qui vont et viennent. Seul Pierre ne semble pas distrait. Privé de son interprète, il montre aux doyens quelques photos de ses précédentes missions humanitaires : des tentes, des enfants, des cartons de médicaments, des manuels scolaires. Les images passent de main en main, captant peu à peu l'attention des hommes. Un quart d'heure plus tard, c'est à peine s'ils s'aperçoivent du retour d'Ibrahim et de Mélanie. L'exposé reprend, seulement interrompu de temps à autre par le bruit du thé qu'Ibrahim verse dans les verres.

Les enfants ont été conduits dans la salle de jeux le temps que les adultes réorganisent la journée. Différents groupes devaient se succéder sur les bancs de l'école, mais en l'absence de professeur, il va falloir leur trouver une autre occupation. Malia et Bintou, occupées à laver le linge dans la salle de douche, n'ont pas été témoins de la scène, mais en écoutant les enfants parler entre eux de ce qui s'est passé, elles comprennent que le professeur a quitté précipitamment la classe. Assis autour d'un monticule de jouets en plastique, Inaya, Sekou, Kosso, Jalil, Kadiatou et Aïssata discutent de ce à quoi ils viennent d'assister. Issa, que Sekou et Inaya avaient accepté de confier à Bintou pendant la classe, vient de les rejoindre. À quatre pattes sur un tapis en mousse, il semble fasciné par une sorte de petite valise couverte de dessins d'animaux. À côté de chaque dessin, un bouton permet d'entendre leur cri. Indifférents aux bêlements, aboiements, hennissements et autres sons pourtant entêtants qu'Issa écoute en boucle, Inaya et ses amis se demandent si le professeur va revenir.

–J'espère que je le reverrai jamais, marmonne Jalil, encore secoué d'avoir été ainsi malmené.

–Mais qui va nous faire classe, s'il revient pas? s'inquiète Sekou.

Jalil hausse les épaules. Peu importe, du moment que personne ne l'oblige à se lever et à s'asseoir. Si c'est à ça que ressemble l'école, il peut bien s'en passer.

–À votre avis, c'est vraiment comme ça l'école? demande Inaya.

Kadiatou lui assure que non, mais après tout, elle non plus n'y est jamais allée. Inaya avait tellement envie de bien faire qu'elle aurait accepté de se lever et de s'asseoir toute la journée, si le professeur le lui avait ordonné. Mais elle ne l'avoue à personne, d'une part parce que sa fierté l'en empêche, d'autre part parce que ce sentiment l'effraie. Jusqu'à quel point aurait-elle accepté d'obéir? Au village, elle sait ce qu'on attend d'elle, ce qu'elle peut faire et ne pas faire, les règles auxquelles elle doit se plier, et celles qu'elle se donne le droit de contourner. Mais ici, tout est différent. Elle n'arrive pas à comprendre les adultes. Malia et Bintou imposent aux enfants des règles qu'elles-mêmes semblent parfois désapprouver, et les Blancs, qui ont l'air de commander, paraissent souvent ne pas être d'accord les uns avec les autres.

Bien loin de se poser toutes ces questions, Kosso, comme Jalil, espère simplement qu'on va le laisser tranquille. Il ne veut ni se lever, ni s'asseoir, simplement passer tout le temps qu'il souhaite dans cette pièce, entouré d'objets à monter, démonter, remonter. L'autre jour, quand le docteur l'auscultait, il a aperçu Daniel réparer une étagère du dispensaire avec un outil qu'il n'avait encore jamais vu. Il aimerait lui demander de lui apprendre à s'en servir, mais il n'ose pas. Peut-être qu'Inaya acceptera de le faire à sa place.

Les chefs de village reposent leur tasse de thé et quittent les uns après les autres la table autour de laquelle ils sont assis depuis neuf heures du matin. Il est presque midi, et Pierre ne peut pas prolonger davantage la réunion sans éveiller leurs soupçons. Une fois l'agitation passée, ils se sont montrés attentifs et ont écouté la suite de l'exposé avec intérêt. Pour gagner du temps tout en flattant leur ego, Pierre a proposé que chacun d'eux présente son village devant la caméra de Laurence, qui bouillait de devoir prendre part à cette comédie. Si les choses avaient été correctement préparées, elle aurait pu tourner une scène à l'école, devant un vrai professeur, plutôt que de filmer ces monologues de vieillards orgueilleux.

Lorsque l'un d'eux demande à assister au cours que les enfants sont censés être en train de suivre, Pierre regarde sa montre et feint la surprise.

– Bon sang, déjà ! Je pense qu'on va trouver la classe vide, c'est l'heure du déjeuner, dit-il. Mais allons voir quand même.

Laurence, en retrait, lève les yeux au ciel. Daniel, qui a été mis dans la confidence, les attend devant la salle de classe vide. « Inutile qu'ils apprennent que le cours n'a même pas duré une heure », lui a glissé Mélanie un peu plus tôt. En voyant arriver les chefs de village, suivis des Français, Daniel attire ostensiblement Pierre à l'écart. Pas trop près pour rester crédible, pas trop loin pour être à portée de voix. Il explique que le professeur vient juste de partir, qu'il a eu une urgence, un problème familial, qu'il espère pouvoir être de retour cet après-midi. Pierre rejoint le groupe et répète les mots de Daniel, qu'Ibrahim traduit, mal à l'aise. Les doyens se regardent, échangent quelques paroles. De nouveau, Ibrahim traduit, cette fois à l'intention des Français :

– Ils demandent comment vous allez faire, si le professeur ne revient pas.

– Pas de panique, les rassure Pierre, mains levées et visage radieux pour apaiser les tensions. On a l'habitude des imprévus ! À chaque mission, on y a droit ! Laissez-nous quelques heures pour nous organiser, on va trouver une solution.

Mélanie prend le relais et les invite à s'asseoir sous le grand arbre pour manger. Tandis qu'ils s'installent, Pierre, sans se départir de son sourire, parcourt quelques mètres avec Ibrahim. Le ton de sa voix tranche avec l'expression de son visage.

– Qu'est-ce que c'est que ce bordel, Ibrahim ? Tu l'as trouvé où, ce soi-disant prof?

– Demande à Ali, c'est de son village qu'il vient! se défend-il.

– Peu importe, c'est vous trois qui étiez chargés de trouver un prof, et vous avez merdé. En attendant, tu vas devoir mettre le paquet pour les convaincre que tout se passe bien, dit Pierre en regardant les doyens attablés. Cet après-midi, tu leur fais visiter un village du coin, ce que tu veux, mais tu les sors du camp. Je ne veux pas les avoir dans les pattes pendant qu'on cherche une solution.

Ibrahim se contente d'acquiescer. Quelques heures plus tard, il a respecté à la lettre les consignes de Pierre: tous les doyens sont partis dans deux jeeps, conduites par Ibrahim et Ali, en direction d'un village situé à quelques kilomètres, sous prétexte de découvrir une nouvelle technique d'irrigation des cultures.

Enfin à l'abri, provisoirement, des oreilles et des yeux indiscrets, les Français se regroupent sur la terrasse de leur maison. Laurence n'a pas décoléré. Ils viennent à peine de s'installer qu'elle déverse déjà tout ce qu'elle tait depuis le matin. Pêle-mêle, elle évoque l'importance de l'école pour son reportage, l'attente déçue des enfants, le manque d'organisation qui ne lui facilite pas la tâche. Mélanie s'apprête à rétorquer, mais Pierre, d'un regard, lui fait comprendre que ce n'est pas le moment d'envenimer la situation.

–Écoute, Laurence, je sais que tu n'as pas l'expérience de l'humanitaire, mais ce que j'ai dit aux doyens est vrai : sur ce genre de mission, il y a toujours des imprévus.

–Mais les enfants ne peuvent pas être une variable d'ajustement !

–On est bien d'accord, et ce qui s'est passé ce matin est vraiment regrettable. J'ai d'ailleurs prévu de convoquer Ali, Ibrahim et Boubacar pour en parler avec eux.

–Si tu veux, mais ce n'est pas ça qui va nous ramener un enseignant.

–Et merde, tu proposes quoi, toi ? C'est facile, madame la journaliste qui prend pas de décisions, de critiquer celles des autres, tonne Daniel.

De toutes les colères, c'est celle de Daniel que Pierre redoute le plus. Contrairement à Mélanie, qui s'énerve rapidement et redescend tout aussi vite, Daniel peut mettre des jours à se calmer. Des jours entiers pendant lesquels sa victime doit encaisser railleries et provocations incessantes. Pierre sait que Laurence ne le supporterait pas, et il a d'autres priorités que la gestion d'un conflit interne qui risque de s'éterniser.

–Et si on s'en chargeait nous-mêmes, des cours ? tente Sarah.

Son calme contraste avec l'agressivité de Laurence et de Daniel. Surpris par la douceur de sa voix, tous deux cessent de s'affronter et se tournent vers elle.

–On sait tous parler et écrire français, poursuit-elle. On peut donc déjà leur enseigner ça. Puis certains d'entre nous sont peut-être bons en maths, en physique ou que sais-je.

–On y avait pensé, avec Pierre, rétorque Mélanie, mais on risque de manquer de temps. On a d'autres choses à gérer en parallèle, et le rythme va s'accélérer.

–On pourrait se relayer, propose Sarah. Faire un planning, pour donner seulement une ou deux heures de cours chacun par jour. Et pourquoi pas faire cours à deux, si ça vous semble plus facile.

–J'aime bien cette idée. Au moins, on n'aurait pas à chercher un nouveau prof tous les deux jours, dit Mickaël. Et puis, on n'a plus vraiment le choix, vu la situation.

–C'est pas faux, ajoute Daniel. J'étais pas trop mauvais en maths, quand j'étais gosse. Je dois avoir quelques restes.

–Je pourrais essayer de leur apprendre des rudiments de biologie, propose Sylvain.

Laurence ne dit rien. Pour les enfants, ce serait la meilleure solution. Quant à son reportage, montrer les Français faire cours eux-mêmes prouverait leur investissement personnel dans la réussite future des enfants.

–Tout le monde est d'accord avec cette idée? demande Pierre.

Tous acquiescent. Mélanie suggère qu'ils élaborent un planning sur-le-champ, pour être en mesure de commencer la classe dès le lendemain matin.

38

Inaya pénètre dans la classe la tête haute, les épaules redressées, le dos droit. De son ventre à sa gorge, elle ne sent qu'un froid douloureux qui lui donne la nausée. Personne n'a expliqué aux enfants qui serait leur professeur. Ils ne savent pas s'ils vont revoir le même homme que la veille, s'il sera encore plus méchant après s'être disputé avec les Blancs. Ils savent seulement qu'ils doivent entrer calmement dans la salle de classe, s'asseoir et sortir leurs cahiers. C'est Mickaël qui le leur a dit, posté devant la porte avec un grand sourire aux lèvres. Inaya a laissé Issa entre les mains de Bintou et de Malia, avec qui Jalil aurait bien aimé rester lui aussi. Mais les deux femmes ont réussi à le convaincre d'aller à l'école avec ses camarades, lui promettant que tout se passerait bien. Jalil a voulu les croire, alors il a roulé son cahier sous son bras, mis sa main dans celle d'Aïssata et traversé le camp en direction de l'école. Derrière lui, Kosso n'est pas plus rassuré. La veille, il a compris les mots « assis » et « debout », mais qui sait ce qu'on leur demandera aujourd'hui ? Ce n'est qu'en voyant le doyen entrer et prendre place au fond de la classe que les enfants s'autorisent à respirer un peu mieux. Si le vieil homme les impressionne, il incarne néanmoins, pour tous, l'autorité protectrice, stable et constante qui veille sur eux depuis toujours. Ils savent qu'une situation, une décision, une personne, un contexte approuvés par le doyen sont sans danger pour eux.

Inaya s'est assise à côté de Kadiatou, au deuxième rang. Le grand bureau est vide, le tableau noir vierge de toute inscription. Elle ne cesse de se retourner pour guetter l'arrivée du nouveau professeur, quand soudain, elle voit Mélanie, Sarah et Mickaël entrer dans la classe et refermer la porte derrière eux. Laurence, caméra au poing, et Mélanie rejoignent le doyen au fond de la pièce, tandis que Sarah et Mickaël grimpent sur l'estrade, accompagnés de Boubacar pour la traduction. Sarah s'éclaircit la gorge, salue les enfants. Elle leur explique la nouvelle organisation de l'école : ce matin, Mickaël et elle se chargeront du cours de français, et cet après-midi, ce sera au tour de Daniel et Sylvain pour les sciences. Désormais, il n'y aura pas de nouveau professeur : ils assureront eux-mêmes l'enseignement des différentes matières, avec plusieurs employés du camp pour la traduction. Les enfants se regardent, partagés entre la surprise et un certain soulagement. Même s'ils les connaissent peu, les Blancs ne sont plus, à leurs yeux, de parfaits inconnus. Inaya sent la colonne glaciale qui comprimait son thorax et son ventre refluer doucement. Elle observe Sarah, sa masse de cheveux bruns, son visage aux traits doux. Il y a quelque chose dans ses yeux, quand elle regarde les enfants, qui donne envie de se blottir contre elle. De lui faire confiance.

Mickaël et Sarah commencent à tracer à la craie, chacun sur une moitié du tableau, des signes qu'Inaya ne connaît pas. Ils dessinent en silence, sous le regard attentif des enfants, de Mélanie et du doyen. Inaya compte, en tout, vingt-six dessins sur le tableau.

– Ça, ce sont les lettres de l'alphabet, celles qu'on utilise pour écrire en français, explique Mickaël. On va vous les lire, et vous allez répéter après nous, ok ?

Boubacar, légèrement en retrait, traduit les mots de Mickaël. Sarah prend une règle, et pointe chaque lettre en prononçant le son qui lui correspond, invitant ensuite les enfants à le reproduire. Arrivée à la lettre « L », elle passe le relai à Mickaël. Dans la classe, l'ambiance est studieuse : tous sont concentrés, fascinés par ces dessins qui semblent prendre vie sous leurs yeux. Lorsqu'ils parviennent à la lettre « Z », dont le son les fait rire, Sarah reprend la parole :

– Bravo, c'est très bien ! Maintenant, vous allez prendre vos cahiers et essayer de recopier chaque lettre. On va venir vous aider.

Inaya regarde Sarah et Mickaël passer entre les tables, distribuer un stylo à chacun. Elle prend le sien et s'applique, langue tirée, à recopier le « A ». Sarah s'arrête un instant derrière elle, observant le résultat par-dessus son épaule. Inaya sent sa main se poser sur ses tresses, comprend le mot « Bravo » que Sarah prononce avec emphase. Elle est si fière qu'elle sent des larmes monter de sa gorge à ses yeux. D'un revers de main, elle les essuie aussi vite qu'elle le peut, pour que personne n'ait le temps de les voir.

Lorsque la porte de la salle de classe s'ouvre pour libérer les enfants à la fin du cours, un autre groupe attend déjà, prêt à entrer à son tour. Kadiatou serre son cahier contre son cœur comme un trésor. Un grand sourire éclaire les visages de Kosso et Jalil, pourtant les plus réticents à retourner à l'école après l'expérience malheureuse de la veille. Sekou répète à tue-tête les lettres tout juste apprises, immédiatement repris par Inaya dès qu'il se trompe. Inaya, dont la joie est si intense qu'elle ne comprend pas pourquoi, tout à coup, une petite douleur vient la traverser. Ce n'est pas la faim qui est la cause de ce tiraillement dans son ventre : c'est l'absence de Marietou, qu'Inaya ne s'attendait pas à ressentir à ce moment précis, alors que cette matinée d'école l'a rendue si heureuse. Elle aimerait pouvoir la raconter à Ma', lui montrer son cahier, la suivre partout en lui récitant l'alphabet à voix haute jusqu'à ce que sa tante la supplie de la laisser tranquille. Loin de sa famille, Inaya ne sait pas quoi faire de son bonheur, qui est soudain devenu encombrant.

Tout l'après-midi, les groupes d'enfants se sont succédé dans la salle de classe, accompagnés des différents chefs de village et de Laurence, qui n'a cessé de filmer. Inaya, Sekou et les autres ont pu assister au cours de sciences donné par Daniel et Sylvain, durant lequel ils ont fait quelques exercices de mathématiques et appris le nom de certains organes que chacun d'eux, d'après Sylvain, possède sous la peau. Inaya aurait voulu les connaître tous, tout de suite, les organes mais aussi les muscles et les os et les nerfs, et tout ce qu'elle a aperçu sur les images du livre qui a circulé de table en table. En sortant de la classe, elle s'est assise à quelques mètres à peine, a ouvert son cahier et posé à côté les photocopies de planches anatomiques que Sylvain a bien voulu lui prêter. Elle a essayé de déchiffrer les mots inscrits sur les schémas en s'aidant des lettres de l'alphabet, sans même s'apercevoir que la nuit était tombée.

Dans la maison des Blancs, l'ambiance est nettement plus détendue que la veille. Cette journée d'école a été un succès, tant pour les enfants que pour les doyens, qui ont tous apprécié le sérieux des enseignants et la qualité des cours. Demain, Mélanie assurera seule la leçon de français, tandis que Daniel, qui s'est pris au jeu, s'occupera de nouveau des mathématiques, assisté de Mickaël. Mais pour l'heure, il s'agit avant tout de préparer la soirée, qui s'achèvera par le retour des doyens dans leurs villages. Leurs affaires sont déjà prêtes, de même qu'Ibrahim, Ali et Boubacar qui sont chargés de les ramener chez eux. Ils auraient préféré faire la route de jour, le lendemain, mais Pierre et Mélanie ont insisté pour que le trajet ait lieu le soir-même, invoquant des questions d'organisation. Pour finir cette journée sur une note joyeuse, Sylvain et Sarah ont proposé de sortir le matériel de projection. Une soirée cinéma à la belle étoile, qui devrait achever de convaincre les doyens que les enfants sont entre de bonnes mains. Ils se sont mis d'accord pour *La Croisière du Navigator*, de Buster Keaton, même si Daniel n'a pas ménagé sa peine pour les convaincre de projeter n'importe quel film avec de Funès. Des tapis ont été déroulés pour permettre aux enfants de s'asseoir devant un grand drap blanc tendu entre deux arbres. Mickaël a installé un vidéoprojecteur sur un escabeau, pestant contre le bruit des groupes électrogènes. « On s'en fout, c'est un film muet ! » a rigolé Daniel, toujours prêt à mettre son bon sens au service de la communauté.

Assis sur des chaises, les doyens sont happés par les images qui défilent sous leurs yeux, affichant la même expression que celle des enfants installés au sol devant eux. Ils rient aux mêmes gags, retiennent leur souffle en même temps, sursautent devant les mêmes scènes. Laurence gravite autour des spectateurs, ravie de pouvoir filmer toutes ces émotions sur les visages sans même qu'on s'aperçoive de sa présence. Au bout d'une trentaine de minutes, Pierre, qui est resté dans la maison, demande à Ibrahim de faire venir tous les doyens. Il n'a pas oublié l'argent promis pour chaque enfant amené au camp, et même si les anciens, trop fiers pour s'abaisser à réclamer leur dû, n'ont rien demandé, le moment est venu de faire les comptes. Pierre a rassemblé tous les certificats fournis par les chefs de village et glissé dans des enveloppes le nombre de billets correspondants. Un billet par enfant, une enveloppe par doyen. Dans le silence le plus total, tous empochent l'argent sans même vérifier le contenu des enveloppes. Ils serrent la main de Pierre, prononcent quelques formules de salutations et quittent la maison sans se retourner. Happés par le film, les enfants ne s'aperçoivent pas de leur départ, pas même Inaya qui n'a d'yeux que pour les deux personnages s'agitant sur leur bateau entre les plis du drap blanc. Elle ignore que pendant ce temps, devant le portail ouvert, Pierre et Mélanie regardent les deux jeeps s'éloigner, emportant la dernière personne qui la reliait encore à Ma'.

– Bon débarras, dit Mélanie en agitant la main sans cesser de sourire.

39

Une semaine s'est écoulée depuis le départ du doyen, presque deux depuis l'arrivée d'Inaya, Sekou, Issa et leurs amis sur le camp. Les jours se suivent sans programme régulier. Les Français essaient de s'organiser pour faire classe aux enfants au moins le matin ou l'après-midi, mais il arrive aussi qu'Inaya guette l'ouverture de l'école en vain, sans que personne lui explique pourquoi la porte reste fermée. Pour tromper l'ennui lorsqu'elles ne sont pas en classe, Inaya et Kadiatou ont mis sur pied leur propre école. Avec la complicité de Sarah, elles ont récupéré un tableau blanc et quelques feutres, qu'elles installent chaque matin sur une chaise au milieu du camp, à l'ombre d'un arbre. Kadiatou s'est autoproclamée directrice, et Inaya n'a eu d'autre choix que d'accepter le poste d'assistante, qui consiste essentiellement à partir en quête d'enfants plus ou moins volontaires pour assister aux leçons. Parfois, faute de réussir à convaincre les plus grands,

Inaya fait le tour des tentes et récupère quelques petits de l'âge d'Issa, en échange d'un fruit ou d'un jouet. Face à son auditoire souvent dissipé, Kadiatou garde son sérieux et enseigne les quelques mots de français qu'elle a appris, y ajoute deux ou trois exercices de mathématiques et de vagues notions de biologie. Kosso et Jalil se sont fait des amis sur le camp, et jouent souvent au foot avec des enfants venus d'autres villages. À l'occasion, Daniel, Mickaël ou Pierre partagent un de leurs matchs, lorsqu'ils ne sont pas occupés à réparer un groupe électrogène, à transporter des cartons ou à passer des coups de téléphone, le plus souvent devant la caméra de Laurence. De tous les Français, ce sont Sarah et Sylvain qui passent le plus de temps avec les enfants. Sarah discute beaucoup avec Bintou, Malia et les autres femmes. Inaya, qui reste souvent avec Sylvain dans le dispensaire, sait que Sarah examine parfois certaines de ces femmes, mais elle n'a jamais eu le droit d'observer. Sylvain lui a expliqué que Sarah, en France, s'occupait des femmes enceintes et des bébés. Il lui a demandé de qui elle aimerait s'occuper, elle, quand elle serait médecin. Elle a revu le visage de la vieille Coumba. Les anciens, c'est d'eux qu'elle voudrait prendre soin, de leurs dos courbés, de leurs mains tordues, de leurs yeux qui ne voient plus très bien, de leurs cœurs qu'ils disent fatigués.

Depuis quelque temps, Inaya se réveille en sursaut au milieu de la nuit. En réalité, elle ne sait jamais quelle heure il est quand elle se redresse, en nage, sur son matelas. Elle sait seulement que, chaque fois, tout le monde est endormi sous la tente, y compris Malia et Bintou, qui se couchent toujours un peu plus tard que les enfants. Malgré les deux semaines passées loin du village, elle ne s'habitue pas à l'absence de ses cousines dans son lit, au vide qui la glace lorsque ses mains ne rencontrent pas leur chaleur. Elle a beau sentir la présence d'Issa et de Sekou à sa droite, et celle de Kadiatou à sa gauche, rien ne lui procure le même sentiment de sécurité que les corps endormis de Fatou et d'Asma, malgré les chamailleries au coucher et le manque de place. Inaya se fiche d'avoir de la place pour dormir. Elle préfère être à l'étroit, entourée, contenue.

Cette nuit, comme les précédentes, elle se réveille brusquement, le front trempé de sueur. Haletant dans l'obscurité, elle cherche à reprendre son souffle, à calmer son cœur qui cogne dans sa poitrine.

– Qu'est-ce qui t'arrive ? chuchote une petite voix.

Inaya distingue à peine Sekou, qui s'est redressé sur ses coudes.

– Rien. Rien du tout, rendors-toi.

Surtout ne pas dire sa peur, à défaut de n'avoir pas su la cacher.

– T'as peur ?

– Pas du tout !

Agacée de s'être laissé surprendre dans un moment de vulnérabilité, Inaya essaie de donner le change.

– J'avais envie de me promener, c'est tout. Tiens, d'ailleurs, j'y vais, voilà.

Elle n'avait aucune intention de sortir de la tente, mais elle a parlé trop vite. Pour ne pas perdre complètement la face, elle se lève, contourne le matelas de Sekou et ouvre doucement la moustiquaire, après s'être rapidement assurée que Malia et Bintou étaient toujours endormies.

– Mais attends, où tu vas ?

Debout devant la tente, Inaya entend Sekou marmonner dans son dos. S'il continue à faire autant de bruit, ce n'est pas seulement Malia et Bintou qu'il va réveiller, c'est le camp tout entier. Maintenant qu'elle est sortie de son lit, Inaya a bien envie d'aller voir un peu plus loin. Elle fait quelques pas, et sent la main de Sekou se glisser dans la sienne. Elle sait qu'il a peur du noir. Elle aimerait bien lui dire de retourner se coucher, mais au fond, elle est contente qu'il lui tienne compagnie. Tous deux avancent lentement à travers le camp silencieux. Ils ont presque atteint la tente dans laquelle ils prennent leurs repas, quand des éclats de rire attirent leur attention. Les bruits viennent de la maison des Blancs.

– N'y pense même pas, dit Sekou en voyant une lueur s'allumer dans les yeux de son amie.

Ignorant les chuchotements paniqués de Sekou qui la supplie de faire demi-tour, Inaya presse le pas en direction des rires. Après un bref coup d'œil pour s'assurer que la voie est libre, elle s'engage dans la grande allée. Sekou, dont le boitement est plus prononcé lorsqu'il marche vite, fait de son mieux pour la rattraper. Elle a déjà atteint le portillon qui, ce soir, n'est pas verrouillé.

– Mais qu'est-ce que tu fabriques ? T'es folle ! gémit Sekou.

Inaya l'attrape par le bras et plaque son index sur sa bouche pour qu'enfin il se taise. Courbés dans la pénombre, les deux enfants se faufilent jusqu'à un buisson derrière lequel ils s'assoient, fébriles. Ils ne sont qu'à quelques mètres de la petite cour de la maison, où sont regroupés les Français, attablés autour des restes du dîner. Les enfants ne les voient pas, mais les entendent très distinctement. Inaya reconnaît la voix de Pierre.

– Non, mais Mél, reconnais qu'Ibrahim a fait fort, cette fois ! T'as vu la tronche du professeur !

Son rire se transforme en quinte de toux. Il décline la proposition de Laurence, qui lui suggère de boire un verre d'eau.

– Un verre d'eau, et puis quoi encore ! Tu veux qu'il rouille, notre Pierrot ?

Le rire gras de Daniel couvre la toux de Pierre.

– Je vais sûrement ruiner l'ambiance, mais je dois vous parler de quelque chose, annonce Sylvain.

– Ah ouais, t'as clairement la tête d'un mec qui va ruiner l'ambiance, lance Daniel.

– Ce matin, j'ai reçu les résultats des prélèvements. Ceux que j'avais déposés aux gars de Médecins sans frontières. On a un enfant positif au VIH.

Le silence s'abat sur l'assemblée comme une gifle. Inaya et Sekou se regardent sans comprendre. Depuis qu'ils sont ici, ils n'ont appris que quelques mots de français, pas assez pour saisir le sens d'une conversation. Mais ils ont perçu le brusque changement d'atmosphère.

–Lequel?

La voix de Pierre est tendue, précise.

–Je n'ai plus le prénom en tête. Un grand, il me semble. Je vais chercher le dossier.

–Non, reste. Qui, ça ne change pas grand-chose. La vraie question, c'est quand.

–Quand quoi?

–Quand est-ce qu'on le ramène chez lui. Dans son village.

Doucement, Inaya se retourne et se redresse. Elle a besoin de voir, même si à tout moment quelqu'un risque de distinguer sa tête dépassant du buisson. Pierre fait les cent pas dans la cour. Sylvain le regarde, bouche bée, tout comme Sarah et Laurence. Mickaël s'est pris la tête dans les mains. Seuls Mélanie et Daniel semblent imperturbables.

–Tu n'es pas sérieux? lance Sylvain à Pierre.

–On en a parlé dès le début. Tu savais que ça pouvait arriver.

–Justement, maintenant c'est concret, et je refuse de cautionner ça.

–Qu'est-ce que tu veux qu'on fasse, hein? On a dit qu'on allait offrir un avenir à ces gosses, alors autant garder ceux qui en ont vraiment un.

Sylvain, sans que personne ait anticipé sa réaction, se précipite sur Pierre et lance son poing en direction de son visage. Pierre esquive, Mickaël bondit, renverse sa chaise, immobilise Sylvain.

– Putain, Doc, calme-toi, ça va rien changer, tente Daniel, qui n'a pas bougé d'un centimètre.

Sylvain, les bras liés dans le dos par Mickaël, continue à se débattre et à crier.

– Comment tu peux dire des saloperies pareilles, Pierre ? Ce gosse, en le ramenant dans son village, tu le condamnes ! Tu comprends ça ? Il y a des traitements maintenant, il peut vivre avec cette maladie, mais pas ici, bordel ! Pas ici ! Autant le tuer de tes propres mains, si t'as des couilles !

À l'autre bout de la table, Sarah prend la parole mais sa voix se brise.

– Je t'en supplie, Pierre, on ne peut pas faire ça. Ne nous oblige pas à faire ça.

– Mais je n'oblige personne. La porte est ouverte !

– Prenez-le chez vous, si vous êtes si généreux que ça, lance Mélanie.

De nouveau, le silence. Elle poursuit.

– Qu'est-ce que vous croyiez, avant de vous engager dans ce genre de mission ? Que c'était facile ? Une petite partie de foot avec les mômes, trois bisous et basta ? Vous me trouvez distante avec eux ? Pourquoi, à votre avis ? Pour éviter de m'effondrer quand je me retrouve confrontée à ce genre de situation merdique. Je vous pensais plus solides, toi Sylvain, et toi aussi Sarah. Mais vous n'avez rien dans le ventre.

Sylvain a cessé de se débattre. Mickaël lâche prudemment ses mains.

– De toute façon, t'auras plus à me supporter longtemps. Je me tire dès demain.

– C'est ce que je dis. Rien dans le ventre. Tu es le seul médecin du campement. Si tu pars, tu les condamnes tous. Pas seulement l'un d'entre eux, comme tu nous accuses de le faire. Non, tous !

Sans un mot, Laurence se lève, fait quelques pas en direction de Sekou et d'Inaya.

– Où tu vas ? lui demande Mickaël.

– Aucune idée. J'ai besoin de marcher.

– Je t'accompagne.

Inaya sent la main de Sekou attraper la sienne et l'attirer vers l'allée. Ils s'enfuient en courant aussi vite qu'ils le peuvent.

40

Pierre a attendu le retour du calme, allongé sur son lit de camp. La maison est de nouveau silencieuse. On n'entend que le bruit des pales du ventilateur, les ronflements de Daniel, le coassement des grenouilles dans le jardin. Il se lève et se dirige vers la sacoche de Sylvain, abandonnée au milieu du couloir. Tout à l'heure, le médecin l'a balancée avec rage depuis sa chambre, hurlant à Pierre de chercher lui-même le nom de l'enfant malade. Pierre n'en a rien fait sur le moment, pour ne pas ajouter d'huile sur le feu. Mais il lui faut maintenant mettre au point le plan d'évacuation du gamin, pour éviter un drame devant tous les enfants. Il ouvre la sacoche, attrape une pochette transparente. Dedans, une liasse de résultats d'analyses sanguines qu'il feuillette rapidement. Entendant un bruit, il s'immobilise. Reconnaît la silhouette de sa femme au bout du couloir, vêtue d'une chemise trop grande et d'une culotte.

– Qu'est-ce que tu fais ? chuchote-t-elle.

– Ce qui doit être fait. Envoie un message à Ibrahim, dis-lui de venir tout de suite.

Pierre recommence à feuilleter les documents du laboratoire, puis s'interrompt. Il a le papier sous les yeux, et le nom de l'enfant. Il fonce dans la chambre, cherche le dossier du garçon dans les classeurs posés au pied de son lit. Le gamin a dix ans, il est arrivé au camp avec ses trois frères, des jumeaux d'à peine un an, un autre de deux ans et demi. Eux resteront. Ils ont déjà trop d'enfants plus âgés que ce qu'ils avaient prévu pour se permettre de renoncer à trois petits en parfaite santé.

Pierre prend le dossier et rejoint Mélanie sur la terrasse. Ibrahim vient d'arriver, les yeux encore gonflés de sommeil.

– Kosso, ça te dit quelque chose ? Un môme de dix ans, lui demande Pierre.

Ibrahim réfléchit quelques instants.

– Je crois que je vois. Il est toujours fourré avec la petite, celle qui avait collé un coup de pied à Daniel, et avec ses frères. Le bébé et le garçon qui boite.

– Tu crois ou tu es sûr ? insiste Mélanie.

– Je suis sûr. Pourquoi ? Il y a un problème avec lui ?

– Oui. On pense qu'il n'est pas orphelin, dit Pierre.

Il lance un regard glacial à Mélanie, qui s'apprêtait à donner la véritable explication. Ibrahim baisse les yeux. Il ne se rappelle pas la situation de chaque enfant, mais il sait qu'il y a de fortes chances pour que Pierre dise vrai. Impossible, toutefois, de l'admettre sans s'avouer coupable, ou du moins complice du mensonge élaboré avec le doyen. Ibrahim est coincé.

– Tu vas le ramener à ses parents cette nuit.

Le ton de Pierre n'appelle aucune discussion. Ibrahim sent pourtant que quelque chose ne tourne pas rond. Il ne comprend pas pourquoi les deux Français l'ont fait venir en pleine nuit, pourquoi le garçon doit repartir si vite, pourquoi il est le seul que Pierre et Mélanie soupçonnent de n'être pas orphelin. Depuis le début, Ibrahim joue à un jeu de dupes avec eux. Il sait très bien qu'ils sont conscients d'avoir, sur le camp, plusieurs enfants dont au moins un des parents est encore bien vivant. Mais tout le monde ferme les yeux, parce que chacun y trouve son compte. Du moins jusqu'ici.

Pierre laisse une heure à Ibrahim pour récupérer Kosso et prendre la route avec lui. Il balaie toutes les réticences de son employé, insiste sur le caractère urgent de la situation. Pour achever de le convaincre, il prend dans sa poche quelques billets, les dépose sur la table, plaque sa main dessus et la fait glisser jusqu'à Ibrahim. Sans rien dire, celui-ci, visage fermé, empoche l'argent et se dirige vers le camp. Il sait dans quelle tente dorment Kosso et ses amis. Il connaît bien Bintou et Malia, qui veillent sur eux depuis deux semaines. Ils ont grandi ensemble, dans le même village, partagé les mêmes jeux et la même complicité que les enfants qu'il s'apprête à séparer.

Accroupi devant l'entrée de la tente, Ibrahim remonte doucement la glissière de la moustiquaire. Avec la lumière de son téléphone portable, il arrive à distinguer les visages les plus proches. Il aperçoit Bintou, murmure son prénom. En tendant le bras, il parvient à atteindre son épaule, qu'il secoue doucement. Elle se redresse. Pour qu'elle le reconnaisse, il s'empresse d'éclairer son propre visage, et lui fait signe de la rejoindre à l'extérieur. De leur échange, on ne perçoit qu'un chuchotement et pourtant, on devinc que Bintou refuse catégoriquement de faire ce qui lui est demandé. Il lui tend une partie des billets de Pierre, elle repousse violemment sa main. Il faudra près de quinze minutes à Ibrahim pour convaincre Bintou d'aller chercher Kosso. « Pense à ta famille », ne cesse-t-il de lui répéter. Bien sûr, qu'elle pense à sa famille pendant qu'elle réveille doucement Kosso. Elle pense à sa fille aînée, qui a le même âge que ce garçon, et qui elle aussi aimerait aller à l'école. Elle aurait voulu que les Blancs la laissent venir en classe, mais lorsqu'elle a posé la question, on lui a répondu que seuls les orphelins étaient acceptés sur le camp. Pourtant, Bintou n'est pas idiote. Elle sait parfaitement que, parmi tous les enfants dont elle et les autres femmes s'occupent jour et nuit, beaucoup ont encore des parents. Elle les entend parler entre eux, certains appellent même leur mère dans leur sommeil. Elle a compris très rapidement que Kosso n'avait aucun lien de parenté avec les trois autres petits, qu'on lui a pourtant présentés comme ses frères. En revanche, elle ignore si les Blancs sont eux aussi au courant de toutes ces irrégularités, ou s'ils se sont fait berner par les chefs de village, voire par Ibrahim. S'ils n'ont pas compris que Kosso n'est pas le seul orphelin, ils sont encore plus naïfs qu'elle ne le pensait. Mais s'ils le savent, alors à quel jeu jouent-ils ? Pendant que Bintou rassure Kosso comme elle le peut et rassemble en silence ses quelques affaires, elle pense à ses propres enfants, à sa mère qui s'en occupe en son absence, à l'argent qu'elle lui fait parvenir depuis deux semaines. Pour garder ce travail et pouvoir continuer à tous les nourrir, elle n'a pas d'autre choix que d'accepter l'argent des Français et de se plier à leurs décisions. Si Kosso n'est pas orphelin, il va au moins pouvoir retrouver ses parents, à défaut de faire des études. Bintou a beau essayer de se consoler, elle sait qu'elle reverra longtemps le visage encore endormi de ce petit garçon, en pyjama, accompagné jusqu'à la jeep conduite par Ibrahim. Elle regrettera de n'avoir pas pensé à lui donner les jouets qu'il avait lui-même fabriqués et qu'il cachait chaque matin sous sa couverture avant de quitter la tente.

Quelques heures plus tard, Inaya se réveille, les jambes sur son matelas, le buste sur le matelas de Sekou, qui est allongé dans la position inverse. Elle met un moment à se rappeler pourquoi ils ont dormi ainsi. Quand ils sont revenus de la maison des Blancs, ils se sont promis de ne pas s'endormir. Ils n'ont pas vraiment compris à quoi ils avaient assisté, cachés derrière leur buisson, si ce n'est qu'une menace planait. Pour veiller jusqu'au matin, Inaya et Sekou se sont installés dos à dos. Ainsi, si Inaya s'endormait, Sekou basculerait en arrière. Si Sekou sombrait, Inaya sentirait son dos s'affaisser et se réveillerait immédiatement. Ils n'avaient pas prévu qu'ils n'auraient rapidement plus la force de lutter contre le sommeil, quelle que soit leur position. Petit à petit, leurs corps ont renoncé à l'effort et se sont laissés glisser à l'horizontale. Inaya n'a retenu que quelques mots de cette étrange conversation entre les Blancs, parmi lesquels « village » et « maladie », sans parvenir à en tirer de conclusion. Elle a entendu le premier mot plusieurs fois dans la bouche des Français depuis qu'ils sont arrivés, elle sait qu'il désigne sa maison. Le deuxième, elle l'a découvert grâce à Sylvain, qui le répète souvent lorsqu'elle lui rend visite au dispensaire. Elle connaît sa signification, pourtant rien ne vient donner de sens à cette dispute surprise la veille.

Inaya est tirée de ses réflexions par Kadiatou, qui demande à qui veut l'entendre où est Kosso. Elle sent la panique l'envahir, à mesure que la voix de la fillette monte dans les aigus. Fixant le matelas vide de son frère, Kadiatou répète sa question plusieurs fois avant d'obtenir une réaction de Bintou. Celle-ci se redresse sur ses coudes, demande aux enfants de garder leur calme, leur dit que les Blancs vont tout leur expliquer. Elle a passé le reste de la nuit à réfléchir à la façon dont elle allait annoncer le départ de Kosso à ses amis, parvenant toujours à la même conclusion : hors de question qu'elle s'en charge à la place des Français.

Sans attendre, Inaya se lève, attrape Kadiatou par la main et l'entraîne vers l'extérieur. Maintenant que le jour s'est levé, la peur l'a quittée. Le besoin d'obtenir des réponses lui donne le courage nécessaire pour traverser le camp en compagnie de son amie, qui n'arrive plus à contenir ses sanglots. Lorsqu'elles arrivent devant la maison des Blancs, elles constatent qu'elles ne sont pas seules. Malia, qui a remarqué l'absence du garçon avant le réveil de Kadiatou, se tient devant le portillon, mains sur les hanches. « Tu n'as qu'à aller leur demander toi-même », s'est contentée de lui répondre Bintou lorsqu'elle a voulu en savoir plus. Elle est accompagnée d'une poignée de femmes qui se sont laissé convaincre de la suivre, parce que, même si Malia ne veut pas l'avouer, elle a un peu peur de ces Français. Peut-être même aurait-elle fait demi-tour si Inaya n'avait pas décidé de lui confier, en la trouvant ici avec ces femmes, ce qu'elle a vu et entendu la veille.

41

Pendant une heure, Pierre reste assis aux côtés des autres Français, face à cette petite délégation de femmes et de fillettes qui exigent des réponses. Il est le seul à prendre la parole, à rassurer, à expliquer. Personne mieux que lui ne sait mentir en regardant son interlocuteur droit dans les yeux. Mélanie se contente d'acquiescer, l'écoutant se prêter au jeu de la transparence, en alternant les petites vérités et les grands mensonges. Pierre peut aussi compter sur le soutien indéfectible de Daniel et Mickaël.

Pendant tout son monologue, Malia n'a rien dit, écoutant ses explications en silence. Pierre a balayé d'un revers de main les mots qu'Inaya prétend avoir entendus, chassé tous les doutes, trouvé une explication à chaque malentendu. Lorsqu'il se tait enfin, Malia pose la question qui lui brûle les lèvres depuis plusieurs jours :

– Qu'est-ce que ça peut bien faire, que leurs parents soient morts ou vivants ?

Inaya ne comprend pas la teneur de l'échange, mais elle observe attentivement les expressions des Blancs. Pour une fois, Laurence ne filme pas. Elle est restée debout, légèrement en retrait, les bras croisés. Inaya surprend sur son visage un bref sourire narquois lorsque Malia pose cette question à Pierre. Pendant ce temps, Mélanie déroule l'argumentaire habituel. Les subventions, les conditions imposées par l'État français pour en bénéficier, leur mission, qui ne peut se poursuivre sans ces fonds. Malia écoute, ne dit rien. Sarah, qui a remarqué que Kadiatou semblait bouleversée, tente une approche en tendant le bras vers elle. Mais la fillette s'écarte brusquement et lui tourne le dos. La confiance encore fragile, gagnée au fil des jours, est rompue. Kadiatou se moque de la raison pour laquelle son frère a été renvoyé au village. Tout ce qu'elle a compris à ce que Malia lui a expliqué, par petits bouts, au fil de cette conversation avec les Blancs, c'est qu'elle ne le reverra pas avant plusieurs semaines. Comment va-t-elle faire pour vivre loin de lui pendant tout ce temps, alors qu'ils n'ont jamais été séparés plus de quelques heures ?

Seul Sylvain ne participe pas à la réunion. Il s'est enfermé dans son dispensaire – pour réfléchir, a-t-il dit. Il est furieux, blessé par la décision de Pierre et Mélanie. Vu les statistiques, il aurait pourtant dû se réjouir qu'il n'y ait qu'un seul enfant séropositif. Et puis, Pierre a dit vrai : ils avaient évoqué cette possibilité, celle de devoir renvoyer dans leur village les gamins que le sida n'avait pas épargnés. Mais hier soir, devant la froideur avec laquelle Pierre a réagi, il a perdu ses moyens. Peut-être que c'est précisément le fait qu'un seul enfant ait été concerné qui a rendu la décision aussi difficile à accepter. Pour un enfant sur plus d'une centaine, ils auraient pu, ils auraient dû faire une exception. Sylvain s'inclut dans ce « ils », et c'est bien le plus douloureux. Parce qu'il peut se raconter ce qu'il veut, il est tout aussi responsable que Pierre du départ de Kosso. Qu'est-ce qu'il aurait dû faire ? Dissimuler la maladie du garçon ? Peut-être bien. Mais pour que l'enfant reçoive un traitement, il aurait fallu dire la vérité à son arrivée en France, et alors quelle famille aurait accepté de prendre en charge un gamin séropositif de dix ans ? Toi, mon vieux, se dit-il. Toi, tu aurais pu être cette famille, mais tu as été trop lâche.

Il ne sait pas combien de temps il a passé ainsi, enfermé dans son dispensaire. Pendant un moment, il a continué à faire les cent pas entre les lits de camp pour savoir ce qu'il allait décider. S'il partait et qu'un des enfants tombait malade, Sarah devrait pouvoir s'en sortir sans lui, au moins pour les soins de base. Mais s'il y avait des complications ? Fatigué de ressasser les mêmes questions, épuisé par sa nuit blanche, il a fini par s'asseoir derrière son bureau et poser sa tête sur ses avant-bras. Ce sont les coups frappés à la porte qui l'ont réveillé. Des petits coups rapprochés, qu'il a immédiatement reconnus pour les avoir souvent entendus au cours de ces deux dernières semaines. Il se lève, s'étire et se dirige lentement vers la porte, qu'il déverrouille. Inaya le regarde avec un aplomb qui l'étonne comme au premier jour. Si elle faisait la même taille que lui, il reculerait immédiatement pour la laisser entrer, tant son regard est vif, acéré, assuré. Mais Inaya est haute comme trois pommes, et Sylvain n'est pas d'humeur à avoir de la compagnie. Il marmonne une excuse et referme la porte sur la fillette, lui demandant de revenir plus tard. À peine a-t-il fait quelques pas en direction de son bureau que les coups contre la porte résonnent à nouveau. Il ne peut s'empêcher de sourire, mais ne bouge pas. De l'autre côté de la porte, Inaya soupire et entame une troisième série de coups lorsqu'elle voit Sarah tourner à l'angle du bâtiment et se diriger vers elle.

–Tu viens voir Sylvain, toi aussi ? dit Sarah en arrivant à sa hauteur.

Inaya détourne la tête, comme Kadiatou un peu plus tôt. Lorsque la réunion avec les Blancs s'est achevée, Inaya a proposé à son amie d'ouvrir sa petite école et de faire la classe jusqu'au déjeuner, pour lui changer les idées, mais Kadiatou n'a pas voulu. De retour sous la tente, elle s'est glissée sous la couverture de son frère et a refusé d'en sortir, serrant ses jouets contre son cœur. De tente en tente, le bruit du départ de Kosso s'est rapidement répandu, laissant dans son sillage des regards inquiets et des chuchotements. Malia a ostensiblement pris un peu de distance avec Bintou, qui a continué à se murer dans le silence. Pour Inaya, comme pour les autres enfants, le départ du garçon est un choc, une secousse qui ravive aussi bien la peur des premiers jours que la douloureuse absence des proches. Tous ceux qui ont faussement été présentés comme des orphelins sont partagés entre la crainte de disparaître en pleine nuit et l'envie d'être à leur tour ramenés chez eux. À cette heure, Kosso est probablement dans les bras de sa mère, près de laquelle il dormira ce soir. Peut-être a-t-il croisé Ma' et ses filles, couru après les chèvres du doyen et pris le chemin de la rivière.

Inaya chasse ces pensées et frappe de plus belle à la porte. Elle aimerait résister au sourire de Sarah, mais il est si doux qu'elle a plutôt envie de passer ses bras autour de son cou. Même si elle est de nouveau plus méfiante, elle ne partage pas la colère de Kadiatou envers les Blancs, du moins pas tous. Elle a beau avoir un sens aigu de la justice, Inaya ne vit pas dans sa chair la double séparation infligée à Kadiatou, et n'a pas l'expérience nécessaire pour se représenter cette douleur.

La porte s'ouvre enfin, sur un médecin qui semble avoir vieilli de dix ans en une seule nuit.

–Qu'est-ce que tu veux, Sarah ?

–Rien. Parler ? tente-t-elle.

Inaya profite de ce bref échange pour se faufiler entre leurs jambes. Comme chaque fois qu'elle entre dans le dispensaire, elle commence par se glisser sous la toise pour voir si elle a grandi, poursuit ses vérifications avec le pèse-personne et cherche des yeux le vieux stéthoscope que Sylvain laisse toujours traîner à sa hauteur, en guise de cadeau de bienvenue. Une fois certaine que son cœur bat, elle se dirige vers l'étagère fixée derrière le bureau de Sylvain, se hisse sur la pointe des pieds et attrape le lourd manuel d'anatomie dont elle possède quelques photocopies.

–Tu as décidé quoi ? demande Sarah, assise au bord d'un lit de camp.

Sylvain soupire, s'étire la nuque en plaçant ses mains sur ses omoplates.

–J'en sais rien. Tu te sentirais capable de me remplacer ?

–Non, n'y pense même pas !

–Pourquoi ?

–Parce que je ne vais pas endosser les responsabilités d'un médecin qui préfère s'enfuir plutôt que de faire face aux siennes.

–Impressionnant. Tu l'as répétée avant de venir, cette phrase ?

–Arrête de te foutre de moi. La vérité, c'est que tu es furieux contre toi-même, que tu te sens lâche et que tu te dis que fuir sera le meilleur moyen de ne pas avoir à assumer d'autres décisions difficiles.

Sylvain s'apprêtait à faire une remarque acerbe, mais Sarah a visé si juste qu'elle lui impose le silence sans même avoir eu besoin de le lui demander.

– Mais tu sais quoi ? Que tu restes ou que tu partes, tu as déjà ta part de responsabilité dans tout ça, dans tout ce qui s'est déjà passé, et dans ce qui nous attend encore. Parce que comme moi, comme Mickaël, comme Daniel, tu savais dès le début dans quoi tu t'engageais.

– Justement, dit Sylvain. Ça ne t'arrive pas de douter ? De te dire qu'on fait peut-être une connerie ?

– Il y a quelque temps, je t'aurais dit oui, mais plus aujourd'hui.

– Et qu'est-ce qui a changé ?

– Je m'imagine les ramener tous dans leurs villages, et revenir les voir dans cinq ou dix ans. Habillés en guenilles, poussiéreux, amaigris. Comme on les a trouvés, mais en plus vieux. S'ils sont encore vivants.

Sylvain se passe la main sur le visage. Sa barbe naissante crisse sous sa paume, sa chemise froissée sent la sueur lorsqu'il bouge les bras. Il a besoin d'une douche et de quelques heures de sommeil. Sarah se lève, se dirige vers la porte.

– Je te prépare un morceau à manger, tu nous rejoins ? lance-t-elle en sortant.

Elle se retrouve nez à nez avec Pierre, qui s'apprêtait à entrer.

– Reste, lui dit-il, je vous cherchais tous les deux.

En le voyant, Sylvain se sent moins en colère qu'un peu embarrassé d'avoir essayé de le frapper la veille.

– On est tout seuls ? demande Pierre.

Sylvain tourne la tête, aperçoit Inaya assise derrière son bureau, plongée dans un de ses livres.

– Fais-la sortir, les gamins commencent à comprendre le français. Je ne sais pas si je dois vous remercier pour ça, Mickaël et toi, plaisante Pierre en regardant Sarah.

Inaya regarde Sylvain s'approcher d'elle, lui tendre doucement la main. Elle voit Pierre, qu'elle n'a pas entendu entrer. Sans protester, elle suit Sylvain jusqu'à la sortie, et comprend qu'il lui demande de partir. Dès que la porte se referme derrière elle, Inaya colle son oreille contre le métal froid. Elle patiente, mais n'entend que les battements de son cœur. À l'intérieur, Pierre a entraîné Sylvain et Sarah vers le bureau, et parle tout bas.

– On est sur écoute ou quoi ? plaisante Sarah.

– Tu ne crois pas si bien dire, répond Pierre. Déjà, je suis prêt à parier que la gamine est juste là, collée à la porte. C'est elle qui nous a entendus, la nuit dernière. Et surtout, on a un problème plus sérieux. Ibrahim a été suivi, le soir où il a raccompagné les doyens avec Ali et Boubacar.

– Suivi ? Mais par qui ? demande Sylvain.

– Il est persuadé que c'étaient les renseignements. Il semblerait que le gouvernement ait décidé d'en apprendre plus sur nous.

– Pourquoi tu ne nous le dis que maintenant ?

– J'attendais de voir comment ça évoluait.

Sylvain, secoué, n'a soudain plus tellement de place pour questionner son désir de rester ou de partir. Pierre les avait pourtant prévenus : le gouvernement et l'armée risquaient de s'intéresser à eux, mais tout ça lui semblait tellement éloigné de sa réalité, dans son dispensaire au milieu des enfants, qu'il s'était même demandé si cette crainte n'était pas un peu excessive.

– Et du coup, on fait quoi ?

– La même chose, mais plus vite. Tant qu'on reste ici, il n'y a pas grand-chose à craindre. Apparemment, les gars n'ont été suivis qu'aux abords de la frontière, donc ce n'est pas vraiment le camp qui les intéresse. Par contre, on tire un trait sur d'éventuels gamins d'autres villages. Trop risqué.

Devant la mine inquiète de Sylvain et Sarah, Pierre tente de détendre l'atmosphère :

– Hé, Doc, si tu voulais te tirer plus vite, t'étais pas obligé de prévenir l'armée !

Tous trois quittent le dispensaire. Pendant que Sylvain ferme la porte à clé, Pierre tourne la tête et aperçoit celle d'Inaya qui dépasse d'un buisson, à quelques mètres de là.

– Je vous l'avais dit, qu'on était sur écoute ! dit-il en la montrant du doigt.

Vexée d'avoir été repérée sans même avoir réussi à entendre ce que les Blancs se disaient dans le dispensaire, Inaya tourne les talons et s'enfuit, les mains plaquées sur ses oreilles pour ne pas entendre leurs rires.

42

Le téléphone de Pierre sonne. La conversation ne dure que quelques minutes. Quand il raccroche, il affiche une mine réjouie.

– L'échelle arrive cet après-midi. On va pouvoir commencer l'entraînement.

– Elle est assez grande ? demande Daniel.

– Jusqu'au toit du bâtiment central. Ça suffira.

Attablés dans le jardin de la petite maison, tous les Français écoutent attentivement les consignes de Pierre. Il a fallu plusieurs jours à Sylvain pour mettre de l'ordre dans ses pensées, accepter le départ de Kosso, se conforter dans l'idée que, malgré les difficultés et certains choix douloureux, ils agissaient avant tout dans l'intérêt des enfants. Sur le camp aussi, l'ambiance s'est apaisée. Les femmes n'ont plus posé de questions, les enfants sont retournés à l'école avec entrain, heureux de voir la porte de la salle de classe s'ouvrir chaque jour. Les Français se sont relayés pour assurer un rythme de cours plus soutenu, à la demande de Pierre : « Il faut les occuper, leur faire oublier l'incident. » Sa stratégie a fonctionné, tout comme sa décision de faire profil bas pour se faire oublier du gouvernement. D'après ses contacts, les services de renseignement ont d'autres affaires plus urgentes à gérer que cette petite association française qui ne fait guère parler d'elle. C'est donc le moment idéal pour organiser cet entraînement qu'ils ont planifié depuis un moment, d'autant que le jour du départ approche. Pierre n'a pas encore de date, mais il sait que l'équipage portugais n'attend plus que les dernières autorisations pour le Boeing. L'affaire de quelques jours, une semaine peut-être, si tout se passe bien. Le jour J, il faudra faire vite, très vite. Ils n'auront qu'une dizaine de minutes pour faire monter tous les enfants dans l'avion. S'ils paniquent sur l'échelle, si l'un d'entre eux a le vertige, le décollage sera retardé et chaque minute passée sur le tarmac augmentera le risque d'arrestation. C'est Daniel qui a eu l'idée de faire venir une échelle en bois sur le camp pour les entraîner. Cet après-midi, ils vont essayer de transformer l'exercice en jeu.

– On est tous d'accord sur l'explication à donner ? s'assure Mélanie.

– Exercice d'évacuation incendie, répondent en chœur les bénévoles.

Daniel éclate de rire.

– C'est un peu foireux, mais on n'a pas trouvé mieux !

Seule Laurence se tait. Depuis le départ de Kosso, elle sort plus rarement sa caméra, s'isole souvent, parle peu. Tous se sont aperçus de son changement de comportement, mais personne n'a voulu se risquer à la questionner. Au fond, ils connaissent parfaitement les raisons de cette prise de distance, et ne tiennent pas vraiment à évoquer de nouveau les événements passés. Laurence a de sérieux doutes sur la véritable situation familiale des enfants, et elle s'attendait à ne pas être la seule. Pourtant, plus le temps passe, plus la question est éludée, comme s'il ne s'agissait que d'un petit imprévu, d'un caillou dans la chaussure, de quelque chose qui les gêne tous sans pour autant les empêcher d'avancer.

Quelques heures plus tard, de l'autre côté du camp, Inaya est tirée de sa sieste par le bruit. Elle entend des hommes crier, un moteur, des sons métalliques, comme des coups contre la tôle. Elle sort de la tente, plisse les yeux, éblouie par le soleil. Ali, Boubacar, Ibrahim et d'autres employés sont occupés à descendre d'un camion une immense échelle. Ils l'installent contre le bâtiment central, de sorte que les derniers barreaux atteignent le toit. En quelques minutes, un petit attroupement s'est formé. Daniel et Mickaël prêtent main forte aux hommes, s'assurent que l'échelle est stable. Mickaël fait un premier essai, seul, pour vérifier la sécurité de l'installation. Cinq mètres plus bas, il aperçoit les visages tournés vers lui, entend le brouhaha de questions, les cris d'excitation des enfants les plus téméraires. Sarah et Mélanie expliquent les règles du jeu. Elles ont déposé à leurs pieds une grande corbeille remplie de sachets de bonbons. Tous les enfants qui parviendront à atteindre le sommet, que ce soit par eux-mêmes ou sur le dos des adultes, gagneront un sachet. Pierre, quelques mètres plus loin, fournit aux employés l'explication prévue.

– Une évacuation incendie ? répète Bintou. Mais pourquoi monter sur le toit au lieu de sortir ?

– Imagine que tout le camp soit en train de brûler. Le seul moyen de se mettre à l'abri en attendant les secours, c'est de grimper tout là-haut, lui répond Pierre.

– Les secours ? Quels secours ? Il n'y a pas de secours ici, signale Malia.

Pierre se rattrape comme il le peut.

– Eh bien, des habitants du coin, ou la pluie, par miracle !

Il rit, se reprend en voyant les visages fermés des employés.

– Bon, qui veut monter avec les enfants ?

Le meilleur moyen de mettre fin aux questions est encore d'associer les adultes à l'exercice. Après tout, eux aussi ont bien besoin de s'amuser un peu.

Si l'événement avait eu lieu au village, Inaya aurait été la première à participer. Elle aurait relevé le défi la peur au ventre mais avec bravoure, sans rien laisser paraître. Mais aujourd'hui, elle reste à l'écart, Issa dans les bras, intriguée par cette soudaine agitation.

–Allez les enfants, on se met dans la file ! crie Mélanie, un sourire trop grand plaqué sur son visage.

Elle pousse doucement les enfants dans le dos, les place les uns derrière les autres, à droite de l'échelle. Mickaël est redescendu. Un pied sur le premier barreau, l'autre dans le vide, il attrape l'enfant que lui tend Daniel. Il n'était pas dans la file, mais « on ne va pas tergiverser pendant dix ans », marmonne Daniel. Le petit n'a pas quatre ans. Se voyant ainsi soulevé dans les airs, il hurle, donne des coups de pieds pour qu'on le repose.

–C'est un coriace, celui-là ! s'amuse Daniel.

Au pied de l'échelle, les enfants s'agitent dans la file. En voyant la panique du petit qui se débat dans les bras de Mickaël, ils sentent l'angoisse monter. Quelques-uns se mettent à pleurer. Constatant que les choses sont sur le point de dégénérer, Sarah pioche un sachet de bonbons dans la corbeille, l'ouvre et tend une friandise au petit garçon, que Mickaël maintient comme il le peut. L'enfant, partagé entre la peur du vide et la curiosité, se laisse tenter par le bonbon. Sarah profite de cette accalmie pour se placer derrière Mickaël.

–Mets-le sur ton dos, je vous suis, dit-elle.

Le petit s'accroche instinctivement au cou de Mickaël, qui entame l'ascension. Derrière eux, Sarah ne cesse de parler d'une voix douce, pour chasser l'angoisse. Celle de l'enfant, mais aussi la sienne : elle a le vertige et s'est bien gardée de le dire. Sans comprendre, Inaya regarde grimper cette drôle de cordée. Les femmes leur ont expliqué, le feu, l'abri sur le toit, le jeu, les bonbons. Pourtant, rien de tout ça n'a de sens. Est-ce que le camp va brûler ? Perdue dans ses pensées, elle n'a pas vu Daniel s'approcher.

–Poule mouillée, lui dit-il, amusé.

Elle sursaute, fait quelques pas en arrière.

–Regarde, il est deux fois plus petit que toi, et il y arrive. Pourquoi tu fais pas la queue, comme les autres ? T'aimes pas les bonbons ?

Inaya croise le regard de Malia, qui a entendu les paroles de Daniel et les lui traduit, en ajoutant :

–Montre-lui de quoi tu es capable, à ce vieil imbécile.

Inaya étouffe un rire.

–Ah, enfin ! Elle rigole !

Daniel lève les bras au ciel, persuadé d'être parvenu à créer un début de complicité.

Inaya regarde Malia :

–Dis-lui que si j'arrive en haut, il me donne un tas de bonbons, haut comme ça.

La voyant lever la main, Daniel lui tend la sienne. Malia traduit.

–Marché conclu, lance-t-il à Inaya.

Elle s'élance immédiatement vers l'échelle, dont Mickaël, Sarah et le petit garçon viennent à peine de descendre. L'enfant, les joues encore trempées de larmes, a eu si peur que Mickaël ne parvient pas à se défaire de l'étreinte de ses bras autour de son cou.

Inaya se hisse sur le premier barreau de l'échelle. La voyant faire, Sekou crie :

– Qu'est-ce que tu fais ?

– Ben, je monte !

Daniel, essoufflé, parvient au pied de l'échelle alors qu'elle atteint déjà le sixième barreau.

– Petite ! Je t'ai pas dit de monter toute seule !

– Vieil imbécile ! Vieil imbécile !

– Je comprends rien à ton charabia ! Attends-moi !

Plus rouge que jamais, le visage luisant de sueur, Daniel monte le plus vite possible. Inaya a presque deux mètres d'avance sur lui. Si elle trébuche, personne ne pourra la rattraper à temps. Il souffle, peste, la voit s'éloigner un peu plus.

– C'est quoi ça ? murmure Pierre à Mélanie. On n'est pas censés laisser les mômes monter tout seuls.

Mélanie hausse les épaules.

– La gamine a filé comme une flèche.

Inaya touche du bout des doigts le toit en tôle. Elle a gagné. Elle commence à pivoter pour voir si Daniel est encore loin, sent un bras lui enserrer brutalement la taille.

– T'es cinglée ? crie-t-il. T'aurais pu tomber !

Inaya sent ses pieds décoller du dernier barreau. Daniel la hisse sur son dos sans lui demander son avis. Elle reçoit sa colère sans la comprendre. Il lui a pourtant demandé de monter sur cette échelle, alors pourquoi est-il si furieux ? Arrivé en bas, Daniel la repose au sol sans ménagement et, devant tout le monde, lui flanque une gifle qui manque de la faire tomber à la renverse. Puis il s'éloigne, incapable de voir autre chose que la fillette qui chute, encore et encore.

Inaya, humiliée devant tous, reste plantée au pied de l'échelle, la main sur sa joue brûlante. Lorsque Mélanie s'approche pour lui tendre un sachet de bonbons, elle lui tourne le dos et part en courant. Sous le soleil brûlant, elle contourne le bâtiment, passe devant les portes du dispensaire et de la salle de douche, atteint la cour arrière. Sa colère lui fait monter les larmes aux yeux, ce qui la rend encore plus furieuse. Personne ne peut être en colère et pleurer en même temps, se dit-elle, il n'y a que les petits pour faire ça, et elle n'est pas petite. Mais plus que tout, elle a honte. Ma' ne l'a jamais giflée, pas plus qu'aucun autre adulte ou enfant du village. Elle s'est déjà sentie gênée, mal à l'aise, mais jamais humiliée, honteuse au point de ressentir cette douleur dans le corps. Elle essuie ses larmes d'un revers de main et fait quelques pas entre les jeeps, sans savoir où aller. Hors de question de retourner là-bas, d'affronter les regards. Soudain, des coups sur le grand portail bleu la font sursauter.

43

Inaya connaît cette voix qui s'élève de l'autre côté du portail, une voix de femme qui demande s'il y a quelqu'un, si on peut lui ouvrir. Elle s'approche à pas de loup, longe le mur d'enceinte. À la jonction du mur et du portail, un interstice permet de distinguer l'extérieur. Inaya plisse un œil, aperçoit le visage de la femme et se fige. C'est Aminata, la mère de Kadiatou, qui colle à son tour son front contre le mur lorsqu'elle entend son prénom.

–Inaya ! Tu vas bien ? s'exclame-t-elle en reconnaissant la fillette. Et Kadiatou ? Où est-elle ? Je suis venue la chercher !

–Mais comment tu as fait pour venir jusqu'ici ?

–J'ai… J'ai emprunté un âne.

–À qui ?

–C'est une longue histoire. Va me chercher ma fille, tu veux ?

–Tu l'as volé ?

–Quoi donc?

–L'âne!

–Va me chercher Kadiatou.

Oubliant la honte qui l'avait amenée à se cacher ici, Inaya s'éloigne du portail en courant, traverse l'allée, dépasse la maison des Blancs et rejoint la grande place. Sarah et Mickaël sont sur l'échelle, encadrant deux enfants qui montent prudemment. Inaya repère Kadiatou, fonce droit sur elle et, sans reprendre son souffle, s'écrie:

–Ta mère est là!

Kadiatou la regarde sans comprendre. Elle se laisse tirer par le bras sans résistance, presse le pas pour suivre Inaya qui l'entraîne derrière elle. Sur le chemin, les fillettes croisent Bintou, la bousculant au passage sans même s'en apercevoir. Curieuse de découvrir ce qu'elles mijotent, Bintou les suit. Le front contre le mur, un œil dans le petit interstice que lui a indiqué Inaya, Kadiatou éclate en sanglots lorsqu'elle reconnaît les traits de sa mère. À son tour, elle donne contre le portail des coups que l'on entend à peine malgré toute la force qu'elle y met, pour que quelqu'un vienne ouvrir, pour qu'on la laisse enfin se blottir dans ces bras qui lui ont tant manqué. Entre deux volées de coups, elle prend des nouvelles de Kosso. «Il va bien, lui dit sa mère, il t'attend, on rentre à la maison.» Des mots qu'Inaya aimerait tellement entendre qu'elle a l'impression de recevoir une deuxième gifle. Pourquoi Ma' n'est-elle pas venue la chercher ? Est-ce que, finalement, elle s'est habituée à son absence, à celle de Sekou et d'Issa ? Et s'il n'y avait plus de place pour elle dans le lit, entre Fatou et Asma ?

Bintou fait demi-tour, se dépêche d'aller prévenir les Blancs. Elle se demande comment ils vont réagir, maintenant qu'ils ont sous leurs yeux la preuve que tous les enfants ne sont pas orphelins. Elle revient quelques minutes plus tard, accompagnée de Pierre et Mélanie. Les autres Français ne tardent pas à les rejoindre, à l'exception de Daniel. Sans un mot, Pierre ouvre le portail. Tous observent cette femme se précipiter vers sa fille, poser un genou dans la poussière et l'enlacer en la couvrant de baisers, sans les quitter des yeux. Ses gestes sont si doux que le contraste avec la noirceur de son regard est encore plus saisissant. Sans avoir à ouvrir la bouche, elle les dissuade de faire un seul pas dans sa direction. Inaya retient ses larmes, tête basse, dos voûté, comme pour se protéger de toute la tendresse qui émane de cette étreinte. Plus Aminata serre ses bras autour de sa fille, plus Inaya perçoit le vide autour de ses épaules à elle. Elle a l'impression que, sans personne pour la contenir, ses contours sont en train de s'estomper, rendant plus floues les frontières entre le vide et son propre corps.

–Je me souviens très bien de vous, lance Mélanie à Aminata en guise de salutation. Vous aviez dit être sa voisine.

Bintou traduit, mot pour mot. Après de longues secondes de silence, Aminata desserre lentement son étreinte. Elle se relève, pose ses mains sur la tête de sa fille, qu'elle presse contre son ventre. Puis, fixant Mélanie droit dans les yeux, elle lance :

– Et vous, vous aviez dit que les enfants iraient à l'école. Alors pourquoi avoir renvoyé Kosso au village ?

– Kosso ? Qu'est-ce qu'il vient faire dans cette histoire ? demande Laurence, légèrement en retrait.

– C'est mon fils.

– C'est une plaisanterie ? dit Mélanie. Et les trois autres petits qui sont arrivés avec lui, ce sont vos fils aussi ?

– Non. Je ne les connais pas.

Un applaudissement lent, sarcastique, résonne dans le dos de Pierre et Mélanie. Laurence frappe dans ses mains, sans lâcher des yeux les responsables de l'association.

– Bravo ! On peut dire que vous avez fait du bon boulot ! Vous comptez leur dire que…

– Ferme-la, on en parlera plus tard, la coupe Pierre.

Il l'attrape par le bras et l'attire à l'écart. Laurence ne le laisse pas commencer, et lance :

– Tu en parles à qui tu veux. Moi, je me tire. Appelle Ibrahim, dis-lui que je prends le prochain avion. Débrouille-toi, mais trouve-moi un moyen de partir d'ici vite fait, avant que je dévoile votre si joli projet.

–Avec plaisir. Par contre, si tu essaies de tout foutre en l'air, je te garantis que tu seras encore là après notre départ.

Pierre lâche le bras de Laurence. Il l'a serré si fort qu'il en a mal aux doigts. Elle tourne les talons sans ajouter un mot.

–On vous l'a dit cent fois, explique Mélanie à l'intention d'Aminata. On ne peut pas prendre en charge tous les enfants. Ce n'est pas un manque de volonté, c'est une question de subventions.

Aminata écoute la traduction de Bintou, regarde les Français. Elle pourrait tout leur révéler avant de partir. Leur donner le prénom de chaque mère, de chaque père, oncle, tante, grand-père ou grand-mère d'un gamin qu'ils pensent orphelin. Contrairement à ce qu'elle prétend, elle connaît tous les enfants du village, du plus petit au plus grand. Elle croise tous les matins la mère des trois garçons qui ont été présentés aux Blancs comme les frères de Kosso. Elle choisit pourtant de se taire, parce qu'elle ne veut pas prendre de décision à la place des autres familles. Lorsque Kosso est rentré au village sans avoir compris les raisons de son retour, tous se sont posé des questions. Ibrahim a rapidement expliqué la situation au doyen, du moins ce qu'il en savait, avant de reprendre la route. Le doyen, comme à son retour du camp, s'est montré rassurant, affirmant que ces Blancs étaient des gens sérieux, qu'il avait vu de ses propres yeux tout ce qu'ils avaient mis en place pour les enfants. Certes, il était regrettable que Kosso ait été renvoyé, mais ce n'était pas une raison suffisante pour retourner chercher tous les enfants. Aminata se souvient qu'elle a longuement discuté avec Kosso avant de faire son choix. Ce ne sont pas les conditions de vie décrites par son fils qui l'ont convaincue d'aller récupérer Kadiatou : d'après lui, les enfants mangent bien, sont lavés tous les jours, vont à l'école, dorment sous la surveillance d'adultes. C'est de savoir que sa fille risque à tout moment d'être, elle aussi, ramenée un matin sans comprendre pourquoi on ne veut plus d'elle. C'est de constater que Kosso n'est plus tout à fait le même, marqué par ce départ forcé au milieu de la nuit, persuadé d'avoir, d'une manière ou d'une autre, mérité cette exclusion. C'est, enfin, de voir la tristesse de son fils face à l'absence de sa sœur, et d'imaginer la peine de Kadiatou, son angoisse aussi, depuis que son frère a été ramené. Aminata est bien placée pour savoir à quel point ces deux-là ont besoin l'un de l'autre, même s'ils se montrent rarement leur affection mutuelle. Le témoignage de Kosso sur la vie au camp a rassuré les habitants du village, et c'est seule, sans en dire un mot à personne, qu'Aminata a choisi de venir récupérer sa fille. Ce n'est donc pas à elle de révéler aux Blancs la véritable situation familiale des enfants : si elle le fait et qu'ils sont renvoyés chez eux, elle sait très bien qu'elle sera considérée par tout le village comme la principale responsable, comme celle qui a mis un terme à leurs espoirs d'un avenir meilleur. Aminata n'a aucune idée de l'avenir qu'elle sera en mesure d'offrir à ses enfants, mais elle sait que ce n'est pas à des gens capables de se débarrasser d'eux comme de vulgaires rebuts qu'elle souhaite les confier.

À la demande de Pierre, Bintou est partie récupérer les affaires de Kadiatou dans la tente. Cette fois, elle n'a pas oublié les jouets de Kosso. Pierre croise le regard d'Aminata, se contente d'un vague hochement de tête et désigne le portail ouvert.

– C'est tout ? demande Sarah, les yeux embués. Comment vont-elles rentrer ?

– Comme elles sont venues.

En refermant le portail derrière Aminata et sa fille, Mickaël aperçoit un âne attaché à quelques mètres. L'animal semble ne plus être de la première jeunesse.

– Pauvre bête, soupire-t-il en secouant la tête.

Inaya n'a pas senti les larmes couler sur ses joues. Elle n'a pas non plus senti la présence de Bintou derrière elle, ni sa main posée sur son épaule. Dans l'immédiat, la seule personne dont elle a besoin, c'est Ma'. Elle doit la voir, pour lire dans ses yeux qu'elle ne l'a pas oubliée. Elle doit la voir pour éteindre cette angoisse trop grande pour elle, cette sensation de perdre pied qu'elle a déjà connue à la mort de ses parents, même si elle pensait ne pas s'en souvenir. Dès lors, plus rien ne compte que cette urgence à rentrer chez elle pour s'assurer qu'elle y a toujours sa place.

44

La nuit a été courte pour Laurence, qui n'a pourtant pas quitté son lit. Il est près de midi et, depuis des heures, elle fixe le plafond de la chambre qu'elle partage avec Sarah. Celle-ci a bien tenté de briser la glace lorsqu'elle est venue se coucher la veille, mais Laurence a refusé de lui parler, se contentant de jeter ses affaires dans sa valise. Daniel était à moitié ivre quand elle a regagné la maison. Un verre de whisky à la main, assis en plein soleil sur la terrasse, il ressassait ses regrets d'avoir giflé Inaya. Laurence a rapidement compris qu'elle n'en tirerait rien de cohérent. Ce midi, il semble avoir repris ses esprits, du moins c'est ce que laisse penser sa voix, qui a retrouvé son volume sonore habituel. Elle couvre celles des autres, mais Laurence n'a de toute façon guère envie d'entendre ce qu'ils ont à dire. Elle ne veut plus être mêlée à cette mission, qui aurait dû prendre fin dès les premiers doutes sur la situation des enfants. Elle aurait voulu être déjà dans l'avion, mais tôt ce matin,

Pierre s'est contenté de lui dire froidement, à travers la porte, que le prochain ne décollait que le lendemain soir. Tant pis, elle connaîtra chaque détail du plafond de cette chambre, dans laquelle elle compte bien rester jusqu'à son départ.

Pendant ce temps, Pierre a rassemblé les autres bénévoles autour de la table, sur la terrasse. Mélanie aurait préféré que cette réunion ait lieu dès le départ d'Aminata, mais il a fallu poursuivre l'entraînement avec l'échelle, s'occuper de la logistique pour qu'elle reparte dans le camion qui l'avait livrée, expliquer aux Mamas pourquoi une autre enfant avait quitté le camp. Le soir venu, ils étaient tous trop fatigués pour espérer avoir une discussion apaisée. Sans compter l'état de Daniel, qu'ils ont dû mettre au lit pour le convaincre de reposer sa bouteille de whisky. Ce midi, il semble pourtant en pleine forme, sourire radieux sur un visage écarlate après une cuite en plein soleil. Sa bonne humeur est partagée par Mélanie et Mickaël, contrastant avec les visages tendus de Sylvain et Sarah. Pierre, lui, tente de faire bonne figure, mais la présence de Laurence sous le même toit le rend nerveux. S'il s'écoutait, il fermerait la porte de sa chambre à double tour pour s'assurer qu'elle ne révèle leur plan à personne, et ne réduise à néant plusieurs mois de préparation.

Sylvain est le premier à prendre la parole.

– On va vraiment faire ça ? Enlever des gamins à leurs parents ?

– Quels parents ?

Mélanie, dans un élan théâtral, a bondi de la chaise sur laquelle elle venait de s'asseoir. Elle ne s'attendait pas à autre chose de la part de Sylvain, mais elle tenait à ce que sa réaction marque davantage les esprits que celle du médecin.

– La moitié des gamins qu'on a rencontrés au village sont livrés à eux-mêmes du matin au soir. Tu appelles ça des parents ? s'exclame-t-elle.

– Même s'ils ne grandissent pas dans des conditions idéales, ça reste leurs parents.

– Je partage l'avis de Sylvain, dit Sarah.

Daniel se lève à son tour et arpente la terrasse de long en large, sans aucune intention de marquer les esprits. Simplement, il a beau faire bonne figure, sa gueule de bois rend difficilement supportable la seule vue des bières fraîches disposées au milieu de la table. Il s'immobilise quelques instants face à Sylvain.

– Écoute-moi, Doc. J'ai adopté mes quatre gamines dans des coins paumés de ce genre. La plupart du temps, les parents, quand il y en a, ne sont même pas les vrais parents. Faut que tu comprennes que la famille, ici, c'est pas comme chez nous.

Daniel recommence à faire les cent pas. Il tousse, crache dans l'herbe et poursuit.

– N'importe quelle tante ou cousine éloignée va te prétendre qu'elle est la mère ou la sœur des gosses, et pourtant, la vérité, c'est qu'elle en a rien à carrer. Elle a déjà ses mômes à elle à gérer, alors crois-moi, si tout ce monde-là graille un jour sur deux, c'est Byzance.

Mélanie rentre quelques minutes dans la maison, revient avec un plateau sur lequel elle a disposé six verres et des biscuits apéritifs. Tout en les posant sur la table, elle demande à Sylvain et Sarah :

– Pour être honnête, je ne comprends pas trop vos états d'âme. Vous pensez que, de son côté, le chef du village a été réglo ? Il a voulu nous la faire à l'envers, parce qu'ils ne connaissent que ça ici. Ils te mentent comme ils respirent. Il a joué, il a perdu, qu'est-ce qu'on y peut ?

– Le problème, c'est que les familles ne savent pas que les enfants vont embarquer pour la France. S'ils avaient su qu'en nous les confiant ils ne les reverraient jamais, tu crois qu'ils auraient fait le même choix ?

Mélanie hausse les épaules, décapsule une bière qu'elle verse dans son verre.

– Au fond, qu'est-ce que ça change ? Je veux dire, si on prend seulement en compte le bonheur des enfants ? Leur avenir ? En mettant de côté nos petites émotions ?

– Nos petites émotions ? répète Sarah, stupéfaite.

– Mais oui ! Ce qui vous préoccupe vraiment, c'est votre propre sentiment de culpabilité. Pas la vie de ces gosses, pourtant c'est bien de ça qu'il s'agit, depuis le début. Rien de moins.

Tous se taisent. Pierre prend le relais.

– Mélanie a raison. Tout ça, c'est pour leur bien, dit-il. Et puis, ils ne vont pas être livrés à eux-mêmes en France. N'oubliez pas qu'il y a des familles, des gens aimants qui les attendent chez nous. Qui m'écrivent tous les jours pour savoir ce que les gosses aiment manger, comment ils vont, et qui ont déjà préparé leur chambre.

Mickaël fait rouler son verre encore vide sur la table, l'envoyant de sa main gauche à sa main droite comme un ballon de foot entre deux buts.

– Il y a quelque chose que je voudrais savoir. Vous ferez quoi, si ça foire ? Si on nous arrête ?

– Ça n'arrivera pas, rétorque Pierre d'un ton sec.

– Ok, alors imagine que tu ne puisses en ramener que quelques-uns. Qu'il y ait un problème avec l'avion, ou je ne sais quoi. Tu prends le risque ou tu laisses tomber et tu rentres seul ?

Daniel, du bout de la terrasse, répond sans aucune hésitation :

– J'en ramène au moins deux ! Ma femme gueulerait, mais six ou huit, on n'est plus à deux bouches près.

– Tu ramènerais lesquels ?

– La tête de mule. Inaya. Elle est chiante, mais j'adore les gosses avec du caractère. Elle me rappelle ma grande à son âge. Et une autre, plus petite, qui me fait craquer. Elle doit avoir trois ans à tout casser. Et toi, Mickaël ?

– Aïssata. Elle est toujours avec Inaya et sa bande. Une môme minuscule, on dirait un petit oiseau.

– Pas la peine de vous emballer, tempère Pierre. Pour l'instant, tout se passe à peu près comme prévu, et ça va sûrement s'accélérer très bientôt. J'ai parlé au commandant, ils ont eu toutes les autorisations, l'équipage est prêt. Ils devraient pouvoir décoller du Portugal et atterrir dans quelques jours. Ça peut aller très vite, maintenant.

Daniel se frotte les mains, ravi d'apprendre que le départ approche. Mickaël en profite pour ouvrir une bière et la boire au goulot. Lui qui aime tant l'action se réjouit à l'idée de ce qui les attend. Sarah et Sylvain ne peuvent s'empêcher de sourire. Les arguments de Pierre, Mélanie et Daniel sont visiblement en train de faire leur chemin. Il faut dire que la question n'est pas nouvelle. Si l'irruption d'Aminata les a mis devant le fait accompli, aucun d'entre eux ne peut prétendre qu'il ignorait tout de la situation des enfants.

– Et les familles d'accueil ? demande Mélanie.

– On les appelle demain pour les attributions. Ce soir, on se penche sur les dossiers, et on fait le point. J'ai déjà quelques idées pour caser les plus grands.

– Il y en aura assez pour tout le monde ? Je veux dire, ceux qui ont payé pour deux ?

– On a deux cents familles et cent dix gosses, donc non, il va y avoir des déçus. Je vais leur expliquer que c'est juste l'affaire de quelques mois. On trouvera, ici ou ailleurs.

Pierre s'étire, bâille bruyamment.

–Je vais m'allonger un peu. On se retrouve tout à l'heure, on regardera les dossiers de plus près.

45

Depuis le départ de Kadiatou, Inaya parle peu, picore plus qu'elle ne mange, se réveille en sursaut la nuit. Jalil et Aïssata, séparés d'Inaya, de Sekou et d'Issa par deux matelas désormais vides, se sont rapprochés d'eux la nuit dernière pour se sentir moins seuls. Cela fait désormais trois jours que l'école est fermée, que les enfants sont ballottés des tentes à la douche, de la douche à la salle de jeux, de la salle de jeux aux tentes. Comme celui de Kosso, le départ de Kadiatou n'est pas passé inaperçu. Qu'ils soient du même village ou non, tous les enfants ont appris la nouvelle avec, cette fois, plus d'envie que de crainte d'être renvoyés chez eux. La plupart n'ont jamais été séparés aussi longtemps de leurs familles, et le manque grandit de jour en jour.

Ce matin-là, comme le précédent, Inaya se réveille rongée par l'angoisse. Jusqu'ici, lorsqu'elle pensait au village, à Ma', à ses cousines, elle ne sentait rien d'autre qu'une grande tristesse, une émotion qui l'accompagnait sans la paralyser. Elle pouvait aller où elle voulait avec sa tristesse, la mettre de côté quand elle était occupée, la sentir de nouveau tout près d'elle lorsque l'ennui la gagnait. Elle savait exactement comment s'y prendre pour la laisser grandir ou la faire disparaître, elle avait appris au fil des jours. Mais avec l'angoisse, c'est une tout autre histoire. L'angoisse s'invite quand elle veut, clouant la fillette sur place. Elle ne l'accompagne pas, elle la dévore, prend le contrôle de son cœur, de son souffle, de son ventre. Elle pouvait se battre contre la tristesse, mais dans l'angoisse, elle parvient à peine à se débattre, comme si elle s'agitait dans la gueule gluante d'un monstre. Parfois, le monstre attrape plusieurs enfants en même temps et referme ses mâchoires sur eux. Lorsqu'elles ne sont pas réveillées par les cauchemars d'Inaya, Malia et Bintou le sont par les cris que poussent Sekou ou Jalil dans leur sommeil. La journée, Jalil arrive à oublier, à se perdre dans les jeux qu'il partage avec Aïssata, inventant des personnages et des histoires qui l'habitent jusqu'au soir. Pour Sekou, c'est plus compliqué, parce qu'il est traversé par la même peur qu'Inaya. Est-ce que Marietou les a oubliés, Issa et lui ? En quelques mois, c'est sa vie entière qui a volé en éclats. D'abord la mort de sa grand-mère puis, alors qu'il commençait à peine à reprendre son souffle chez Marietou, le départ pour l'école des Blancs. Malgré lui, il se reconstitue une famille à chaque fois. La dernière, composée de ses amis, ne ressemblait à aucune autre, mais c'est ce qui, pour lui, s'en rapprochait le plus. Pourtant, celle-là aussi, il a fallu qu'on la lui prenne, du moins en partie. Sekou ne se demande plus seulement s'il a toujours sa place chez Ma', mais s'il a encore une place quelque part. Plus le temps passe et plus il en doute. Jusqu'ici, Inaya était son pilier, celle qui savait trouver les mots pour apaiser ses peurs. À présent, il la regarde basculer dans le vide sans parvenir à l'aider. Elle qui aimait tant l'école se réjouit désormais lorsqu'elle reste fermée, persuadée que chaque jour sans école est un jour de vacances. Or, depuis le début, les Blancs leur répètent qu'ils rentreront chez eux pour les vacances. Peut-être vont-ils bientôt tenir leur promesse ?

Mais à quelques dizaines de mètres de la tente dans laquelle Inaya et Sekou se débattent avec l'angoisse, les Français ont un tout autre projet pour les enfants. Pierre, assis dans la cour de la petite maison, entouré de Mélanie, Sarah, Sylvain, Daniel et Mickaël, compte les sonneries, le cœur battant. Laurence n'a que brièvement quitté sa chambre depuis les dernières vingt-quatre heures, sous le regard inquisiteur de Pierre. Le téléphone de ce dernier est posé sur la table, le haut-parleur activé. Ils comptent sur cette famille pour accepter, sur les trois enfants qu'ils se sont dits prêts à accueillir, deux grands âgés de sept et huit ans. Un homme décroche. Pierre se présente et annonce qu'il a une grande nouvelle pour eux. La voix de l'homme tremble un peu. On entend sa femme à ses côtés.

– C'est une fratrie, deux garçons et une fille, explique Pierre. Le petit a deux ans, la fille a huit ans et celui du milieu, sept ans.

– Ils sont en bonne santé ? demande l'homme.

– Ils vont très bien.

– C'est tout ce qui compte ! se réjouit la femme. Comment s'appellent-ils ?

Pierre jette un œil sur les dossiers des trois enfants.

– Le plus jeune s'appelle Issa, ensuite on a Sekou, et Inaya pour la plus grande.

À l'autre bout de la ligne, l'homme étouffe un sanglot.

– C'est ok pour vous ? demande Pierre.

Les « oui » se succèdent, se chevauchent, s'empilent, assaisonnés de larmes. Sarah, Sylvain et Mickaël, émus, tentent de ne pas pleurer à leur tour. Un large sourire illumine le visage de Pierre. Pour la première fois depuis des semaines, celui de Mélanie semble sincère. Daniel, lui, fait les cent pas dans la cour pour tenter de dissimuler son émotion, qui n'en est que plus visible. Pierre raccroche, satisfait. Il essaiera de leur envoyer des photos avant l'arrivée des enfants. Il se souvient de la première réunion à Paris, revoit toutes ces familles aux parcours longs et douloureux, qui attendent un enfant depuis des années. Sur les forums, les réseaux sociaux, jamais le mot « adoption » n'a été inscrit noir sur blanc par l'association. Il a toujours été question d'accueil. Pierre tient à la nuance, primordiale pour rester dans les clous sur le plan juridique. Une école, un avenir n'est pas habilitée à organiser des adoptions. Ce n'est de toute façon pas l'objectif de Pierre. Ce qui l'anime, depuis le premier jour, c'est la volonté de ramener ces enfants sur le sol français, pour que l'État prenne ses responsabilités et ouvre enfin les yeux sur le rôle qu'il aurait dû jouer depuis longtemps dans ce conflit. Que les gamins restent dans leurs familles d'accueil, dont les dons parfois généreux ont permis de financer la mission, ou qu'ils soient par la suite confiés à d'autres personnes importe peu. Quoiqu'il arrive, ils seront toujours mieux en France qu'ici. Il aurait aimé en sauver plus, bien plus. Il en avait promis cinq cents aux familles françaises, mais il faudra se contenter d'une centaine. Même si les activités de l'association ne semblent plus être une priorité pour le gouvernement local, mieux vaut ne pas prendre davantage de risques. Et puis, les gamins commencent à s'impatienter.

Les coups de fil se succèdent. À chaque appel, la même joie, quel que soit l'âge des enfants. Bien sûr, il est toujours plus facile de placer les plus jeunes, mais dans l'ensemble, les choix qu'ils ont faits la veille, plongés dans les dossiers jusqu'à deux heures du matin, se sont avérés judicieux. La principale inquiétude des familles n'est pas l'âge, mais l'état de santé des enfants. Pierre les avait rassurés dès le départ: aucun enfant gravement malade, comme Kosso, ne serait ramené en France. Il a passé sous silence quelques détails, comme les séquelles de la poliomyélite de Sekou, quelques malformations et un certain nombre de traumatismes psychiques liés à la guerre. Rien, en tout cas, qui soit susceptible d'écourter leur vie.

Deux heures plus tard, tous les enfants se sont vu attribuer une famille. Pierre range son téléphone dans la poche de sa chemise, s'étire et va chercher quelques bières au frigo. Ensemble, ils trinquent à l'avenir de ces gamins, à la nouvelle vie qui les attend. Pas une seule seconde, ils ne songent à celle à laquelle ils sont sur le point de les arracher.

La nuit est tombée sur le camp lorsqu'Ibrahim frappe à la porte de la petite maison. Dès qu'elle reconnaît sa voix, Laurence sort de sa chambre. Sans un regard pour les autres, elle le suit dans l'allée et se dirige vers les voitures, traînant sa valise dont les roues s'enfoncent dans la poussière. Dans quelques heures, elle sera enfin dans l'avion. À l'autre bout de la petite cour, Malia et Bintou, qui viennent de sortir de la douche, entendent le bruit du portail. Elles aperçoivent Laurence confier sa valise à Ibrahim. Il la hisse à l'intérieur d'une jeep, s'installe au volant, Laurence à ses côtés. La voiture marque un arrêt à l'extérieur, le temps pour Ibrahim de refermer le portail, et s'éloigne sur la piste. De retour dans leur tente, Malia et Bintou se glissent en silence entre les draps. Elles écoutent le souffle régulier des enfants, la brise qui agite légèrement la moustiquaire.

– Tu crois que les Blancs se sont à nouveau écharpés, pour que Laurence parte comme ça en pleine nuit ? chuchote Bintou.

– Aucune idée, mais si c'est le cas, il faut croire qu'ils ne savent pas régler un désaccord sans faire partir quelqu'un. La dernière fois, c'était Kosso, au cas où tu l'aurais oublié.

Bintou reçoit sans rien dire la flèche décochée par Malia.

– À ton avis, où est-ce qu'elle va, à cette heure-ci ?

Malia hausse les épaules.

– D'où elle vient, j'imagine.

Bintou fait claquer sa langue contre son palais.

– Il y a pas mal de choses bizarres, ces temps-ci. Kosso, Kadiatou, Laurence, plus d'école, et puis cette histoire d'incendie… Je ne sais pas. Ça ne me dit rien de bon.

Les deux femmes se taisent.

Inaya, qui était sur le point de s'endormir avant de les entendre rentrer, sent l'angoisse monter à nouveau. Doucement, sans faire de bruit pour ne pas attirer l'attention, elle tend le bras vers le matelas de Sekou, rencontre sa main endormie et y glisse la sienne.

46

Assise sur la terrasse, Sarah observe le ciel sans nuage passer du noir au gris, puis du gris au bleu à mesure que le soleil se lève. Au fond du jardin, quelques bruissements dans la végétation lui rappellent qu'elle n'est pas la seule à être réveillée. Les derniers animaux nocturnes s'effacent discrètement, laissant place au tapage insolent des oiseaux. Les mains autour de son bol de thé, Sarah profite de ce moment de solitude. Dans peu de temps, la maison va commencer à s'animer, alors elle savoure le calme avant d'entendre la toux matinale de Daniel, les consignes de Mélanie pour la journée, les portes qui claquent et les allées et venues des uns et des autres. À cette heure-ci, il fait encore frais. La jeune femme a rassemblé ses longues boucles brunes en un chignon haut noué à la va-vite. Elle sent un vent léger lui caresser la nuque, encore poisseuse après une nuit passée à transpirer dans la chaleur de sa chambre. La journée, le toit en tôle transforme la maison en fournaise, et il faut attendre le petit matin pour que la température redevienne supportable.

Sarah entend la porte de la maison s'ouvrir et se refermer doucement. Elle tourne la tête, aperçoit Pierre qui marche vers elle à pas prudents pour ne pas faire déborder son bol de café fumant. Pieds nus, en tee-shirt et en short, il a coincé son téléphone contre son épaule et écoute son interlocuteur en acquiesçant. « On y sera », conclut-il d'un ton grave en posant son bol à côté de celui de Sarah. Il raccroche, range son téléphone dans sa poche. Dans ses yeux, Sarah perçoit de la détermination et une lueur d'excitation.

– C'était le commandant. On a une date.

– Quand ?

– On décolle pour la France après-demain, à l'aube. Il faut qu'on parte d'ici au plus tard à 4 heures, dans la nuit de mercredi à jeudi.

Tous deux se regardent, un peu fébriles.

– Alors ça y est, se contente de murmurer Sarah.

Pierre avale une grande gorgée de café.

– Presque. On y est presque.

À travers la moustiquaire de la tente, Inaya aussi a vu le jour se lever. Elle n'a dormi que quelques heures, sans parvenir à chasser de son esprit la conversation surprise entre Bintou et Malia. Plus elle y pense, plus l'angoisse qu'elle a d'abord ressentie s'atténue, se muant en fébrilité et en impatience. À son avis, les deux femmes n'ont rien compris. Si Laurence est partie, avec sa valise en plus, ce n'est pas forcément parce qu'elle s'est disputée avec les autres Blancs. Pour Inaya, son départ a sûrement quelque chose à voir avec la fermeture de l'école. Ça fait plusieurs jours maintenant qu'il n'y a pas eu classe : peut-être bien que Laurence est tout simplement partie en vacances.

– Tu racontes n'importe quoi.

C'est tout ce que Sekou trouve à lui répondre lorsqu'Inaya lui fait part de sa réflexion, quelques heures plus tard. Ils sont tous les deux adossés à un mur de la salle de jeux, surveillant d'un œil Issa qui fait rouler une pelleteuse en plastique à leurs pieds. Tout près, Aïssata habille et déshabille une poupée, tandis qu'entre les mains de Jalil, deux figurines se livrent un combat sans pitié.

– Si t'es si malin, dis-moi pourquoi elle est partie, alors, lance Inaya.

Sekou hausse les épaules.

– J'en sais rien, mais si c'est les vacances, pourquoi ils nous ont rien dit ?

– Parce qu'ils sont occupés. Ils doivent avoir plein de choses à préparer.

Sekou fait la moue, peu convaincu. Lui aussi aimerait y croire, mais il a tellement peur d'être déçu qu'il préfère rejeter en bloc les arguments d'Inaya.

– C'est quoi le premier truc que vous ferez en rentrant au village ?

Jalil a posé la question sans même lever les yeux, toujours concentré sur son duel de figurines. Inaya a envie de lui dire qu'elles ne risquent pas de continuer à se battre sans lui, qu'il peut détourner le regard sans craindre de manquer la fin du combat, mais elle n'a pas envie de le blesser. Pour Jalil, la frontière entre le jeu et la réalité est plus floue que chez les autres enfants de dix ans. Ici comme au village, Jalil est souvent entouré d'enfants de l'âge d'Aïssata. Ils adorent écouter ses histoires, qui lassent plus rapidement les grands. Constatant que personne ne répond à sa question, il se lance :

– Eh bien moi, je vais aller sauter dans la rivière. Je vais monter sur le rocher, celui où on peut plus aller à cause des rebelles, mais ils sont plus là je pense, vu qu'on est parti il y a au moins cent ans, donc je vais monter sur le rocher et splaaaaaatch !

Il mime un plongeon et multiplie les bruitages, sous les yeux rieurs d'Aïssata et d'Issa. Pour une fois, Inaya n'a pas envie de l'interrompre. Elle aimerait l'écouter parler longtemps du village, décrire des lieux qu'elle voit défiler comme si elle les avait quittés la veille. Ni Sekou ni elle n'ont besoin de répondre à voix haute à la question de Jalil. Ils savent parfaitement que la rivière, les jeux, les parties de foot dans les ruelles pourront attendre un peu quand ils rentreront. Leur seule urgence, c'est Ma'.

Pendant ce temps, les Français commencent à s'atteler aux préparatifs du départ. Ils sont loin d'imaginer que, dans certaines têtes d'enfants, germe l'espoir d'un retour au village pour les vacances. Sarah et Mickaël auraient bien aimé rouvrir l'école ces derniers jours, mais avec l'entraînement à l'échelle, le départ de Kadiatou et de Laurence, le tri des dossiers pour contacter les familles et les autres tâches quotidiennes, ils ont manqué de temps. Quand Pierre leur a annoncé à tous la grande nouvelle, ils l'ont accueillie avec autant de joie que d'appréhension. Maintenant que les choses se concrétisent, le danger aussi devient plus réel. Ils le savent, les prochaines quarante-huit heures vont être éprouvantes. Ils vont devoir se montrer plus vigilants que jamais pour que personne sur le camp ne découvre ce qui se trame. Il va falloir veiller à ne pas laisser de traces derrière eux, du moins rien qui soit susceptible de les compromettre. Les tentes, les jouets, les objets du quotidien, les affaires des enfants resteront sur place, mais aucun dossier, papier ou téléphone ne doit être oublié. Pierre leur a demandé d'essayer de divertir les enfants pour qu'ils ne puissent pas trop surveiller leurs allées et venues. Mais comment détourner l'attention d'une centaine de gamins sans attirer celle des autres adultes ? D'autant que, désormais, chaque heure compte. « On ne va pas faire classe, trop chronophage, mais quelques parties de foot par-ci, par-là, vous voyez », a expliqué Pierre.

Sylvain est parti rassembler quelques affaires au dispensaire, laissant Daniel et Mickaël aller récupérer du carburant pour les jeeps. Sarah et Mélanie s'occupent du tri dans la maison, rangent les dossiers, commencent à remplir les valises tandis que Pierre multiplie les coups de fil. Pour pouvoir évacuer cent dix enfants clandestinement, il en faut des contacts locaux, des dessous de table et des pattes à graisser.

Tout l'après-midi, Inaya a été attentive aux activités des Blancs. Elle a vu Sylvain revenir du dispensaire un gros sac à la main. Elle a entendu le portail s'ouvrir et se fermer plusieurs fois et, surtout, elle a perçu une certaine nervosité chez Mickaël et Daniel, quand ils sont venus jouer au foot avec les enfants. Comme s'ils étaient là sans l'être tout à fait, pressés de finir la partie sans pour autant mettre un terme au jeu. Quand le match s'est achevé, ils en ont proposé un autre, puis un autre encore. Inaya ne sait pas combien de temps ça a duré, mais ce soir, sous la tente, pour la première fois depuis le départ de Kadiatou, elle respire sans se sentir oppressée. Même si Sekou maintient qu'elle a tort, que cette histoire de vacances n'existe que dans sa tête, elle a l'impression que quelque chose se prépare.

47

– On se fait un point tout de suite, lance Pierre.

Alors que s'achève la dernière journée sur le camp, Mickaël, Daniel, Sarah, Sylvain et Mélanie se laissent tomber sur les chaises de la terrasse, épuisés. Depuis la veille, ils n'ont cessé de s'agiter tout en essayant de n'affoler personne. Malgré le compte à rebours, ils ont dû patienter et attendre la nuit pour poursuivre ce qu'ils avaient commencé plus tôt, de crainte d'éveiller les soupçons. Désormais, à moins de douze heures du départ, le temps presse. Pierre donne les dernières indications, qu'il a préféré garder pour lui afin d'éviter qu'elles ne s'ébruitent. Il fait confiance à ceux qui sont restés à ses côtés jusqu'ici, mais il sait d'expérience que n'importe quelle conversation peut être surprise par des oreilles indiscrètes, au moment et à l'endroit où on s'y attend le moins.

– Pas ici, leur dit-il. À l'intérieur.

Les Français se lèvent et entrent dans la petite maison. Pierre ferme la porte, commence :

– Tous les employés rentrent chez eux ce soir. Je n'en garde que quatre : Ibrahim, Ali, Boubacar et cette Mama, comment elle s'appelle déjà ?

– Malia, répond Mélanie.

– Eux, je les veux ici dans un quart d'heure. Ce sont les seuls – vous m'entendez, les seuls ! – à qui je vais expliquer la situation. On a besoin d'eux pour la dernière ligne droite.

Mélanie prend son téléphone, envoie un message à Ibrahim.

– Qui va rester avec les enfants cette nuit ? demande Sylvain.

– Les Mamas vont rester jusqu'à ce qu'ils s'endorment. Ensuite, on prendra le relais, avec Malia en renfort. Ils lui font confiance, et moi aussi. On réveille les gamins à trois heures. Mélanie, Sarah et Sylvain, vous vous occupez des bandages, perfusions et autres. Allez-y franco, il faut que ce soit suffisamment crédible pour une évacuation sanitaire. Mickaël, tu feras le lien entre l'équipe pansements et l'équipe transport, autrement dit Daniel, Ibrahim, Ali, Boubacar et moi. Dès qu'un môme est prêt, tu nous l'amènes et on le charge dans une jeep.

– Combien de jeeps en tout ? demande Sylvain.

– Neuf. Chacun en conduit une. On devait avoir Laurence en dixième conductrice, mais il va falloir faire sans.

– Et Malia ?

– Elle ne vient pas avec nous. Son boulot s'arrête ici, quand les derniers gamins seront montés dans les voitures. Vous pensez bien à verrouiller les portières, on n'aura pas le temps d'aller leur courir après s'ils décident de se faire la belle. Tout est ok ?

Tous acquiescent, sauf Mickaël, nerveux.

– J'ai une question. On fait quoi, si on se fait arrêter ? Je veux dire, je sais qu'on en a déjà parlé, mais j'aimerais bien que tu nous le redises, histoire de.

– Tu vas finir par nous porter la poisse, bougonne Daniel.

– Je prends tout sur moi, répond Pierre. C'est moi qui dirige l'asso, c'est moi qui assumerai les conséquences, s'il y en a. Gardez simplement le même discours : on évacue des gosses blessés de guerre.

– On reste ensemble ?

– Si tu peux sauver ta peau, sauve-la. Pas la peine qu'on tombe tous.

– Et les familles françaises ? demande Sarah.

– Elles sont prévenues. Elles nous attendent demain à Bordeaux, en début d'après-midi. Je leur donnerai l'heure exacte quand on aura décollé.

Quelques minutes plus tard, on frappe à la porte. Des coups discrets, presque timides. Pierre fait entrer Malia, Ibrahim, Ali et Boubacar.

– Vous nous laissez quelques minutes ? demande-t-il aux bénévoles. Mél, toi tu restes.

Daniel, Sylvain, Mickaël et Sarah sortent, ferment la porte derrière eux. Malia, visiblement très mal à l'aise, garde les yeux baissés.

– Je vous ai fait venir parce que j'ai confiance en vous, commence Pierre, en les regardant avec insistance. Peut-être que vous vous doutez de quelque chose. Il y a eu pas mal d'agitation de notre côté ces deux derniers jours.

Aucun d'entre eux n'ose répondre par l'affirmative. Ils se taisent.

– On évacue les enfants vers la France demain matin.

Ali et Boubacar se tournent vers Ibrahim, comme pour essayer de deviner s'il était au courant. Malia continue de fixer ses pieds. Aucun d'entre eux, malgré toutes les questions qu'ils se sont posées depuis l'arrivée des Blancs, n'avait imaginé cette possibilité. Même Ibrahim ne s'attendait pas à cette révélation. Il regarde Pierre.

– Pourquoi tu nous le dis ? Je ne veux pas de problèmes avec le gouvernement.

– Vous n'aurez aucun problème, assure Pierre. Ils peuvent chercher partout, passer tous les coups de fil qu'ils veulent. Vos noms n'apparaissent nulle part.

– Tout le monde sait qu'on travaille pour vous, proteste Boubacar.

– Comme des dizaines d'autres personnes de votre village. Personne ne savait rien, vous non plus.

– C'est pas bon, ça, répète Ali en secouant la tête. Pas bon du tout.

– Je vous promets que tout va bien se passer. Et je vous demande une dernière chose : conduire une partie des enfants jusqu'à l'avion. On sera avec vous.

Avant qu'ils n'aient le temps de refuser, Pierre leur tend à chacun une enveloppe bien épaisse.

– Avec ça, vous pouvez faire manger vos familles pendant un an, et je vous donnerai le double quand on sera au pied de l'avion.

Ali s'apprête à rétorquer, mais Boubacar lui donne un coup de coude qu'il pense discret.

– Et s'ils ne sont pas tous orphelins ? demande Ibrahim.

Pierre le regarde longuement dans les yeux.

– Si on oublie les deux gosses qui sont rentrés chez eux, ils le sont tous, n'est-ce pas, Ibrahim ? C'est toi-même qui me l'as assuré.

– Je sais, mais imaginons…

– Il n'y a rien à imaginer. On a demandé des orphelins, tu nous as confié des orphelins. Point. Malia, tu ne dis rien ?

Malia secoue la tête. Mélanie prend la parole.

– Tu vas t'occuper des enfants jusqu'à demain matin. Dès qu'ils seront dans les voitures, tu pourras rentrer chez toi.

– Ils comptent sur toi, insiste Pierre. Et nous aussi. Vous avez des questions ?

Silence.

– Bien. On se retrouve ici à deux heures trente. Si un seul mot de notre conversation sort de cette pièce, je serai au courant. Et, là, vous pouvez être certains que vous aurez des problèmes, conclut Pierre.

Il est dix-huit heures quand les quatre employés quittent la maison des Blancs.

À dix-neuf heures, Pierre et Mélanie informent tout le personnel que leur mission prend fin le soir même, prétextant l'arrivée, le lendemain, d'une cinquantaine de bénévoles en provenance de France, prêts à prendre le relais.

À vingt heures, Ibrahim prévient la police.

48

Inaya est tirée du sommeil en pleine nuit par des voix qu'elle ne met pas longtemps à reconnaître. Sylvain, Mélanie, Sarah. Qu'est-ce qu'ils fabriquent à côté des tentes ? Elle se redresse, constate que Bintou n'est pas là. Malia est déjà habillée, prête à sortir.

– Qu'est-ce qui se passe ? lui demande Inaya.

– On vous ramène au village. Enfile tes vêtements, et réveille les autres.

Inaya écarquille les yeux, tend un bras de chaque côté pour secouer les épaules de Jalil et Sekou.

– Qu'est-ce qui te prend ? marmonne Sekou.

– J'avais raison ! Ils nous ramènent au village !

Elle s'attendait à voir de la joie sur le visage de ses amis, mais ils semblent moins heureux qu'inquiets. Sarah passe la tête à l'intérieur de la tente. Elle les compte à voix haute, puis leur demande de la suivre. Il est trois heures du matin, et tous les enfants du camp sont réveillés. Par petits groupes, accompagnés de Sarah ou de Mélanie, ils sont amenés au dispensaire, où les attend Sylvain. Sur les lits, des boîtes de compresses, de pansements, des bandages, du mercurochrome, des perfusions. À la vue de tout ce matériel, Jalil fait immédiatement demi-tour. Sarah lui barre la route.

– Pas de panique, c'est un jeu. Rien qu'un jeu, répète-t-elle.

Sylvain s'approche d'Inaya, comptant sur sa confiance pour inspirer le même sentiment aux autres enfants. Elle ne comprend pas très bien en quoi consiste ce jeu, mais elle ne dit rien. Sans protester, elle laisse Sylvain enrouler un bandage imbibé de mercurochrome autour de sa tête, puis fixer avec un morceau de sparadrap une fausse perfusion sur sa main. Il lui donne une poche en plastique remplie d'eau, lui demande de la garder près d'elle, puis commence à s'occuper d'Aïssata. Voyant qu'Inaya n'a pas eu mal, les enfants se relâchent un peu. Sylvain enroule un bandage autour de l'avant-bras d'Aïssata, lui colle un pansement en travers du front. Tous passent les uns après les autres entre ses mains. Quand vient le tour d'Issa, Sekou refuse de laisser le médecin approcher. Sylvain insiste. Sekou recule, Issa entre les jambes. Inaya ne sait plus comment réagir, à qui se rallier. Est-ce qu'elle doit faire confiance à Sylvain, ou se fier à l'intuition de Sekou ?

– Laisse tomber, il ne te laissera pas faire, dit Sarah à Sylvain. De toute façon, on n'aura pas le temps de s'occuper de tous les gamins. L'essentiel, c'est qu'il y en ait au moins deux ou trois avec des pansements bien visibles dans chaque voiture.

Accompagnée des enfants, Sarah ressort du dispensaire et les confie à Mickaël, puis repart chercher un nouveau groupe. Inaya, Sekou, Issa et les autres suivent Mickaël.

–Tu crois qu'ils nous ramènent pour de vrai? demande Inaya à Sekou, à voix basse.

–Je sais pas. Et s'ils nous emmenaient ailleurs?

L'inquiétude de Sekou finit par gagner peu à peu Inaya. Le sparadrap sur sa main la démange, le bandage qu'elle a autour de la tête lui serre les tempes. S'ils partent pour les vacances, à quoi servent ces pansements? Pourtant, elle a tellement besoin d'y croire, à ce retour au village, qu'elle en voudrait presque à Sekou, à Jalil, à tous les autres enfants, d'afficher ces mines soucieuses, ces regards perdus.

Mickaël a pris Aïssata dans ses bras. Il est partagé entre la joie de la savoir bientôt hors de danger, et la tristesse de ne plus la croiser chaque jour. Il pense à ce qu'il aurait pu lui offrir, se demande ce qu'elle deviendra dans le village de Normandie où vivent ses futurs parents. Lorsqu'il atteint la première jeep, Daniel est déjà installé au volant. Pour la première fois depuis longtemps, Inaya cale Issa sur sa hanche, tenant dans sa main libre la poche en plastique que lui a donnée Sylvain. Mickaël l'aurait bien aidée à porter Issa pour le hisser dans la voiture, mais il se souvient de sa réaction le jour où ils sont venus les chercher au village. Il a bien cru que la gamine allait le mordre quand il a approché la main du petit. Un sacré caractère, cette môme. Pas étonnant que Daniel ait craqué pour elle. Il est aussi têtu qu'elle, aussi courageux. Inaya dépose Issa sur la banquette arrière et monte à son tour dans la jeep. Elle le prend sur ses genoux, se décale pour faire de la place à Sekou et aux autres enfants. Sans rien dire, elle attrape la main de Sekou et la serre de toutes ses forces.

Il aura fallu une heure pour grimer les cent dix enfants, les transformer en blessés de guerre. Il aura fallu quelques semaines pour que les Blancs soient convaincus d'en avoir fait de véritables orphelins, sans famille, sans racines, sans repères. Des pages vierges, où de nouvelles familles écriront une autre histoire. Malgré leurs désaccords, les six Français partagent, à cet instant, la même conviction d'avoir fait de leur mieux, d'avoir tout mis en œuvre pour secourir les enfants. Sylvain, pourtant hanté par le départ de Kosso, parvient cette nuit à se dire qu'il en a perdu un pour en sauver plus de cent. Une fois le portail franchi, il se consolera en refaisant les comptes, comme un épicier déguisé en soldat de l'humanitaire.

Tous les enfants sont désormais installés dans les jeeps. Les portières sont verrouillées. Malia voit leurs petits visages collés contre les vitres, leurs crânes bandés, leurs mains, leurs fronts recouverts de pansements. Les unes derrière les autres, les voitures quittent la cour pour s'engager sur la piste. Malia regarde une dernière fois le camp, referme le portail derrière elle et se met en marche. Elle devrait être rentrée à l'heure où ses filles se réveilleront.

49

D'en haut, on dirait un serpent. Un serpent blanc dans la nuit, qui ondule dans les virages, ne laissant qu'un nuage de poussière et quelques empreintes dans son sillage. Parfois, le serpent semble sur le point de se disloquer. La tête s'éloigne du corps, qui lui-même se sépare en plusieurs sections. Puis le serpent se ramasse, se regroupe, son corps redevient compact, retrouve une unité. À la tête du serpent, Daniel roule prudemment, en contact radio permanent avec les huit jeeps qui le suivent. Il se méfie autant des embuscades des rebelles que des militaires et de la police. Pierre ferme le cortège. Son regard navigue entre le pare-brise et les rétroviseurs, à l'affût des phares qu'il redoute de voir surgir à tout moment. Ils sont si près du but qu'il ne supporterait pas de voir son plan échouer maintenant. Ils roulent depuis une trentaine de minutes. Il est quatre heures trente, ils sont parfaitement dans les temps et n'ont plus qu'une dizaine de kilomètres à parcourir.

Inaya n'a pas lâché la main de Sekou. Elle la serre toujours aussi fort, mais comme son sang ne circule plus, il n'a plus mal. Il regarde son petit frère, soulagé que les Blancs ne lui aient collé aucun pansement. Il a beau savoir que tous les enfants vont bien, que les pansements ne recouvrent aucune plaie, Sekou ne peut s'empêcher de souffrir pour eux. Aïssata, recroquevillée sur la banquette, a posé la tête sur les genoux de son frère. Elle dort. Sekou se demande comment elle fait pour dormir alors qu'ils ne savent pas où on les emmène. Il n'arrive pas non plus à comprendre pourquoi Inaya, d'habitude si méfiante, a cru aussi facilement ce que lui a dit Malia.

Inaya tente d'apercevoir le paysage. Comme à l'aller, elle se dit qu'il lui faut trouver des repères. Elle a encore envie de croire qu'ils sont en route pour le village, pourtant elle est terrifiée. De temps à autre, la radio crachote des mots qu'elle ne comprend pas. Elle serre Issa contre elle, gratte ses tresses à travers le bandage.

– On arrive sur le tarmac dans quelques minutes, annonce la radio.

– Bien reçu, répond Daniel.

La jeep s'élance à l'assaut d'une longue côte, s'engage dans un virage. Soudain, Sekou plante son coude dans la poitrine d'Inaya. Du bout de l'index, il lui montre des lumières qui clignotent, un immense ruban d'asphalte. Tout au bout, immobile, un avion. Inaya n'a jamais pris l'avion, mais elle sait qu'on n'y monte que pour aller loin, très loin. Elle hurle. Se précipite sur la poignée de la portière, qu'elle tire de toutes ses forces pour descendre de la voiture. La portière ne s'ouvre pas.

–Arrête de t'agiter, bordel ! crie Daniel. C'est bon, t'es presque sauvée !

Affolés par les hurlements d'Inaya, les autres enfants se sont mis à pleurer. Aïssata, cramponnée à Jalil, réclame sa mère. Jalil ferme les yeux, se balance doucement d'avant en arrière. Personne ne saura que c'est à ce moment précis qu'il a atteint un point de non-retour, qu'une digue a cédé. Jalil ne reviendra jamais tout à fait de ce séjour chez les Blancs, qui avaient promis de faire de lui un ministre.

Le serpent avance toujours, imperturbable. Il s'engouffre à l'entrée de l'aéroport privé, où il a fallu payer de nombreux pots-de-vin pour obtenir les autorisations nécessaires, pour que les yeux se ferment de quatre heures à sept heures, ce jeudi matin de février. Les jeeps ont atteint le tarmac, qu'elles remontent à toute vitesse en direction de l'avion. Daniel donne le rythme, accélère encore, sous pression, les doigts crispés sur le volant, les tympans vibrant sous les cris de détresse des enfants. Arrivé au niveau de l'avion, il pile, se précipite à l'extérieur de la jeep. Il n'a même pas pris le temps de couper le moteur. Les unes après les autres, les jeeps s'arrêtent, les portières s'ouvrent, des pleurs s'en échappent. Pierre rejoint Daniel en courant. Il fait signe aux autres conducteurs de couper les moteurs et les phares. Il faut faire vite, être discret. D'abord, faire sortir les enfants. Ils sont si effrayés qu'à la première seconde d'inattention ils leurs fileront entre les mains.

Mélanie, Sarah, Sylvain et Mickaël les rejoignent au pas de course. Ibrahim, Ali et Boubacar se dirigent également vers eux, d'un pas beaucoup plus lent. Ali ne cesse de tourner la tête dans toutes les directions. Les Français font descendre les enfants de la jeep conduite par Daniel. Inaya se débat si fort que Daniel doit l'enserrer de ses bras. Il essaie d'avancer avec elle en esquivant ses coups de pied, en reçoit une bonne dizaine. Le premier groupe d'enfants n'est plus qu'à quelques mètres de l'avion. En haut de l'échelle, l'équipage attend. Les visages sont tendus.

Soudain, des sirènes couvrent les cris et les pleurs. Daniel se précipite dans la jeep, attrape Mickaël, le plus proche de lui, par le bras. Le tarmac s'éclaire sous les lumières des gyrophares. Ibrahim, Ali et Boubacar prennent immédiatement leurs distances. Daniel démarre, pied au plancher. À l'autre bout de la piste, quinze fourgons de l'armée foncent vers l'avion. Ils s'immobilisent en travers de la piste, déversant une marée d'uniformes kaki. La jeep de Daniel et Mickaël a déjà quitté l'enceinte de l'aéroport. Les enfants hurlent, les militaires et les sirènes aussi. Les quatre Français restants sont plaqués au sol, mains dans le dos. Ibrahim, Ali et Boubacar sont mis à l'abri dans l'un des fourgons. Des militaires pointent leurs armes en direction de l'équipage de l'avion. Le commandant descend par l'échelle le premier. Les enfants sont emmenés dans les fourgons. Certains se débattent. D'autres, comme Jalil, ont renoncé. Inaya et Sekou sont serrés l'un contre l'autre. Leurs deux corps forment un bouclier qui protège Issa, cramponné au cou de son frère.

Ils ont roulé longtemps. Cette fois encore, personne n'a dit aux enfants où ils allaient. Cette fois encore, on leur a répété qu'ils étaient sauvés. Ils ont cessé de poser des questions. Il n'y a pas de fenêtre dans les fourgons. Inaya a fermé les yeux. Elle revoit la ruelle qui descend jusqu'à la grande piste. Si elle tourne à droite, elle peut apercevoir les bassines, que les habitants du village ont posées la veille. C'est le jour de l'eau. Le jour de la rivière, des jeux, des secrets échangés sur le trajet. Elle garde les yeux fermés. Elle se dit qu'il lui faut trouver des repères.

50

Au bout de deux heures, la jeep a quitté la route et s'est engagée sur une piste qui s'est transformée en chemin. Quand la végétation est devenue si dense qu'il n'a plus été possible d'avancer, Daniel et Mickaël sont sortis de la voiture. Ils ont vérifié dans la boîte à gants et les rangements des portières, sous les sièges, dans le coffre, qu'ils ne laissaient aucun document, aucune trace de leur présence. Ils ont continué à pied pendant trois heures, se sont assis pour regarder le jour se lever. Plus rien ne pressait.

Daniel a beaucoup voyagé. Il connaît des gens partout, y compris ici, au milieu de cette brousse qui, pour Mickaël, est la définition même du néant, du nulle part. Ils ont frappé à la porte de Serge, un vieil ami. Daniel ne l'avait pas vu depuis leur service militaire. Quarante ans que le type n'avait pas bougé.

– On fait quoi, maintenant ? demande Mickaël, couché à côté de Daniel sur un matelas que l'ami a déposé au milieu du salon.

Il est quatorze heures. Serge est parti faire la sieste, laissant les deux hommes se reposer après leur nuit blanche.

– On va faire profil bas quelques jours.

– Quelques jours ? Tu plaisantes ? Tout le pays va être à notre recherche.

– T'inquiète pas. On n'est pas si loin de la frontière. Serge connaît du monde, beaucoup de monde. Mais on va pas laisser tomber les gosses.

– Ah ouais, et comment tu comptes t'y prendre ? On retourne les chercher dans leur village en disant s'il vous plaît ?

Daniel s'étire, fixe la peinture écaillée au plafond.

– Ils vont pas y retourner tout de suite, au village, crois-moi. Y en a même que personne viendra chercher. Comment tu crois que j'ai ramené mes gamines ? En remplissant des formulaires ? Il suffit de quelques biffetons distribués aux bonnes personnes.

– On voit ce que ça a donné avec Ibrahim et les deux autres, les billets.

– Pierre a été con, sur ce coup-là. Les gars avaient trop à perdre s'ils se faisaient choper. Là, je te parle de gens qui ont que dalle à perdre. Je te dis pas qu'on les sauvera tous, mais on fera ce qu'on pourra.

– Tu penses à Inaya, c'est ça ?

– Entre autres. Maintenant, dors.

Daniel se tourne sur le côté, dos à Mickaël. Quelques minutes plus tard, il ronfle à en faire trembler les murs de la petite maison.

À quatorze heures, au cœur de la capitale, les enfants sont regroupés dans un gymnase. On leur a donné à chacun un peu d'eau et un bol de soupe. Le président en personne s'est déplacé. Il parade devant les caméras, va d'un enfant à un autre, caresse quelques têtes, s'assure qu'on le photographie sous le bon angle. Quand un journaliste lui demande qui sont ces Blancs, il répond :

– Des trafiquants d'organes, des pédophiles, des criminels ! Ces Français ont cru pouvoir voler nos enfants pour s'enrichir sur le dos des familles. Nous ne pardonnerons pas.

– Où sont-ils en ce moment ? Que vont devenir les enfants ?

– Les Français sont à leur place, en prison. Ils seront jugés, et nous serons particulièrement sévères, pour que cette histoire serve de leçon à tous ceux qui se croiraient autorisés à faire de même. Les enfants vont être hébergés dans un orphelinat, où ils resteront le temps que l'on retrouve leurs familles.

Quinze minutes plus tard, le président repart, escorté par ses gardes du corps.

Les enfants ont attendu encore quatre heures avant qu'on ne les fasse monter dans un car. Ils ne pleurent plus, ne parlent plus, ne posent plus aucune question. Inaya sait qu'elle ne reverra pas Ma' avant plusieurs jours. Le reste, elle n'a pas compris. Le car a roulé longtemps dans la nuit. Il s'est arrêté devant une très grande maison. On a fait descendre les enfants. Les plus petits, comprenant qu'ils n'étaient toujours pas rentrés dans leur village, ont recommencé à pleurer. On les a conduits à l'intérieur, sur des matelas posés à même le sol. Ils ont eu de nouveau droit à un verre d'eau et à un bol de bouillie de mil. Personne ne leur a expliqué où ils étaient, pourquoi, pour combien de temps, si leurs familles avaient été prévenues. On leur a seulement dit qu'ils ne risquaient plus rien. Puis les néons se sont éteints et on leur a demandé de dormir. Ils ont obéi.

51

Inaya ouvre les yeux. Elle observe au plafond les pales du ventilateur brasser l'air déjà chaud. Une fissure serpente le long d'un mur vert pomme à la peinture écaillée et délavée. L'unique fenêtre sans vitre est obstruée par un volet auquel il manque une lame sur deux. L'aube grise éclaire faiblement la pièce. Autour d'elle, une quarantaine de petites filles et de très jeunes enfants sont encore endormis sur leurs matelas. Elle aperçoit Issa, blotti contre d'autres tout-petits près d'une adulte qui dort elle aussi à poings fermés. Au niveau de la poitrine, le tee-shirt de la femme porte une inscription qu'Inaya ne déchiffre qu'en partie : « Orphelinat de To... »

Elle se redresse. Sa peau moite colle au faux cuir craquelé du matelas, qui adhère un instant à ses coudes avant de s'en détacher dans un bruit de succion. Elle a la gorge sèche et les yeux creusés par le manque de sommeil. Elle se lève et avance vers la porte à petits pas, progressant sur la pointe des pieds dans la forêt de bras et de jambes abandonnés au sommeil, puis s'engage dans un long couloir vide. Il faisait nuit noire quand ils sont arrivés la veille, et les petits pleuraient si fort qu'elle n'arrivait plus à réfléchir. Était-ce la fin ? Dans combien de temps allait-elle enfin pouvoir retrouver Ma' ?

Le couloir mène à une autre pièce, dans laquelle dorment les garçons. Maintenant qu'elle a l'esprit plus clair, Inaya se souvient que Sekou avait supplié qu'on le laisse avec Issa, mais une grande femme aux épaules carrées lui avait rétorqué qu'il n'était pas chez les Blancs, ici.

–Jeune homme, dans cette maison, la place des garçons n'est pas avec les filles et les petits, avait-elle ajouté froidement.

Inaya s'approche doucement des matelas. Une odeur familière de transpiration et d'urine lui donne un haut-le-cœur. C'est l'odeur âcre des cauchemars au petit matin, celle des peurs incontrôlables. Elle enjambe les corps des garçons endormis, scrute les visages, en reconnaît certains, en devine d'autres. Jalil, tout recroquevillé, suce son pouce. Dans un recoin du grand dortoir, Inaya aperçoit le dos du maillot de foot rouge orné du numéro dix. Elle se dirige droit vers le garçon, s'accroupit. C'est bien Sekou. Elle lui tapote doucement l'épaule. Sekou sursaute et se plaque contre le mur, les yeux écarquillés par la peur.

– C'est moi, murmure Inaya.
– Il est où, Issa ?
– Il dort à côté.
– Il va bien ?
– Oui, mais toi, tu fais une drôle de tête.
– Je veux rentrer à la maison.
– Ma' va vite venir nous chercher. Promis.
Soudain, une voix forte s'élève au fond de la pièce.
– Que fais-tu ici, jeune fille ?
La grande femme aux épaules larges se tient debout, mains sur les hanches, dans l'encadrement de la porte.
– Il me semblait pourtant avoir été claire, hier ! Retourne chez les filles, et plus vite que ça ! Quant à toi, jeune homme, nous allons avoir une petite discussion.

Réveillés par le bruit, les enfants commencent à remuer, s'étirent et bâillent bruyamment. Inaya se lève, traverse la pièce d'un pas décidé et se plante devant la femme. Quarante centimètres et une trentaine d'années les séparent, mais Inaya ne se laisse pas impressionner. Elle a retrouvé un peu d'énergie, et compte bien le faire savoir.

– Vous êtes qui ? demande-t-elle en regardant l'adulte droit dans les yeux.

– Eh bien, tu ne manques pas de cran. Je suis la directrice de cet établissement, jeune fille. Autrement dit, tu es ici chez moi.

– Quand est-ce qu'on rentre chez nous ?

– Si ça ne dépendait que de moi, le plus tôt possible. Mais les Blancs ont mis un tel bazar que je n'en sais pas plus que toi.

– Quel genre de bazar ?

– Le genre de bazar qui a fait déplacer le président et les journalistes, et qui se règle au tribunal.

– Nos familles, elles sont au courant ?

– Fin des questions, jeune fille. Sors immédiatement de cette pièce, et que je ne t'y revoie plus !

La directrice tape dans ses mains et fait un petit geste en direction d'Inaya, comme on chasse une mouche trop insistante.

52

Les jours semblent durer des semaines. Au-delà de la cour, délimitée par des murs en pierre, s'étend une nature sèche et presque désertique, des kilomètres d'une plaine à la végétation éparse, terrassée par le soleil. Inaya ne se sépare d'Issa que lorsque les employées de l'orphelinat parviennent à l'en convaincre, le temps d'une toilette ou d'un repas. Éloignée de Sekou chaque nuit, elle rattrape pendant la journée ces heures volées et lui parle d'après, du retour au village, de la fête qu'ils organiseront pour eux, de la joie de sa tante et de ses cousines. Sekou ne parle pas beaucoup, mais il ne perd pas un mot des rêveries d'Inaya et partage en silence ses espoirs. Pourtant, il sait qu'il ne rentrera jamais vraiment chez lui. Il se rappelle le bruit des pelletées de terre sur le corps drapé de blanc de Coumba, revoit les larmes de Ma', partagée entre le chagrin et l'inquiétude à l'idée de devoir nourrir deux bouches de plus. Il n'a pas eu le temps de la rassurer, de lui prouver qu'elle pouvait se reposer sur lui comme le faisait sa grand-mère, de lui dire qu'il saurait s'occuper d'elle quand viendrait le jour où elle ne pourrait plus se lever. Qui sait si elle leur ouvrira à nouveau, à Issa et à lui, la porte de sa maison ? Qui sait s'ils ne resteront pas tous les deux ici quand tous s'en retourneront ?

Pendant que Sekou se bat à mains nues contre des angoisses trop grandes pour lui, Inaya observe. Elle observe avec tant d'attention que, ce matin, elle s'est aperçue que l'un d'entre eux avait disparu. Elle ne connaît pas son prénom, ne lui a jamais parlé. Elle sait seulement que, la veille, elle l'a vu jouer longuement avec un petit bâton en bois et que, ce matin, il n'est plus là. Ni dans les dortoirs, ni dans la cour. Lorsqu'elle en fait part à Sekou, il semble ne l'écouter que d'une oreille. Il ne se souvient pas de cet enfant.

– Il dormait avec les petits ou les grands ? demande-t-il à Inaya.

– Avec toi, il dormait avec toi !

– Mais on est au moins soixante, je te signale !

Inaya n'insiste pas. Elle se contente de serrer un peu plus fort les nœuds du tissu qui maintient Issa dans son dos.

Quelques nuits plus tard – six, peut-être dix, elle perd la notion du temps dans ce bâtiment posé au milieu de nulle part –, elle constate qu'un autre enfant manque à l'appel. Une fille, cette fois. Zaya, ou Assima. Elle a oublié son prénom, mais pas son visage, qu'elle n'aperçoit plus parmi les autres.

– Il faut en parler aux adultes ! lui répond Sekou lorsqu'elle vient se confier à lui.

– T'es fou ? On ne peut pas leur faire confiance.

– C'est pas comme si on avait le choix.

– Non, tu ne leur dis rien ! Tu promets ?

– Ça va, ça va, je te le promets.

Une semaine et trois autres disparitions plus tard, tous les enfants ont commencé à s'apercevoir que certains d'entre eux manquaient à l'appel. Ce soir-là, Sekou attend la directrice de l'orphelinat de pied ferme devant la porte du dortoir. Son cœur bat la chamade. Il a décidé de rompre sa promesse. Mais il n'a pas la hardiesse d'Inaya. Confronter un adulte à ses incohérences demande un courage qu'il envie à son amie.

– Il me semble avoir dit extinction des feux il y a dix minutes, jeune homme. Que fais-tu debout dans ce couloir ? demande la directrice à un Sekou qui n'en mène pas large.

– C'est que… Je…

– Eh bien, parle !

– J'ai une question.

– Allons bon.

– Ils sont partis où, les autres ?

– Quels autres ?

– Les deux filles et les trois garçons. Ils étaient avec nous, et ils sont plus là.

Le visage de la directrice, naturellement peu avenant, se ferme davantage. La petite lueur de malice qui éclairait ses yeux s'éteint, et c'est un regard glacial qu'elle pose cette fois sur Sekou, sans répondre à sa question. Luttant contre son envie de s'enfuir à toutes jambes, il revient à la charge.

–Ils sont où ?

–Tu es bien curieux, jeune homme. À ton avis, où sont-ils ?

–Aucune idée.

–Dans leur famille, bien sûr ! À quoi pensais-tu ?

–Mais vous avez dit qu'on devait attendre…

–Minute, si tu veux bien me laisser le temps de t'expliquer. Ces enfants avaient tous un membre de leur famille qui habitait tout près d'ici. On a donc demandé à l'administration de faire une exception, ce qu'elle a fait. Fin de l'histoire.

Sekou se gratte la tête, perplexe. Des membres de leur famille tout près d'ici ? Il ne sait même pas où c'est, « ici ». Personne ne leur a dit le nom de la ville la plus proche, ni à combien d'heures de route se trouvait leur village.

–Vous allez rentrer chez vous la semaine prochaine, si ça peut te rassurer.

–C'est vrai ?

Les yeux de Sekou se mettent à briller.

–Tu ne croyais tout de même pas que j'allais vous garder ici plus longtemps ? La nourriture ne tombe pas du ciel jusque dans vos assiettes ! Maintenant, file te coucher.

Sans insister, Sekou rejoint son matelas en courant, les jambes encore flageolantes.

Le lendemain matin, c'est à une Inaya visiblement peu convaincue qu'il rapporte cet échange.

– Tu m'avais promis de rien dire, marmonne-t-elle en détachant Issa de son dos.

– Mais t'as entendu ? La semaine prochaine, on est chez nous !

– Si tu le dis.

Inaya hausse les épaules et s'éloigne, laissant Issa à son grand frère.

UNE ÉCOLE, UN AVENIR : ARRESTATION DE QUATRE BÉNÉVOLES FRANÇAIS

Quatre bénévoles français ont été arrêtés vendredi 10 février dans la région du D*, alors qu'ils s'apprêtaient à exfiltrer illégalement vers la France 110 enfants, âgés de 11 mois à 10 ans.**

Par Philippe Borgue, le 2 mars 2015

Interpelés par les autorités locales alors qu'ils étaient sur le point d'embarquer dans un Boeing 737, les quatre Français ont été inculpés pour « enlèvement de mineurs » et « escroquerie », avant d'être incarcérés à la maison d'arrêt de N***.
Cette affaire suscite la colère des habitants de la région, et les manifestations anti-Français se multiplient dans la capitale et les villes avoisinantes.

Établie depuis quelques semaines à proximité de la ville de K***, l'association Une école, un avenir avait dissimulé à tous ses véritables intentions et prétendait vouloir implanter, dans une zone en proie à des conflits ethniques, un centre scolaire pour une durée de deux ans.
Une dizaine de familles d'accueil françaises, qui s'étaient portées volontaires pour recueillir un enfant à l'arrivée de l'avion, ont déposé plainte. Toutes ont déclaré avoir versé entre 2000 et 4000 euros aux fondateurs de l'association, qui nient avoir promis à ces familles d'adopter un enfant.
Dix personnes ont été inculpées au total : les quatre bénévoles français et les six membres de l'équipage portugais du Boeing 737. Deux bénévoles identifiés par la population locale sont toujours activement recherchés.

L'association Une école, un avenir a été créée par Pierre Landry et sa compagne Mélanie Duquesne suite au séisme de 2010 en Haïti, qui a fait plus de 280000 morts. L'association avait alors pour but de prendre en charge, dans un village d'accueil, les enfants victimes de ce tremblement de terre.
Après cette première opération, Pierre Landry et Mélanie

Duquesne décident très vite de se lancer dans un nouveau projet. Cette fois, ce sera l'Afrique, pour « sauver les orphelins du D*** », théâtre d'un conflit entre l'armée gouvernementale et les rebelles depuis 2011.

Une première mission de repérage a été effectuée par Pierre Landry en novembre 2014. Malgré les avertissements du cabinet du secrétaire d'État aux Affaires étrangères qui, à l'époque, le met en garde contre toute tentative d'exfiltration illégale des enfants du D***, le président de l'association s'obstine, et les premiers bénévoles s'envolent pour l'Afrique en décembre 2014. Trois mois plus tard, l'équipe est derrière les barreaux. Sur les 110 enfants que l'association s'apprêtait à faire monter dans un avion en direction de la France, 32 seulement, d'après les premiers éléments de l'enquête, seraient réellement orphelins.

Les enfants, actuellement regroupés au sein d'un orphelinat situé à une trentaine de kilomètres de la capitale, attendent que l'administration confirme leur état civil pour retrouver enfin leurs familles, dont ils sont séparés depuis près de trois mois.

Interrogés par notre correspondant local, ceux qui sont en âge de parler se disent choqués par ce qu'ils ont vécu. Plusieurs d'entre eux affirment que certains enfants présents lors de l'embarquement avorté ont disparu sans laisser de trace. Ces disparitions, pour l'instant démenties par la direction de l'orphelinat, sont d'autant plus inquiétantes que les recherches menées pour retrouver les deux membres de l'association encore présents sur le camp la veille de l'arrestation n'ont pour l'heure pas abouti.

S'il est trop tôt pour l'affirmer, il est toutefois légitime de s'interroger sur la probabilité que ces bénévoles aient quitté le territoire, emmenant avec eux ces enfants qui semblent manquer à l'appel. Si tel est le cas, comment cela a-t-il pu se produire ? Ont-ils bénéficié de la complicité du personnel de l'orphelinat ? Dans cette affaire aux contours flous, aucune piste n'est à exclure.

Les membres de cette association sont-ils les idéalistes naïfs, pris au piège de leur amateurisme, que l'on a décrits dans un premier temps, ou de vulgaires trafiquants d'enfants qui savaient parfaitement ce qu'ils faisaient ?

Quelle que soit la réponse, le projet de Pierre Landry et Mélanie Duquesne est porté de bout en bout par une philosophie néocolonialiste et un sentiment de toute-puissance, justifiant l'idée selon laquelle le sauvetage de ces enfants, nés sur un continent

considéré comme perdu, ne pouvait venir que de l'extérieur et, plus précisément, de l'Occident. L'arrachement à un environnement considéré comme hostile ne semble dès lors jamais questionné dans ce qu'il contient de radicalité et de violence.
L'avenir de ces enfants ne pouvait, selon l'association, exister ailleurs qu'en France, quand bien même il fallait pour cela effacer leur identité, leurs familles et leur mémoire. Quant à l'éventualité d'une prise en compte du désir des principaux intéressés, elle n'a probablement jamais existé dans l'esprit de ceux qui se décrivent comme des humanitaires, tout en pointant du doigt l'inaction des grandes ONG. En cela, l'affaire Une école, un avenir est l'histoire d'une double domination : celle de l'Occident sur l'Afrique, et celle des adultes sur les enfants, les premiers se targuant d'agir pour le bien des seconds.

Le procès des membres de l'association doit commencer le 6 mars. Ils encourent une peine de quinze ans de travaux forcés.

53

Tout ce que le village compte d'âmes est rassemblé sur la place centrale. Les pères et les oncles, ceux qui ont accepté de laisser partir les enfants, ceux qui ont voulu croire aux promesses d'éducation et à l'avenir brillant dont ils ont eux-mêmes été privés, ceux-là se tiennent légèrement en retrait, entre culpabilité et colère. Aux extrémités de la petite place, à l'ombre des manguiers, on a assis les anciens sur des tabourets en bois, jurés déjà épuisés d'un procès qui ne fait pourtant que commencer et qui oppose les femmes aux femmes. Celles qui ont approuvé contre celles qui ont dit non. Toutes sont au premier rang, face au petit chemin de terre rouge qui coupe le village en deux et mène à la piste principale. Les mères, les tantes ou les voisines qui ont confié leurs enfants aux Blancs se tiennent droites, tête haute, pour tenter de sauver les apparences.

Puisque les vrais coupables sont absents, puisque la colère ne peut les atteindre mais qu'elle doit pourtant trouver une cible, puisque l'humiliation est à la hauteur de la violence subie, puisqu'il faut remettre de l'ordre pour ne pas sombrer et que le vrai procès se tient sans eux, ce sont ces femmes qu'on blâmera. Celles qui, dira-t-on, ont vendu leurs enfants en échange d'un misérable pécule, celles à qui on tournera désormais le dos et dont on s'écartera ostensiblement lorsqu'on les croisera. Au bout de leurs doigts, dans leur dos ou calés sur une hanche, les enfants qui sont restés au village attendent un frère, une sœur, une cousine, un voisin, un ami. Eux n'ont pas bougé d'ici, parce que leurs familles s'y sont opposées ou parce que les Blancs n'ont pas voulu d'eux. Trop âgés pour intéresser des Occidentaux en mal d'enfant, trop filles pour qu'on renonce à leur aide au sein du foyer.

Le jour décline sur la place, où déambulent, parmi la foule nerveuse, les trois chèvres osseuses du doyen, courbé sur sa canne au bout du petit chemin de terre rouge. Si la honte avait un visage, elle aurait les traits tirés du vieil homme par qui le malheur est entré au village. Des traits qui semblent avoir été esquissés par un architecte, avec des droites et des angles. Oui, la honte a donc ce visage dur et étrangement inachevé qui se tient immobile dans la lumière chaude des dernières heures du jour.

C'est la poussière que Marietou aperçoit en premier. Entourée de ses quatre filles, elle met sa main en visière comme si ce geste allait permettre à ses yeux de voir plus loin, de voir à travers les habitations qui lui masquent une partie du chemin, de voir jusqu'à la piste que les enfants viennent de quitter. Derrière elle, Aminata entoure de ses bras Kosso et Kadiatou.

Ils sont trente-neuf à se diriger vers le village, soulevant un nuage de poussière qui s'accroche à leurs vêtements, se dépose dans leurs cheveux et sur leur peau. Ils sont trente-neuf à avancer sans bruit, colonne silencieuse et esquintée. Ils ne courent pas, ils ne crient pas, ils ne rient pas. Partis quelques semaines ou quelques années, ils n'ont pas su compter, ni comprendre ce qui leur était arrivé.

Ils sont trente-neuf et Inaya n'est pas parmi eux.

Derniers romans parus

Je, tu, elle, Adeline Fleury

La Boîte à outils, Gérard Besnier

Dieu-Denis ou le divin poulet, Alexis Legayet

Tropique du Brésil, Jacques Secondi

Le Corps d'après, Virginie Noar

Ce qu'un homme est aussi, Jean Rainscof

Conservez comme vous aimez, Martine Roffinella

Si belles en ce mouroir, Marie Laborde

Ida n'existe pas, Adeline Fleury

La Nuit infinie des mères, Virginie Noar

Ceci est ma chair, Marc Villemain

La Vierge à combustion et le Baryton perché, Sophie Charpentier

Pour limiter l'empreinte environnementale de leurs livres, Les Pérégrines font le choix de papiers issus de forêts gérées durablement et de sources contrôlées.
Imprimé en France par CPI en mai 2022 sur du papier Aura pour l'intérieur et Rives tradition blanc naturel pour la couverture.

IMPRIM'VERT®

Dépôt légal : août 2022
N° d'impression : 2064834
ISBN : 979-10-252-0563-1